毒殇

『生命不可承受之痛』

郭毅 著

中国国际广播出版社

目 录
Contents

中篇　泣血之痛

下篇 青春之殇

序一　时代的呼唤

张乃剑

几年前，听说郭毅同志从中央纪委一家反腐倡廉的时政类杂志社到一家中央级禁毒类专业报刊工作时，我很高兴，虽然他没有荣升“大官”，但凭着我与他六七年的交往以及对他的了解，他对事业执著的追求、良好的人品、敏锐的新闻洞察力和较高的综合素质，我感到他很快能够找到自身发展的立足点，实现自身的人生价值，也一定能带给我更多的惊喜。

我的预言终于变成了现实，只是这一天来得有些突然和令人欣喜：一部由郭毅采写的全面反映吸毒艾滋病病毒感染者生存现状的报告文学集《毒殇》书稿摆在了我的案头，读完这部厚厚的书稿，我为他的勤奋、敬业以及字里行间流露出的人文关怀而高兴。

郭毅请我为他的作品集作序，我欣然应允。我能够感受到自己是被他的作品清新的文风所感动，更是为新闻界有这样一位始终关注弱势群体的青年才俊所感动，只是为自己的权轻位浅而不安，终觉这样一部重量级的作品，更应由“大家”来作序，才“实至名归”。

《毒殇》一书充分体现了郭毅作为记者的良知、作家的悟性和文学家的才华，读罢此书，也引发了我诸多思考。

时代呼唤更多有良知、勤奋的作家、记者投入到禁毒、防艾宣传中。禁毒宣传是一项光荣而又艰巨的工作，需要新闻工作者、禁毒者付出更多的艰辛与努力。读《毒殇》一书时，我的心情久久难以平静。据我了解，郭毅目前是一家周刊报社的编辑部主任，不仅要负责报社正常的编辑采访工作，而且还要负责采写大量的禁毒新闻作品。近年来，他先后在自己所供职的媒体上发表了大量有影响的文章，对我国的禁毒宣传工作作出了突出贡献。即使在这样紧张繁忙的工作之余，他始终将关注的目光投入到吸毒艾滋病病毒感染者这样一个特殊的弱势群体，依然抽出大量的时间赴基层一线进行采访与调研，先后接触了上千名吸毒艾滋病病毒感染者，通过对部分典型的感染者进行“零距离”面对面的挖掘、采访与记录，最终成就了这部震撼人心的作品。为获得第一手资料，他甚至让民警把自己关在戒毒所，与戒毒人员吃住在一起，捕捉吸毒感染者的人性弱点、情感经历以及喜怒哀乐，并将其一一倾注于笔端，写出了真实、生动、感人的文学作品，其毅力、工作效率与务实的工作作风令人敬佩。

希望有更多像郭毅这样勤奋敬业的青年作家、记者，把身心真正投入到禁毒、防艾宣传工作中，为我国禁毒、防艾宣传事业奔走呐喊。

时代呼唤涌现出更多直击灵魂的作品。近几年来，郭毅先后采访了众多吸毒艾滋病病毒感染者，并把对他们的关爱、尊重与心灵的抚慰，通过他们的故事撒播在字里行间，写就了新中国第一部全面记录吸毒艾滋病病毒感染者生存现状的纪实性报告文学集《毒殇》，此书具有相当高的历史价值和现实意义，填补了吸毒艾滋病病毒感染者真实生活的空白，也是当今唯一一部全面、详实反映感染者感染前后心路历程的纪实报告文学。读后令人有一种与故事的主人公同悲同痛之感，让人产生一种莫名的怜悯和一种伸手想帮他们一把的冲动，心底里催生出誓将禁毒、防艾工作进行到底的决心和力量，这或许就是这部作品的成功之处，也是作家写此书的初衷。

近些年来，电脑的普及与网络的迅猛发展，带来了书写的全面革命，同时也带来了书写的全面倒退，写作不正之风的全面泛滥成灾！众多所谓的作家、记者不把工夫放在深入基层、深入新闻一线挖掘、采访，而是沉溺于网络写作，欺世盗名、巧取豪夺，通过剪贴拼凑，然后冠上自己的名字进行发表、出版。通读郭毅的作品，你能够感受到他对艾滋病病毒感染者那种触摸到心跳与脉动、倾听到感染者呼吸时的喘息声的近距离的真实，而这种真实会让你过目不忘，直抵灵魂。

《毒殇》一书让我们明白，一部有责任与担当的作品，终将经得起时代与历史的检验，也必将激起读者内心无限的感动和深沉的思索。我与读者一样期待与呼唤，时代能够涌现出更多像《毒殇》这样优秀的作品，期待更多的作品能带给我们这种久违的感动。

时代呼唤更多更通俗的禁毒、防艾作品。近年来，由于我调研所涉及的领域为区域经济建设，因此对禁毒、防艾这一影响区域经济发展的话题一直非常关注，有关此类的作品也会时常去涉猎，但我发现，真正能吸引像我这种并非专职的禁毒、防艾宣传工作者的作品可以说是凤毛麟角。大多禁毒、防艾的书籍要么专业得不能再专业，根本让普通的读者无法读下去，要么是以一副板着面孔说教的姿态示人，甚至以吸毒如何可怕，会导致人全身腐烂，如何瘦骨嶙峋等这种恐吓式的教育，以期达到宣传和教育的效果。据笔者了解，像这两种教育方式，效果并不明显，有时往往会适得其反，在青少年心中造成逆反心理，觉得"越不让人为之我越要尝试一下"。我觉得如何真正让禁毒、防艾教育达到潜移默化、润物无声的效果，需要我们的教育学家、社会学家认真思考。《毒殇》作为一本通俗的报告文学读物，在这方面做了一些有益的尝试，即通过一个个故事把读者的眼球吸引住，通过读完发生在主人公身上一个个触目惊心的故事，最终让人"悟出"毒品的危害，进而"珍爱生命，拒绝毒品"。希望有更多的作家、记者积极投身到这种禁毒、防艾人民战争的"灵魂工程"建设中，写出更好、更多通俗的禁毒、防艾作品。

时代呼唤我们给予他们更多的宽容与温暖。《毒殇》一书，唤起了我童年的记忆。20世纪50年代出生的我，在七八岁的时候，看到村上有几个骨瘦如柴的人很可怕。大人说他们是"扶墙走，蹲墙根"的人。奶奶告诉我，他们都是解放前抽"大烟"抽的，我当时不懂什么叫"大烟"，任凭奶奶解释也不懂。直到我读小学、初中时，才知道禁毒英雄林则徐，知道"大烟"就是鸦片，并知道我国清朝政府因腐败导致了鸦片战争的失败，最终我们不仅割地赔款，而且还落下了"东亚病夫"耻辱的代名词。

进入20世纪80年代，我国的毒情形势一天比一天严峻，吸毒引发艾滋病病毒感染的现象日益严重，已经成为影响我国国家安全、社会稳定的一大问题。天命之年我开始潜心专门从事区域经济学术研究，在全国调研时发现，毒品流行，吸毒、艾滋病成为社会现象和社会问题，艾滋病被誉为"头号癌症”、“世纪之症”，吸毒艾滋病高发区已经造成田地荒芜、人烟稀少，严重影响和制约着当地经济社会的发展和政局的稳定，大量改革发展的成果不得不投入到遏制吸毒艾滋病发展蔓延及改善感染者生活等民生建设上，严重影响着区域经济的发展和国家可持续发展战略的实施。

对于吸毒者造成的个人、家庭、社会的悲剧，我们在同情之余，不免也会产生可气、可恨之感。但我们更应该想到，悲剧的发生，固然有其自身的原因，也有家庭和社会的原因，感染者也是毒品的受害者。我们现在能够考虑和做到的，就是真正做到“远离毒品，但绝不远离吸毒人员”，捧出自己的爱心，伸出我们的援手，给他们以尊重和宽容，善待和接纳他们，为他们搭建一个成功回归社会的“中途岛”，只有这样，我们才能防止和阻止各种因吸毒引发新的艾滋病病毒感染者的悲剧重演。

时代呼唤全民参与禁毒、防艾工作。因毒品而引发艾滋病泛滥的成因，具有深刻的历史背景和国际背景，吸毒已成为危害全人类的一大公害，禁毒、防艾工作已上升到我国的国家战略。早在 2005 年，国家就响亮地提出了在全国上下打响禁毒人民战争。我认为每一位社会公民，都应该自觉地加入到禁毒、防艾工作的行列中来。《毒殇》一书已经告诉我们，毒品与艾滋病离我们并不遥远，它就真真切切地发生在我们身边，发生在我们亲人、朋友中间，如果任由其发展蔓延，一旦泛滥成灾，我们终将成为毒品和艾滋病的受害者。

中华民族饱受鸦片战争之苦，记忆犹新。北京圆明园遗址的废墟和几块残存的石头，至今还在默默地诉说着强盗的罪恶。如果我们今天不清醒，任由毒品发展蔓延，一百多年前的悲剧还会重演，我们将对不起一百多年来为禁毒事业前仆后继的先辈们，我们重振民族强盛的远大目标，就会成为泡影。

《毒殇》这本书应该引起全社会的广泛关注。无论是吸毒者还是未吸毒者，无论是青年人，还是老年人，上至官员，下至普通百姓，都值得一读。从书中一个个鲜活的故事中，我们可以得到许多有益的启示，它能唤起人性的良知，深知种毒、吸毒之可恶，制毒者、贩毒者之罪恶。

我真诚地希望，凡读过此书的涉毒者，一定不要辜负郭毅这位青年记者、作家的良苦用心，真正戒断毒瘾，珍爱生命，远离毒品，重新扬起新生的风帆，做一个健康的人，一个对国家和民族有贡献的人。

（作者系中国管理科学研究院秘书长兼区域发展研究所所长、研究员）

序二　并非猎奇（自序）

“胸闷、大脑撕裂般的疼痛，我不知道我的精神和肉体还能坚持多久……”这是我在写他们的故事时写下的一句话。

把自己的灵魂从这样一群人的故事中挣脱出来，是何等的痛苦。

近几年来，我一直被这样的痛苦所折磨。

为了获得真实的个案，近几年我先后到四川、云南、上海、山西、河北、湖南、湖北、广东、广西、新疆、宁夏等省市区收戒吸毒艾滋病病毒感染者的劳教所（强制隔离戒毒所）、自愿戒毒所进行采访，为了详细了解感染者的生活现状，每次我都对集中收治的男、女艾滋病病毒感染者进行“零距离”的采访，其中有些个案我还反复通过向管教民警核实、再次对艾滋病病毒感染者进行补充采访等进行完善，因为我始终铭记，真实不仅是新闻的生命，更是一个媒体人的良知与社会责任。

体验式的采访，给了我洞穿他们内心世界的机会，而信任让他们为我打开了那尘封已久的灵魂。

爱心与尊重让我们之间没有距离，那时候，我始终以平视的目光与他们交流，始终充当一位忠实的倾听者和记录者，没有丝毫的猎奇心理，对于随后的写作，亦是如此，这也许是我获得他们信任与尊重的理由。

乱性、卖淫、偷盗、抢劫等一些字眼充斥在他们的故事里，为了还原他们堕落的轨迹，我不得不故作轻松且强压内心的厌恶（他们都很敏感也很自卑）与他们交谈，迂回诱导，让他们讲出自己“引以为自豪”的事，以期让他们的故事带给读者一些思考与警示。

那一刻起，我一直觉得自己很残忍。

从这样一群艾滋病病毒感染者的嘴里“套”出他们的故事，并不是一件很容易的事，你得确保他们所述说的故事是真实的，另外还要确保在有限的采访时间内尽可能多地让他们讲出自己的故事，这些对我来讲都是一个个不小的考验，这不仅仅是采访技巧的问题。

在四川省女子劳教所，为了更真实地了解女性吸毒艾滋病病毒感染者的生活起居，我向戒毒所领导提出住在收戒感染者的专管大队对面的内部招待所里，只想近距离观察她们的生活，观察她们化茧成蝶成功蜕变的点滴。从我所在的招待所到女子专管大队的围墙，最多也就 5 米远的距离，那里住着数百名身着红色戒毒服的女子，她们剪着清一色的运动型短发，如果不是她们衣服上印有“戒毒所”等字样，你会觉得这是一个运动员的集训中心。

在这里，一个个身着红衣的戒毒女孩像一簇簇跃动的火焰，恣意张扬着她们爱美的天性和对本真生命的渴望，在这里安心习艺、安心戒毒，因为这里没有歧视、没有偏见。

芳芳是一个拥有花季年龄的女孩，然而在不多的几次目光对视中，无论是从她的目光还是从其心灵里，我却始终无法捕捉到那份本该属于她这个年龄的清纯与童真，有的只是绝望与迷茫……

芳芳只有 17 岁，却在半年前被告知感染了艾滋病病毒。小姑娘在接受采访的过程中，始终低着头，两手不停地相互揉搓着，她来自西南某县，家里还有 3 个弟弟。她告诉我，在她的家乡，不仅重男轻女，而且毒品泛滥成灾。她说，她从来没有读过一天书，从她记事起，父母就让她一直在家帮着照看 3 个弟弟，由于不识字，连自己的名字都不会写（后来还是在她父亲的教授下，学会写自己的名字），她根本不知道共用针管会传播艾滋病病毒，以及防范艾滋病病毒的知识，她还告诉我，她至今还没有谈过恋爱，还不知道爱他人和被他人爱的幸福与甜蜜……

她说，在她那个县，还有比她更小的男孩女孩共用针管注射毒品。

那时，我的内心有一种治愚比治病（艾滋病）显得尤为迫切的沉重。

故事的另一位主人公张文勇的女友就是一名无辜的受害者，虽不能直面她在得知自己被男友感染上艾滋病病毒后的痛不欲生，但从她发给记者那只言片语的手机短信里，还是能够感知心灵与肉体的双重灾难所带给她的致命的打击。

小磊染上艾滋病病毒是众多感染者中的一个个案，他是一名拥有大专学历的感染者，一起普通的医疗事故让他成为了不幸者，通过司法途径讨要说法的失利让他人性的天平发生了倾斜，他变得自暴自弃并最终染上毒瘾，而当他的回归之路受挫、屡屡遭受白眼与冷遇时，他的眼里甚至灵魂深处都充满着仇恨……

这是一种可怕的仇恨，一旦延续开来将是何等的可怕，这绝不是骇人听闻。

也正是基于此，才有了我写这部作品的初衷：对于他们这样一个特殊的群体，需要我们全社会善待、付出与接纳！

倾听他们的故事是一种痛苦。他们的每一个故事都会带给你一种反思：除去他们自身的原因之外，家庭、单位、社会，我们又该如何担当属于自己的责任？

而对于这样一个特殊的群体，交友不慎、好奇等染上毒瘾理由的雷同；性、共用针管感染艾滋病病毒情节的大同小异……如何让每一个故事都具有震撼心灵的效果，或者带给人一种更深沉的思索，所有的文字技巧在这里都显得那样的苍白无力。行文下来我发现，最打动人心的是不加任何修饰地写出他们的故事，写下他们的困顿、迷茫、疑惑与呐喊。

客观公正地记录，不附加任何道德、情感上的评判，我一直遵循一位新闻人的职业操守。

宁要创新的失败，不要华丽的重复。从每个故事角度的切入，以及对他们众多经历、故事的选取上，我力求让读者体验到不同的新鲜，因为我觉得本来世界就是丰富多彩、千姿百态的，更何况他们有着与常人不同的人生。

还原他们的故事对我来说是一种炼狱。

这是一群文化程度较低、大多只有小学和初中文化水平的感染者，在“自述”他们故事的过程中，我尽可能地用符合他们文化程度、知识结构、身份职业的语言客观地来“自述”，因为只有这样，才能更加真实地反映他们的思想与命运。

而当所有的文章为还原这种真实无一例外地采用第一人称“我”来写时，

我不得不去承载许多生命个体迥异的心路历程，孤独、自恋、猜疑、滥性多重角色的混合体，饱受他们的种种劣行恣意地来折磨自己。在这个过程中，我试图将自己内心的光明和温暖通过笔触传递给他们，而当他们在阴暗的角落里匍匐前行时，我明白，唯有真实地记述是传递给他们最好的温暖，亦是对他们生存境遇最有力的呐喊，更是对社会最善意的警醒！

我始终觉得，自己并不是在写故事，而是在演绎许多幕不同的人间悲剧，在这个过程中，我真切地感到自己的灵魂已经依附于这些心灵灰暗但依然鲜活的生命身上……

我越来越觉得文学真好，它可以通过一个故事把世界给你，也可以通过寒冷把温暖给你！

这也是我力图通过纪实报告文学的形式，展示这样一群特殊的生命个体不同命运的故事的理由。

写完他们的故事，我获得了一种解脱，然而内心却变得越发沉重。我没有想到，这仅仅只是痛苦的开始……

使命注定我必将继续前行。

是为序。

上篇

愚妄之灾

文化的缺失、心智的愚钝，使他们多了非理智的偏激与轻狂。

家庭、学校教育的失误，使他们在周而复始、枯燥单调的生活方式中逐渐产生一种空虚、乏味和麻木的感觉；他们试图改变现状，寻求解脱的本能追求，渴望接触新生事物，渴望体验新的生活方式和生活内容，此时社会上一些所谓的“超社会”的新的风尚、新的生活方式出现时，他们不惜代价去效仿和体验，而这种效仿和体验往往是愚蠢和盲目的，是以牺牲健康乃至生命作为赌注。

家庭、学校、社会对他们缺乏德与法的教育，或者亲情的缺失，使他们在成长中缺乏规则意识和抗挫折能力。

他们对毒品的最初了解，一般来自于反差极强的两种评价：一方面，政府有关部门大张旗鼓地宣传毒品的种种危害，严禁吸毒；另一方面，身边的吸毒者则在吹嘘毒雾中的种种快感。于是，在好奇心理的支配下，他们以身试毒，进而沦为“瘾君子”。

当吸毒的快感消失后，会坠入更深的痛苦与烦恼之中，更重要的是，因为愚妄导致的吸毒、不安全性行为，让他们不得不承受感染艾滋病病毒的灾难。

这是大部分吸毒艾滋病病毒感染者所走过的沉沦之路。

川音高材生的歌星梦在毒雾中沉沦

至今沙马吾海都非常后悔。

一想起曾经从四川音乐学院走出的李宇春、何洁、魏晨等在歌坛大红大紫的校友时，现今在某强制隔离戒毒所接受强制隔离戒毒，并因吸毒已经被感染艾滋病病毒的沙马吾海，都不敢想象自己未来的路该如何走。

沙马吾海是在 2005 年考进四川音乐学院的，当时在学校美式流行音乐系学习声乐。5・12 汶川地震，学校校舍被震裂成为危房后，学校被迫放假。学校放假后，沙马吾海就回到了家乡。也就是在那段放假的时间里，他开始了自己人生的另一段噩梦之旅。

地震震坏了沙马吾海的校舍，他的人生也发生了另外一场“地震”，只是这场“地震”无法修复和补救。

沙马吾海的声音极富磁性，而他的故事却无法让人快乐起来。

苦难家庭走出的“原生态歌王”

想到自己走过的音乐之路，我都觉得是命运垂青了自己，成就了一个农村孩子，只是我最终并没有把握住自己。我出生在一个贫穷的偏僻小山村，由于贫穷，父母一连生下了包括我在内的 5 个孩子，全家靠在县公路局从事养护工作的父亲一人的工资来生活，加之母亲一直没有正当职业，我们兄妹 5 个常常以土豆果腹。

母亲是一个勤劳的农村妇女，为了让我们兄妹 5 个日子过得好一些，她总是勤扒苦做，由于母亲的勤劳和精耕细作，家里的庄稼也总是比同村人的庄稼长得要好一些，收成自然也就好一些。不仅如此，母亲还在田间地角、房前屋后种上了各种蔬菜，目的就是为了让我们兄妹能够吃好，由于母亲的精心调理，我们兄妹虽然生活困难，但从来没有饿着，身体也都发育得很正常。

贫穷的生活并没有影响我对音乐的热爱，小时候，我就很喜欢音乐，因为不上学的时候要在家放牛和放羊，甚至在打猪草的时候，为打发寂寞的时光，我常常对着大山歌唱，从而练就了一副纯原生态的嗓音。

无论是在上小学还是在上中学时，我都是学校的文艺骨干，只要有我出场的歌唱或表演，学校的老师和同学们总是充满着期待。每年我们民族的“火把节”，我都会应邀在上面唱歌和跳舞，我动人的歌喉不仅在乡镇出了名，而且在全县都有了知名度。

记得有一年，我们县电视台搞了个类似于“超级男声”和“超级女声”的那种选秀式歌唱比赛，最终我在上千名参赛选手中脱颖而出，一举夺得了第一名，大家把我一致尊称为“原生态歌王”。

在县上，我拥有了众多的粉丝，有时候出去时，好多人都能叫出我的名字，他们都会说看过我的演出，听过我的歌，说我的歌唱得好，那时我有一种特别的满足感。

其实家人并不支持我唱歌，父母说唱歌和跳舞都是不务正业，那些东西不能当饭吃，更不能养家糊口，更何况我家里太穷，也许是穷怕了，他们只是希望我掌握一门能够挣钱养家糊口的技术。在我家人看来，学音乐的家庭都很富有，因为只有富有的家庭才能把子女培养出来，另外他们觉得，唱歌真正能成名的人太少了，最终大多半途而废，只能当作一种爱好。父母希望我能够有一个像样的工作，不仅体面，而且有一份相对稳定的收入。

好在我中学时期的音乐老师李老师很支持我，对我进行了重点培养：每次学校举办各种演出活动，李老师都会对我进行重点培训，不仅如此，每当我取得一点成绩时，都会获得李老师的表扬。人常讲“天才是夸出来的”，正是在李老师的不断表扬中，我对音乐的激情和潜力全部被激发了出来，我越发对音乐充满着喜爱。

那是一次改变我命运的机会，川音（四川音乐学院的简称）在我们州上招生，当时李老师就极力为我进行了推荐，不仅如此，他考虑到我的家人都住在农村，还陪着我到现场去应试，应试前，李老师不仅告诉我考试时的注意事项，而且一再鼓励我，只要把平时的水平正常发挥出来，就应该没有问题。果然，正如李老师所说的那样，最终我凭着天然无雕琢的嗓音，征服了现场考官，从众多的选手中脱颖而出，顺利地成为川音的一员。当得知自己被录取的消息后，我异常兴奋，我觉得自己距歌星的梦越来越近了……

我总觉得自己是幸福的，我的一生总是有贵人相助，中学时有李老师的培养，而到了川音后，我又遇到了贵人。

高校的生活让我大开眼界，并且我先天性的嗓音得到了川音教授陈茵这位曾带过李宇春、何洁等超女的老师的赏识，陈老师说我有一副天生的好嗓子，不唱歌太可惜了，她就想尽一切办法买一些国内外大腕演唱会的带子给我听，并鼓励我说，只要好好学，有了实力后，这碗饭吃起来还是挺容易的呢，一定能吃得很好。一想起陈教授对我的培养，我觉得最对不起的人就是陈老师。

可我真的不敢让任何人知道我现在的真实情况，因为现实让我无法去面对自己曾经的师长和校友们。

我和“超女”冠军校友同台演出

人生的命运总是那样不可捉摸。

在戒毒所里，每当从电视里看到李宇春、何洁、魏晨等从四川音乐学院走出的歌星登台演出的画面时，我的眼中除了渴望就是深深的懊悔。因为他们都是我的校友，而现在他们生活在鲜花和掌声中，而我却身陷囹圄，每每看到这里，我就有一种极度的挫败感，感叹命运莫测，世道残酷无情。

我一直在想，如果不是出了这个事（吸毒），我不敢说像他们现在这样大红大紫，但至少我的面前将是一片坦途。对于自己在歌唱方面的天赋，我始终充满着自信。我的这种自信并非没有道理：2005 年，我的校友李宇春刚刚夺得第二届“超级女声”的冠军，当年她回母校参加庆祝活动时，还是一名大二学生的我，由于在声乐方面表现优异，学校特地安排我与李宇春同台演唱。

当我接到学校的通知时，心中一阵狂喜，因为在湖南卫视整个直播过程中，我始终关注着自己这位校友的表现，最终，李宇春凭借自己的实力和近乎完美的表现，夺得“超级女声”的冠军，而我即将与这样一位已经在国内大红大紫的准明星登台演出，心中既激动又忐忑不安。

那是一个让我至今想起来都觉得异常兴奋的日子：只要李宇春露面，台下的歌迷疯狂地呼喊着她的名字，挥舞着她的画像，如醉如痴，如癫如狂。那时，我的虚荣心得到了极大的满足，看着台下挥舞着荧光棒的男孩女孩，我觉得他们好像是对我表现出那种狂热，他们是为我而欢呼，我觉得自己就是一个大明星了。我在暗地里思忖，一定要好好学习，终有一日也混成像李宇春一样的明星，台下的“粉丝”也呼喊着自己的名字，挥舞着自己的画像。

演出结束后，我和其他的校友兴奋地与李宇春合影留念，至今那张照片还保存在家里，成为我和家人的骄傲。

继李宇春之后，我的母校川音相继走出了何洁、魏晨等超女、快男，同样，作为学校优秀生的我无论是与他们同台演唱还是作为观众，都能感受到他们巨大的成功所引发的明星效应。作为他们的校友，我感受到了一种莫大的荣誉，也深为自己是川音的一员而无比骄傲。他们的成功也激发了我学习的动力。

老师对我的表现也给予了充分肯定，他们的鼓励给了我无穷的力量，一想到自己是从那样一个贫穷的小山村走出去的，我觉得自己不能辜负家人的期望，更不能辜负中学李老师对我的培养，每每一想到这里，我练得比以前更加刻苦。

学业一直沿着成功的轨道而滑动。

“飘”的快感让我很快迷失自己

那次地震不仅让世人知道了中国有汶川这样一个地方，同时也彻底改变了我的人生轨迹。

因校舍成为危房，我只得回到老家，一直往返于州府与我所在的那个偏远的老家，我还是比较喜欢呆在州上，因为那里不仅有很多音乐歌厅什么的，而且经常有一些大型的文艺演出活动，比起我们那个小县城的文化氛围要好得多，毕竟我是一个学声乐的。另外一个原因就是在那里有很多我的同学，平常与他们聚在一起比较方便和容易。在放假的那段日子，我整日无所事事，显得极度空虚，为打发无聊的时光，我只有找昔日的同学玩。

无论是在我们州府所在地还是在老家的县上，吸贩毒都是一件很普遍的事，特别在我们那个县上，因为地方交通不发达，外面的人很难进去，加之在地理位置上靠近云南，还有就是彝族人的特殊肤色和长相，陌生人进入那个地方会很快被认出来。

想起自己第一次的吸毒经历，我至今都懊悔不已。

我第一次吸毒是在一位男同学的家里，那天我觉得特别无聊，就给他打电话，他告诉我他正在家里，还让我现在就过去，电话里他还说，现在他家里有好多朋友，让我抓紧过去，大家可以一起玩。当时我马上骑车赶了过去，到了他家后发现果然有好多朋友聚在一起，但都在一起吸毒。吸毒的场面我见得很多，不仅小时候在我们老家见过，而且在州府我常看见。那段时间不能上学，心情特别烦，加之每天从电视里看到地震灾区那一幅幅令人心酸的画面，心情特别沉重和压抑。

我一直想找个机会好好地发泄一下，让自己摆脱这种令人无法忍受的苦闷。一看到眼前的这一幕，看着他们一个个那种陶醉的样子，我有一种想试一试的冲动，刚好其中一个要好的朋友好像看穿了我的心思似的，对我说："沙马吾海，过来一起'飘'。"我没有犹豫，一下子接过了他们递过来的锡纸，就着锡纸下面晃动着的犹如鬼火的火光，贪婪地吸起来，那时我根本不知道，我的歌星梦从此就在这魔幻般的烟雾中一步步沉沦……如同大多数吸毒者一样，我迈出了人生中无可挽回的第一步，也是致命的一步，这一步令人痛不欲生。

呕吐、恶心，经历了吸毒者必须经历的正常生理反应后，我对那种白色粉末状的东西始终充满着一种念想，一日不见，心里就异常难受。

毒品在我们州上很容易得到，这绝对不是一种故弄玄虚，而是确确实实的存在。我觉得毒品猖獗这一特殊的生态环境，不仅毁了自己，也毁了像我一样的无数无知少年。

作为我们这些人，我们可以选择自己的生活方式，但无法选择自己的生存环境，至少现在不能，因为我们根本没有这个经济条件。

无情艾滋毁了我的歌星梦

自我毁灭的道路，往往比成长的道路要短得多。

我从吸毒到感染艾滋病病毒，只用了不到一年的时间，可这一年的时间比我成长的前21年都要长，是那种艰难的漫长。这一年里，我感到吸毒成瘾的日子是一种生不如死的日子，毒品让我没有了尊严，没有了信仰，没有了廉耻。每天我睁开眼睛想的就是毒品，闭上眼睛想的还是毒品，可以毫不夸张地说，脑海里想的全是毒品，毒品主宰着我的整个灵魂。

吸毒成瘾后，我再也没有踏进过川音大门一次，因为我的脚步、我的思想已经深深地被毒魔所控制、所禁锢，毒品已经让我无法自拔。

另外还有一个重要的原因，我觉得自己已经没有迈进那座神圣的音乐殿堂的勇气，自己害怕看到我的恩师陈老师的目光，因为那种慈爱的目光会让我无地自容。

在一次聚众吸毒的过程中，我被当地公安机关抓获，在被收戒到县公安局强制隔离戒毒所时，我被检测出感染了艾滋病病毒，最终被转送到这个集中收戒感染者的强制隔离戒毒所，当时，我根本不知道自己已经被感染了。

我被感染的事他们一直没有告诉我，我记得刚来戒毒所时，我住在入所教育大队，戒毒所对我们这些刚入所的学员统一进行HIV病毒检测。我清楚地记得，在我入所后一两个月左右，管教民警突然通知我转大队，当我在进入现在的艾滋病专管大队时，一眼就看到了大队进门正前方墙壁上的“用科学战胜疾病”几个大字，当时我的大脑就嗡的一声，下意识地有一种不祥之感，当时就意识到自己可能已经被感染，因为和我一起吸毒扎针的人先后都被确诊感染艾滋病病毒，那一刻我的大脑中一片空白，只觉得这辈子完了。一想到那个过程，我心中充满着一种莫名的恐惧。

虽说我还是那个我，但我一直觉得自己身体很脏，心里有一种说不出的滋味。说实话，无论是我在县里上中学，还是后来被川音录取，我心中一直有一个当歌星的梦，特别是被川音录取后，那个梦时时在心中激荡，有时候让我彻夜难眠。现在觉得，当歌星对我来说是一种奢侈，觉得那个梦已经距离自己越来越遥远，日益可望而不可及。

我真的不知道自己下一步将迈向何方，学校肯定是回不去了，已经快一年半没回去了，也没跟学校有任何说法和交代，如果当时办了休学手续的话，我出去后还可以接着上，但现在过了一年多，学校肯定早已把我开除了。家我不知道需不需要回，可能还是要回的，但不会在那里呆很久，毕竟那个地方我不敢呆，一想起来就觉得害怕，因为老家遍地都是毒品，对自己的毅力我真的没有信心，我甚至可以想象得到，一旦我出去将意味着什么，也许复吸后会被再次送进来接受强制隔离戒毒，那样我真的耗不起。像我这种人，时日已经不多了，我不可能也不愿意自己的生命在这里面终结。

我现在只想好好在外面打工，如果有可能的话我会选择远离家乡的城市，那样就会因为陌生的环境和陌生的人从而不能轻易地获得毒品，至少我的操守时间会长一些。对于出去后的打算，我只想好好挣点钱，让弟弟好好读书，我早晚会告诉弟弟自己感染艾滋病病毒的真相，另外我还会告诫他千万不能步我的后尘，这是我最担心的，毕竟他生活在那样一个环境里，我会慢慢告诉他，目的是让他不要走我的老路。我现在还不想让更多的人知道我感染了艾滋病病毒的事，我害怕各种眼光，那种眼光足以把我的整个精神击垮，那样我会没有勇气和信心活下去。

一年多的吸毒经历让我感到，所有的吸毒者都不会有好的结果和下场，不仅妻离子散，众叛亲离，而且散尽家财。吸毒的人一旦犯瘾后往往不计后果，我亲眼见过和我一起吸毒的人一针下去就再也没有醒来，因为剂量没有掌握好，一下子过量，造成心跳过速死了。

像我们这些吸毒者，吸毒成瘾后，心情好也想那个东西，心情不好也想那个东西，吸毒的确太可怕了，毒品对人的吸引力太大了，自己根本控制不住，失去了方向……

不知是忏悔还是告诫，现在，在戒毒所里，我最喜欢唱的歌是《妈妈》，只要一唱起这首歌，我就会想起家乡的妈妈，想起她依然忙碌和操劳的身影，还有我那个当教师的妹妹和 3 个兄弟……

如果不是他们的牵挂，也许我真的没有活下去的勇气。

他们越是惦记着我，我的精神负担越是沉重，因为如果他们知道我感染了艾滋病病毒，如果……

采访手记

采访沙马吾海前，我看到了他入所后在《心语》里写下的一段话：才知道自己的行为让我背负了如此沉重的耻辱，这种耻辱也因为自己那扭曲的欲望而带来了必然结果，看到别的学员解除强制隔离戒毒出所时，也牵动着我心中的那份思念，真希望快回到家和家人欢聚一堂……

那时我就有一种想采访这位戒毒学员的想法。

老实说，沙马吾海并没有我想象中的那样英俊帅气，但他一举手一投足依然透着一种受过良好教育的气质，只是在与我交流的整个过程中，他的目光始终充满着忧郁，那是一种如同阅尽人间沧桑似的茫然、无奈与冷漠。

沙马吾海说，现在一想到当歌星就觉得一切已经距他很遥远，说这话时，他使劲地摇头，声音中充满着绝望。

我只能安慰似的告诉他：“只要有梦、有爱，天地都是你唱歌跳舞的大舞台……”

最愚蠢的感染

小超有着非同寻常的世故与老练，在一个多小时的采访中，他很少露出一个笑容，哪怕一丁点，也很少显示出对未来的担忧，讲他自己的故事，好像他是一个局外者，内心平静得让人感到害怕，后来才知道，这大概与他的经历有关。

十年牢狱之灾毁了我所有梦想

对生命看不到那么长远，对未来看不到那么高贵。这就是我当下最真实的想法，可能你觉得我好悲观，可对于我这样一个已经死过无数回的人来说，我的生活没有希望更没有尊严，我只能不断重复自己，重复昨天。说来好笑，我感染的途径可能是天下最愚蠢的，是我让自己感染的。姐姐是感染者，我把姐姐身上的血抽出来，然后注射到自己身上，当时只想感染后好“找钱”(偷窃)，理由很荒唐，也很可笑。我把感染艾滋病病毒当作一个可以去偷窃、敲诈他人的砝码，像我这种人他们是惹不起的，只能躲得远远的，犯事后就连收戒的地方也很少，大多一放了之，像我们这种有病的人，社会上有些人视之如瘟神。

准确地说，我的生命有五分之二是在监所里度过的，因此世态炎凉、人情冷暖我体会得很深，不客气地说如何跟管教处好关系，如何在“号子”里偷奸耍滑我最深谙其道。我可以自豪地说，无论是在那个监狱里打骂成风的年代还是监狱管理相对较文明的现在，我始终是被打骂得最少的人，在这里面有一句俗语：不罚勤的不罚懒的，就罚不长眼的。

我记不清自己到底是“几进宫”了，但我的“第一次”恐怕我至死都忘不了，准确地说那时我还是一个不懂世事的孩子。17岁那年，我因盗窃罪被判刑8年，可以说是几千元钱毁了我的一生，当时是8000多元钱，现在这些钱当然算不了什么，但在20世纪80年代这可是一笔不小的数目，按照当时的刑法，我被判了8年。那时的我处在一个英雄崇拜的年代，最喜欢看古龙、梁羽生、金庸等写的武侠小说，那种飞檐走壁、拔剑伤人、掌风所到之处非死即伤的武林高手常常让我羡慕不已，我做梦都想着有一天，自己也能成为他们那种取人首级如囊中取物般的侠客义士。

没有理由，也没有更复杂的背景，仅仅是一次在当时被认为一笔数目不菲的偷窃，一下子把我打入人生的十八层地狱。

天空的颜色一下子变成了灰暗的，8年的刑期，对于一个当时只有17岁的我来说意味着它是我过去成长岁月的一半，没有了欢笑，没有了嬉闹，我真切地感觉到了自己末日的提前来临。

在监所管教民警的开导启发下，我明白了日子还得一天天过。2000多天我开始了自己的“倒计时”，我在监狱发的政治学习本上，计算着自己出所的时间。入狱第3年后，我也慢慢悟出了一些道理：要想在里面混得好一些，必须有“一官半职”，这样不仅可以减刑，而且不用受其他牢友的欺负。悟出这样一个道理后，我比以前表现得更为积极了，外出劳动时，我永远是第一个抢到劳动工具的人，就算是在监狱内部的卫生清洁，我也是第一个抢到扫帚或拖布的人。因为表现突出，我被监狱任命为我所在的那个班小组的小组长，作为领班带领他们劳动。

当时我们这些人被称为“劳改犯”，主要是从事劳动改造，由于大多文化程度不高，加之又没有什么劳动技能，所以我们的劳动多是重体力活，我所在的那个大队与监狱附近的一家砖瓦厂签订了协议，我们每天有人去那里进行毛坯砖的生产、装窑及成品砖的出窑工作。

那天在管教民警的带领下，作为领班的我照例带着他们到砖瓦厂进行生产劳动，对工作进行了安排分工后，我一如往常对他们的工作进度进行监督检查，在检查到3号装窑作业区时，我发现李贵把推砖的三轮推车搁在一边，人也躲在一个角落里抽烟，我便径直走了过去，此时李贵也发现了我。如果说他此时赶紧把手中的烟头扔掉，什么话也不说事情会很快过去的，反正我们的考核是计件，每人每天都有规定的工作任务量，完不成任务的，别人休息你不能休息。李贵明明看见我向他走过来，此时他依然坐在几块土坯上，摆出一副旁若无人的样子，还冲着我狠狠地抽了几口，悠闲地吐着烟圈，一副公然挑衅的样子。我内心是知道的，李贵一直对我不满，多次向管教汇报说我安排工作时偏心眼儿，总是把脏活重活安排给他，为这事，管教也多次与我进行谈话，让我在以后的工作中尽可能一碗水端平。李贵不停地告我"恶状"，我早就对他怀恨在心，一直想找机会教训一下他，不然我的权威如何树得起来？

我阴沉着脸一步步向他逼近，我能想象得出自己当时的样子一定很可怕，因为我自己都能感到一股怒火一步步在胸中升腾。走到他的跟前，我强压住怒火说："怎么回事？到这里来偷懒来了？"李贵头也没抬地回答："你管不着！反正今天下达的任务我干完就行了。"也许是我的那副样子把他吓着了，也许是他自己感到理亏，后半句明显感到他的话有些"偏软"。李贵的话犹如一盆浓烈的汽油，一下子泼洒到我的火头上，我生气地叫道："反了你，看老子治不了你！"话音一落，我就冲到了他的跟前，一顿拳脚。李贵倒地后发出一声声惨叫，不停地大声喊叫着骂我娘，竟然敢骂我娘，我一听更火，操起地上一块湿砖坯（还没有过火烧制的砖），对着他的头就抡了过去，伴随着一声声更加凄惨的叫声，李贵一动不动。我一看也吓傻了，害怕出了人命，就赶紧跑出去喊人……

后来经诊断，李贵被打成了轻度脑震荡，我也因故意伤人罪被加刑两年半。

本来想好好在里面改造，早点出来，不曾想，我为自己的冲动再次付出了两年半的代价。小组长的职务也被撤了，领班的工作再也与我无缘了，我的心情再次回到了低谷，只想混完漫长的刑期。我放弃坚持了近 3 年的"出狱倒计时"记录，心如死灰，一切在我眼里又都变得那样无所谓。

10 多年终于平淡无奇地过来了，走出监狱的那一刻，我没有一丝一毫的兴奋感，更多的是感到恐慌，一种很现实的恐慌，家里人还能接受我吗？没有一技之长的我将如何生活？

出狱后我才真的感到自己被这个时代抛弃了。社会变化真的太快了：马路宽了，楼高了，路上跑的车也多了，市区里到处都是出租车，不仅如此，大街上跑的私家车也越来越多，而10多年前街面上就是公共汽车也没有几辆。我刚进去时，一般的家庭连电话都装不起，而我出来后发现呼机、手机好多人都用上了。我刚出来真的一下子感到很不适应。真的，打一个生动形象的比喻，就如同一个原始社会的人被一下子投到现代社会中一样，充满了极度的恐慌与孤独。从内心里我觉得自己距离他们很遥远，自己如同一个外星人，一个另类。我清楚地记得，刚出来时连家里的座机电话都不会打，还是父母在旁边手把手地教我，就是看人的眼光，也一直很怯生生的，办个事情，也显得特别迟疑，内心只有一个感觉，那就是特别自卑。

记得出狱后不久，我的姐夫过生日在南充一家酒店摆酒席请客，我当时连出租车都不敢打，一路步行找过去的，就是路人都不敢去问。到了那里，我一进饭店的大厅，那种繁华程度让我接受不了，就感觉自己像一个乞丐，最终我只好转身走了，我真的害怕见那种大场面，害怕融入社会。

出狱后不久，在母亲及姐姐们的帮助下，我与一个同城的女孩子相恋了，她长相一般，个子也不高，但人很踏实，一看就是一个过日子的人，像我这样一个在监狱里呆了10多年的人，有一个女人爱我，我还有什么理由去挑剔别人？没有过多的犹豫，在相处了几个月后，在双方父母的安排下，我们举办了一场简单而难忘的婚礼。

婚后第二年，我们有了自己可爱的儿子，儿子的降生为这个家带来了久违的欢乐，只是他的到来也加剧了本来就很紧张的经济生活，因为我一直没有固定的工作，从结婚到儿子出生，所有的花费都是母亲多年积攒下来的退休金，那些钱本来就不多，很快也就花光了，现实的经济压力使我感到了生存的危机。

父亲走的时候死不瞑目

从母亲越来越紧锁的眉头和一声紧似一声的叹息声里，我知道她在为未来的生活担忧，毕竟母亲已经老了，只能靠那不多的一点养老金生活，何况她手中的钱越来越少了。

“我得走出去!”我在心底里一遍遍地给自己打气，虽说几年来通过娶妻生子，慢慢地与社会接触，我的性格也变得越来越随和，自己也慢慢地能够融入社会了，但我始终明白不自信是自己最大的软肋。

为了我心爱的女人，更为了我可爱的儿子，我开始留心各种招聘启事，并一次次地开始到各个招聘单位去应试，怀着信心而去，却大多带着失望而归，因为我没有一技之长，加之学历还只是小学毕业，最要命的是我还是一个人见人怕的在“号子”里呆了10多年的“两劳”刑释解教人员。

“劳改犯”像一个可怕的字眼，不仅印刻在我的身上，更重要的是根植于别人的思想中。

天无绝人之路，我一直对此笃信不疑！我不可能一直充当“啃老族”，一直过着这种紧巴巴的日子，让自己受困，让妻儿受苦，我决定东山再起，重操旧业。

重操旧业的日子是紧张的，也更使我在每一次“下手”时，怀着百倍的谨慎与小心，因为我此时比10多年前多了几份更加沉重的牵挂——一直深爱着我的妻子和待哺的幼儿。

在一次“做活路”时，我被抓了个“现行”，当场收缴了我刚到手的一部手机和几百元现金，因盗窃罪，我被判刑10个月，那一年是1998年，儿子还不到一岁。

久违的高墙电网，久违的统一的囚衣，久违的清一色的光头……一切的一切，尽管已经过去了两年多，但那些是我再熟悉不过的生活场景，虽说是一段漫长的记忆，而今天，我却要再一次去重温，再一次去咀嚼自己种下的苦果……

在看守所里，因为我曾经有过10多年的服刑经历，对监狱里面的各种情况了解得很透彻，加之劳动改造要求积极主动，因此我很快就深得管教的喜爱，入监没多久就被提拔为班组长。我所在的看守所在我们县上，所里收押的大多是打架斗殴、小偷小摸这类罪行较轻的服刑犯，因此管理相对较宽松。

在这里，我还发现这些牢友们当中有一些人是“吃粉”的，虽说在这里面服刑，但他们还是有一些人在里面偷吸。毒品是如何弄进去的？我曾经是他们的帮凶，有不可饶恕的罪责。

因为作为班组长的我能够自由地出入看守所，在他们的要求下，我偷偷地帮他们去“买药”，我姐姐她本人就吸毒，因为她在感染艾滋病病毒后当时的社会无法收戒，多年来一直以贩养吸，“药”就是从我姐姐那里买的。

我在精心地帮着姐姐“打理生意”的时候，自己的内心也萌生了抽一口的冲动与欲望，从开始我也来一口到一天都离不开它，我最终也吸毒上瘾了。不仅如此，在我所在的那个监室，有百分之九十的人在那个特殊的时期由最初的旁观者发展到后来的参与者，现在我们县还健在的“瘾君子”中绝大多数都是那个阶段被我们“发展”出来的，现在想想都觉得自己是一个历史的罪人。毫不客气地说，这里面如同一个大染缸，好一点的投进来会加速他们变坏，坏一点的在这里面会变得更坏。

我的儿子现在已经12岁了，他是我唯一的精神支柱，母亲已经71岁了，她一直在家帮我带着儿子。我的父亲在我17岁被判刑20多天后就去世了，本来他身体就有病，加之我被判刑8年的消息对他的打击实在太大，为了让我在监狱里安心服刑，家里一直隐瞒着父亲去世的消息。10多年里，我还一直在想父亲是最疼爱我的，可他为什么一次也不来看我呢？等我出狱后才知道，父亲10多年前就已经去世了。母亲说，父亲走的时候两眼一直圆睁着，他是心里有事放不下呀。听母亲说到这里，我号啕大哭。我知道父亲是死不瞑目，他是担心自己唯一的儿子如何度过那漫长的刑期，因为在监狱服刑，父亲走的时候我都没有看他一眼，没有送他最后一程，这成了我一生中最大的遗憾。

我把感染艾滋病病毒当作敲诈的砝码

10个月的刑期很快就过去了，出狱后我不得不重新思考自己的未来，思考自己将如何在社会上立足，说白了就是如何挣钱养家。

不仅自己没有一技之长，而且现在又吸毒成瘾，经济上的压力更大了，我别无选择，只有去偷。2005年6月，我因盗窃罪被再次判刑6个月，6个月的刑期并不长，而我在监狱里思考得更多的是，一次偷盗竟让我付出了这么大的代价，如何规避法律风险？我不可能一次又一次地出去再进来，一直这样反复把牢底坐穿，把自己最美好的青春年华都耗在这里面。

这就是我前面所讲到的，我可能是世界上最奇特的感染者，我是自己把自己弄成感染者的，因为姐姐是感染者的身份，在犯事后因为没有地方收押最终形成了抓了放放了抓的结果，姐姐活得优哉游哉，她的这种“身份”给了我一个启示，如果我也是一名感染者，小偷小摸即使被抓后也不会再有人管了。就这样，我拿定了主意：把已感染艾滋病病毒的姐姐身上的血抽出来，注射到自己身上，这样我在被抓后再也不用担心坐牢了。

我把这个想法告诉姐姐时，她骂我疯了，她说自己利用身患艾滋病病毒这一特殊的身份以贩养吸是出于无奈，尽管现在还没有发病，但她知道自己的生命随时都有可能终结，她哪里忍心看到自己的手足兄弟只是为了逃避惩处，通过打针而把自己“打”成艾滋病病毒感染者，这真的太残酷了，稍有一点良知的人都不会容忍别人这样干。

但经不住我的软磨硬缠，姐姐最终同意了。如果换作是输血救人，这应该是世界上最感人的一幕，手足情深，姐姐身上的血流到弟弟身上，而现在，人间正上演着最可怕、最丑陋的一幕：感染艾滋病病毒的姐姐的血，被人为地注射到弟弟身上。看着血管里的血通过针管一点点地注射进自己体内，我没有一丝一毫的恐惧，相反，却异常地有成就感，在我的眼里，那带毒的血仿佛是强心剂，它将使自己变得更加强大！

那是我给自己扎毒后的第二天，我便开始了新一天的“工作”，因为心中底气足，我变得更加有恃无恐，当天在做第5件“活路”时，我被一个片警抓了现行，当时他死死地抓住我的手，正准备给我上铐子，我一边挣脱，一边大声喊：“我是艾滋病病毒感染者，不信你看我手上的针眼。”话音还没落，我明显感到刚才还死死抓住我的那双手变得柔弱无力了，最后干脆一下子松开了。我发现，一双惊恐的眼睛在我的两只手上寻找着什么，我扬起了左手臂，指着昨晚由于扎针而留下的疤痕，许是他看到了那令人触目的针眼，片警下意识地后退了好几步，朝着我摆摆手说：“你走吧！下次可不要再到我这里来偷了。”

就这样，我逃避了第一次以感染者身份作案有惊无险的一劫。

一个月后我在市里另外一个片区作案时就没有那么幸运了，刚做第二单时就被抓了，那位警察可不管，死死地拧住我的手，瞬间就把我铐起来了，他不管我如何叫喊自己是感染者，就是不放手，还说：“你就蒙吧，像你这种人我见得多了。”也许他真的以为我是故意拿艾滋病来说事，来吓唬他的。被拘留后，在得知我是吸毒人员后，他们及时对我的血样进行了送检，到里面没多久我就犯了毒瘾，撞墙、吞咽异物等，没办法只好取保候审，一个月后，结果出来了，我被确诊，当时到我家里来的是县疾控中心的医生和县公安局的民警。

如我所料，“候审”变成了没审，此事就这样不了了之。

时间一久，我的艾滋病病毒感染者的身份在我们那儿已经成了公开的秘密。在我们县上好多人都知道，我在前面走后面就会传来窃窃私语，当我回过头去冲他们一瞪眼时，他们吓得立马噤声。

我的这个身份让自己根本在小吃摊上吃不到饭，只要有人知道我是感染者，百分之百的人不愿意卖给我任何食物，因为只要知道我这样的人在他的摊上吃过饭，就没人敢再过去吃，他们说怕传染。碰上我要狠时，他们就跟我说好话：“不是我不卖给你，你一来吃，就等于让我关门歇业，求求你了，你还是到别的地方去吃吧。”

老婆对家绝望后，一针把自己打死了

要问我最对不起的人，应该说有 3 个人，一个是死去的人，另外就是两个活着的人！死去的那个是我的爱人，活着的人就是我的母亲和儿子。

我爱人是天底下最不幸的人！小时候她父亲就死得很早，她没读过几年书，跟我结婚后也没过几天安稳的日子，儿子出生前她还好一些，那时候我出狱还不到两年，基本上是陪着她，后来我就不停地在看守所、监狱、戒毒所轮流“值班”，她打工挣的钱都被我骗走买毒品了，加之我、姐姐、姐夫、妹妹、妹夫都“吃药”，在那样一个生活圈子里，她最终也染上了毒品。后来她一来是觉得自己命太苦了，二来感到这样担惊受怕的日子何时是个尽头呀，就一针把自己打死了。

我始终觉得对不起我的爱人，是我把她害死的。结婚后那些年里她一直跟着我过着担惊受怕的日子，可以这样说她是对我、对她自己也是对整个家庭绝望了，才不得不走上那条绝路的。

走的那天，她在注射“粉药”时故意加大了剂量，用针把自己打死了。听我妈说，死前她带儿子和我妈到市里各大景点玩了一天，给我儿子从上到下买了一身新衣服，也许在她心里，这是她唯一能做的，也是唯一留给她最爱的人最后一个好母亲的印象。

在爱人打完针后，她把儿子叫到床前，对儿子说：“妈妈就要死了，去告诉奶奶我要死了，等你爸爸回来后，告诉他再也不要‘吃药’了……”所有的这一切，都是出狱后我妈和儿子告诉我的，当时儿子已经 7 岁了，一些事理他还是似懂非懂。

说真的，当我出狱后，在得知她走了后我没有哭，但当儿子告诉我他妈妈临死前的遗言时，我哭了，哭得异常伤心，那时我才发现，与我誓言携手一生的另一半已经走了，永远地走了，带着对未成年儿子的不舍，带着遗憾走了。那时，我的心如撕心裂肺般疼，也许是我的良心并未泯灭。

我从监狱出来后从保险柜里发现了母亲一直保存着的老婆写给我的遗书：我发现这个家一点希望都没有了，根本就没有希望……

我不知道自己爱的女人在尘世间最后的弥留之际，内心进行着怎样的煎熬，进行着怎样的挣扎，又是在做着怎样的生死抉择，我能想象得到，当所有的幻想都破灭时，一个连希望都没有的人，她在这个世界上就显得是那样多余，也没有任何值得留恋的。

爱人走了，却把更深的痛苦留给了母亲和儿子。

母亲的命真的很苦，她养的 3 个孩子没有一个争气的，像我的两个姐妹都吸毒，作为家里唯一的男孩，我在监狱一呆就是 10 多年，出来后也染上了毒品，父亲在我 17 岁那年就去世了，母亲一直在监狱外朝思暮想盼着我早点刑满释放，当时，两个女儿、女婿都吸毒，监狱里的我是她唯一的希望。

在我出狱后，母亲拼尽全力，帮我张罗着成家，娶妻生子，可没想到我还是步了姐姐和妹妹的后尘，染上了毒品，并偷盗成性，望子成龙这最后的希望也在母亲那里破灭了，尽管如此，在我入狱或者被强制隔离戒毒时，70多岁高龄的她还得帮我抚养未成年的儿子……

我清楚地记得爱人走的那天是2005年10月2日，我是在她走了一个多月后才从监狱里出来的，当时母亲还是先把我稳住后才慢慢告诉我的，她是怕我一下子接受不了，但从只有母亲和姐姐妹妹她们去接我出狱时，我心里已经感觉出不对劲，爱人没来接我，我就有一种预感。因为我知道吸毒成瘾的人说没了就没了，很多人吸毒过量一下子就打死了，但我唯一没有想到的是爱人是故意用针把自己打死的。

听完母亲的诉说，看完爱人留下的遗书，我什么也没有说，只是从姐姐那里要了500元钱，到外面去买了一些毒品，姐姐没有阻拦我，她应该知道我当时的心情，那个时候我只想麻醉自己……

采访手记

小超在讲他的故事时流露出来的那种悲观，以及从感染艾滋病病毒的姐姐身上抽血，注射进自己体内令人不可思议的举动，会让你的心在炎炎夏日里，依然能够感到阵阵寒冷，而这种寒意在我记录他的故事时感受得更为真切和强烈，那是一种穿透人心的、渗入肌肤的阴森而又彻骨的冷。

小超在接受采访时跟我说过这样一句话："有这样一句话我很喜欢，冬天来了，春天还会远吗？你说，像我这样的人还有春天吗？"小超像是在问我，又像是在自言自语，表情始终是淡淡的苦笑……

我不知道该如何回答他，你能给他一个满意的答案吗？我希望能！

毒品的诱惑击溃了他的毅力

沈马力看起来始终与别的戒毒学员不同，就是穿着那身特殊的戒毒服，依然透着一股书卷气。陪同采访的民警告诉我，他当过小学教师。其实，在采访前，我看过每个戒毒学员的资料，只是从他的吸毒及感染的故事里，始终无法与眼前这个长着方方正正国字脸的感染者对上号。

谈话中，沈马力那种作为教师天生的职业敏感性让他始终在刻意地回避着什么，“我戒毒是自尊心在作怪，更多的应该是心底最敏感而脆弱的神经在作怪。”许是教师出身，他的表达能力相当了得。

课堂上，我始终想着下一针扎向哪里

我来自西南某省的一个小县城，一个毒品异常猖獗的国家级贫困县，一个“除了长石头什么都不长的地方”，不仅人均耕地面积少，而且交通极度不便，生活极度贫困让现代文明远离了这个闭塞的小城，毒品更是在摧残着这里善良而又纯朴的人们。

我出生在一个教师世家，早在父亲小时候，他就亲眼目睹了毒祸在社会上的盛行，父亲参加工作后，他众多品学兼优的学生最终一个个倒在了万恶的毒品之下，那时父亲就在心底里暗下决心，儿子能不能当官，能不能考上大学都无所谓，只要他不沾染毒品，就是对他教育最大的成功，也是他人生最大的成功。正是基于这样的教育动机，父亲始终把我的交友圈盯得牢牢的，以期阻断那些吸毒的人与我交往，同时极尽所能地通过各种方式告诉我毒品的危害，吸毒的可怕。

我果然没有让父母失望，从小学到初中，再到师范院校，我不仅没有沾染毒品，并且远远超过父母的期望，考入师范院校，即将成为一名光荣的人民教师。我清楚地记得，在我毕业典礼的那一天，我回到家里，从来不喝酒的父亲拿出了还是他教过的一个考上大学的学生送来的珍藏了好几年的一瓶好酒，高兴地对我说："这是一个难忘的日子，我们好好地庆贺一下。"说这话时，我发现父亲的眼角里噙满了泪水，只有我能读懂其中的含义。那一天，父亲喝得一醉方休，我能够理解，10 多年里父亲所承受的种种压力，他真的害怕儿子走上大多数乡里乡亲的子女吸毒的道路，而这一天，我终于学有所成，他也终于可以放心了，可以搬开长期压在他心中的那块巨石了。

我从师范院校毕业后，果然子承父业，成为了乡村小学的一名语文教师。刚上班时，我也在心里暗下决心，为人师表，传道授业、解惑，做一个像父亲一样受人爱戴的好老师。

日子注定要归于平淡。当上老师后，我发现生活并不像当初在学校读书时想象得那样美好，由于所在的地区是国家级贫困县，又是毒品重灾区，大多数学生的父母要么外出打工了，要么因为涉毒被判刑或被强制隔离戒毒，家庭教育只能落在留守儿童的爷爷奶奶或外公外婆身上，由于年老体衰加之本身受教育程度很低或者根本就是文盲，因此对于他们这些留守儿童的教育存在着巨大的盲区，在学校里，逃学厌学成风，对班集体的管理存在着相当大的难度，一心想通过知识改变家乡面貌与现实的巨大反差，让我感到不安和力不从心。

我在极力地做着各种努力，因为我始终想着父亲对自己的教诲："一个没有知识的民族是一个没有希望的民族。"我不想让一个学生失学，虽然知道个人的努力会异常艰难。

不幸总是在人生陷入低谷时悄然而至。那是一个周末，我刚刚处理完班级内两个学生打架斗殴的事情，心情极差的我正在学校里全力批改学生的作业，准备批改完后马上回家。正在这时，我的手机响了，拿起来一看，是一个陌生的号码，接通后，是一个似曾相识的声音，通过对方的自我介绍，我才想起那是一个近 4 年没见面的初中同学王飞。4 年里，我也不知道王飞这些年在做什么，只是有一次听到另外一个同学说王飞在外面做生意发了大财。电话里，王飞告诉我，他想把昔日的同学召集起来搞一个同学会，等到联系得差不多时，请我这个知识分子任这个同学会的会长，等等。我只是在电话里礼貌地作答，最终我们双方约定第二天在县上最大的一家酒吧见面。

见面后的寒暄自然是免不了的，4年不见，我发现昔日的同学异常健谈，从上到下的衣着打扮都是名牌，很是光鲜，只是气色看起来有些差。当听到王飞说自己的年收入有6位数时，我想到最近工作上的不顺，加之自己师范学校毕业后还比不上一个初中生，只是在一个乡村小学任教，心中难免有些失落，就唉声叹气起来。由于没有共同语言，在我看来，一个多小时的聚会真的是太漫长了，两人你来我往喝了不少酒。谁知道，聚会刚结束，王飞就生拉硬拽地把我拉上他的摩托车，说是发现我这位老同学的心情郁闷，要拉我到一个地方去散散心，尽管内心有一百个不情愿，但我还是被他连拖带拉地架在了摩托车后座上。

后面的情况可想而知，王飞把我带到了一个僻静的二层小楼里，一间窗户紧闭的二楼小屋里，正播放着刺耳的音乐，推门进去发现里面的空气很污秽。对于我们的到来，里面的人形同陌路，好像根本没有意识到我们的存在，只是在自顾自地就着锡纸贪婪地吸着那一缕缕烟雾，有的拿起针管直接往身上扎……

没有过多地动员，我有些迟疑地接过了王飞递过来的锡纸和一个打火机，学着他们的样子吸了起来，这些动作，我并不是第一次见到，早在我读师范学校时，同班的室友就经常进行类似的“表演”，有的吸毒成瘾后还被学校劝退。

我最终没有逃过与众多吸毒者一样的命运，并最终吸毒成瘾了，只是父亲并不知道，因为我总是借口学校忙而很少回家。在吸毒不到半年后，我的毒瘾就变得异常大，每一天要进行3次注射，45分钟的每一堂课，对我来说都是一种煎熬，因为在我的脑海里，满是下一针该扎向哪里这样奇怪的想法……

村民出国打工，带回来的不是钱而是毒品

我都没有想到，自己能坚持这么长时间不去沾染毒品。

在我们那里，从越南打工带回来的不是钱，而是毒品。我们距越南只穿过邻省的一个县就过去了，村里的劳动力大多到那边去打工了。在我的印象中，村里的人在我记事的时候就有很多人吸毒。村里的经济主要是靠天吃饭，因此大多数青壮年都到距家乡很近的越南打工。能到国外打工，成了家乡的一种时尚，一来可以出国，二来可以挣钱养家。但慢慢地村民们发现，开始出去的人不仅带回来了大把大把的钞票，而且还带回了一包包的白色粉末，一种吃了让人很兴奋的东西。村民们除了羡慕，慢慢地也开始寻找出国的机会，就这样，一批批的村民被他们的乡亲带到了国外，同样一大批一大批的毒品被带了回来。

你肯定对他们如何把毒品带回来感到不解，因为我们这里多是山林，加之与外面有很长的边界线，我们这里的村民有很强的野外生存能力，同时有很强的奔跑能力，只要有水和食物在山林里生存半年都不成问题。

从地理位置上能够看出，从越南到我们县，那些带毒者大多选择走小路，不仅很近，而且很方便，所以带毒不存在任何风险，一旦带毒成功，几千克毒品就能换来滚滚财源。一夜暴富的传奇刺激着众多渴望快速致富的人的神经，越来越多的人加入到他们的行列。而吸毒如同瘟疫一样，在县城、乡村快速蔓延。

在我们县，每年的征兵体检就没有多少人能够合格，许多人不是感染艾滋病病毒就是吸毒成瘾，没有办法，有时甚至连上面分配下来的征兵名额都完成不了。吸毒造成的危害让我对家乡的处境深感担忧。

从一名小学老师一步步发展成一名吸毒成瘾人员，并最终感染艾滋病病毒，我丝毫不掩饰对自己一步步堕落的懊悔。我是1995年参加工作的，当时每月工资是300元左右，这在当地是一笔很可观的收入，如果我的人生之路一直沿着正确的轨迹运行，我真的不会成为你笔下的主人公。可人生没有后

悔药，真的可以说是一失足成千古恨，如果没有吸毒，我现在应该有一个美满的家庭，我在学校的一切也应该是一帆风顺的。

走上吸毒这条道路，我没有抱怨任何人，但我对家乡恶劣的毒情环境感到忧虑，在我所教学的那个乡镇，几乎所有村子里都有吸毒人员。在农村，由于缺医少药，感冒、头疼脑热等一些农村常见疾病，村民们都去吸一些白粉。就说我吧，从 1997 年开始吸毒，一直到 2003 年学校才发现，刚开始的时候毒瘾不大，十天半月才吸一次，后来吸毒的间隔时间越来越短，一天得扎好几针才能满足自己的毒瘾。自从吸上毒后，教学就变成了一种应付，根本没有心思，整天脑子里想的都是毒品。有一次，由于自己的工资不够购买毒品，刚好我手里有一些刚收上来的班上学生交来的资料费和试卷费，虽说不多，只有区区的 200 多元，但就算是这样，我还是把钱挪用了。事后，还是父亲帮我还上的。

我极力想隐瞒一切，特别是不愿意让父亲知道自己在吸毒，但结果还是事与愿违，事情还是我在家里扎针时被发现了。没有过多的质问，那样的一幕对于在一个地方生活了 60 多年的父亲是再熟悉不过的了，做了一辈子教师的退休老人，当他看到那一幕时一下子呆住了，他二话不说，狠狠地扇了我两个耳光，双手紧紧地抓住我的衣服，使劲地撕扯，边扯边哭着说："你这辈子完了。"父亲是最了解毒品的危害的，一旦吸毒成瘾，一般人是戒不掉的。

其实，吸毒成瘾只是噩梦的开始，也不知道我是哪一年感染上的，直到 2008 年因为吸毒被强制隔离戒毒，在入所体检时才发现自己被感染了。我受过中等专业的教育，自然知道被感染艾滋病病毒的危害，当时知道这个结果时，我万念俱灰，首先想到了死，因为我知道那个病是一种绝症，是没有药能治的，顶多只能对它进行控制。命运并没有放过已经感染毒品的我，在吸毒几年后，我不幸感染了艾滋病病毒。对于如何感染上的，我没有丝毫的质疑，肯定是共用针管，我没有找过女人，就是在我上师范学校时，我曾谈了一个女朋友，但很少与她发生性关系，后来她觉得我性冷淡或是不爱她了，就离开了我。在我吸毒后，对这方面更是一点也提不上性趣。

毒品对人巨大的控制力让我感到后怕，像我们这些"老烟民"，家里都买了很多一次性针管，但一旦外出办事或购买毒品时毒瘾犯了，就顾不了那么多，我有好几次在去拿“药”时毒瘾犯了，我就在买“药”的地方用他们的针管，有时候他们会随手递过来已经拆开包装的针管，我也顾不了那么多，匆匆把“药”兑好赶紧注射进去。

我从不讳言就是那时候共用了别人的针管而感染上的，通过在劳教所专管大队几个月的教育，我对艾滋病病毒的进一步传播感到担忧，因为在我们老家，共用针管后到底有多少人被感染，真的谁也说不清。

我被强制隔离戒毒后，唤醒了父亲心中那已经死亡的慈爱，尽管之前的若干年我的行为深深地伤害了他，但在父亲的心中，我是他的儿子，身上流淌着他的血液，我是全家的希望……

当听说我被收戒了，并且查出来感染了艾滋病病毒，父亲的心里说不出是愤怒还是悲伤，一种强烈的想救儿子的心让他不顾一切。

当我被县公安局送进来时，父亲就想花 5 万元托人把我“捞出去”。当父亲托人转告他的意图后，我就请人转告他，不要这样，我是真心想进来好好改造一下，因为自己早就有这样的想法，由于自己下不了这样的决心，也没有这样的毅力，只能靠外在的强制力戒毒。说实在话，处在不好的环境里确实没办法戒断毒瘾，另外一个原因就是我也怕把这病感染给自己的家人。尽管最终父亲花钱把我从里面“捞出去”的想法没有实现，但我还是从父亲的良苦用心中体会到他那份大爱如山般的深沉厚重。

对于自己的未来，在戒毒所，相对规律的生活让我有更多的时间重新思考。等戒毒期满出去后，我想好好地戒断毒瘾，再也不去沾染毒品，好好地工作，继续教书，但害怕同事们知道我的情况后歧视我，并不是因为吸毒这件事，而是害怕他们知道我感染艾滋病这件事，因为我们那个地方科技也不发达，整个社会还相对落后，很多人并不真正了解这个病，不知道它的传播途径。我害怕跨过戒毒所这道大门，因为我害怕社会上各种异样的眼睛。在这里面我们大家都很快乐，彼此也都很团结，因为大家都是感染者，没有歧视，没有偏见。

从内心讲，作为我们这些毒瘾很深的人，能不能戒断毒瘾我自己都不自信。在吸毒的这些年里，我也先后自戒过多次，也被强制隔离戒毒过多次，但每次戒完毒，工作起来忘了毒品，但只要一看到昔日的吸毒朋友，就产生条件反射，像丢了东西一样，难受得要命，控制不住，就有一种说不出的想吸的冲动……我知道自己今后的日子不会太长，只想把老人照顾好，尽量养老送终，我不想白发人送黑发人的惨剧在我身上发生。

采访手记

沈马力跟我打了一个这样的比喻：当环境与毅力进行交锋时，对于获胜的一方他更倾向于前者，特别是对于毒品这种特殊的东西。我一直在想，这一定是他对自己过往生活的一种最好的总结：他生活在一个到处都是毒品的环境里，最终毒品的诱惑击溃了他的毅力，他成了毒品的俘虏！沈马力告诉我，他最留恋与学生们在一起的日子，不过在戒毒所的扫盲班上，管教民警给了他这样一个重拾过去辉煌与尊重的机会，让他给那些不识字的戒毒学员进行文化课的辅导，一份投入也暂时让他忘记了病毒带给他肉体与心灵的伤痛，只是在片刻的空闲时，他却无法让灵魂停驿在一个静静的港湾，因为有毒魔与艾滋病相伴，他的人生已经注定是凄风冷雨……

“冰壶”给他打开地狱之门

张文勇异常敏感，目光一直在躲闪着什么。两个多小时的采访过去了，我终于理解了他内心的那份无助和脆弱，却始终找不到安慰他的只言片语，采访虽然早已经结束，时间在一天天流逝，却总也带不走他忧伤的故事留给自己的那份沉重……

找老总时，我看到了不该看到的一幕

夜已经很深很深，我已经在车上睡了 5 个多小时，借着路灯微弱的光亮，我看到时间已经指向凌晨 3 点多钟了，我再一次拨通了蒋总的电话，通了，还是没人接。我清楚地知道，这已经是自己第 6 次拨打老总的电话。

不知道是该走还是该留，在往常，我早已回到家里，和女友在一起了。我有些着急，准确地说是女友急了，女友已经打来过 10 多个电话，催我回家，我理解自己这么晚了还没有回家，女友的那份担心。我有些等不及了，决定上去看看。我当时的想法很简单，上去后如果蒋总休息了，我就开车先回去，第二天一早再来接他。

以前我也常来这里，这是我们老总一个朋友的别墅，虽说是私人别墅，但里面的保健、游泳等设施一应俱全，蒋总常让我送他到这里来，每一次我都会在楼下车里等。我知道作为一名老总，一些应酬是难免的，身为一名司机，有些事情还是少知道一些为好，因此在分寸的把握上，我总是尽可能地装糊涂，对他始终保持一定距离，始终是敬而远之，蒋总对我所表现出的成熟很是放心，好多事情也并不避讳我。

一楼的门是半掩着的，那条拴在铁栅栏处的大狼狗对我这位老熟人显得很友好，没有叫一声。我很奇怪这里没有以往的喧嚣，显得不同寻常的寂静，我径直到了二楼，我知道那里有一个大的包厢，一个可以容纳数十人唱歌的卡拉OK厅，蒋总的嗓音很好，常来这里唱歌。门是虚掩着的，从门缝里透出的光亮和一些奇怪的声音让我断定里面有人，门一推就开，而当门被推开一条小缝后，借着微弱的光亮，我看到了不堪入目的一幕。地上胡乱地扔着几个“冰壶”，还有几个人正借助手中的用矿泉水瓶改装的简易冰壶旁若无人地吸着……

那一刻，我的脑袋嗡嗡作响，全身的血直往头顶上涌。留下来肯定不是事，我转身拔腿一路小跑就下了楼，钻进车子里，脑子里依然全是刚才看到的不堪入目的那一幕。

在稍微镇定下来后，我发动了汽车，疯似的往家的方向驶去，好在那个时候是凌晨，路上的行人很少。到家后，女友问我为什么这么晚才回家，我随便搪塞了几句，就推开她自顾自睡去了。只是梦里老是梦见那不堪入目的一幕……

蒋总对我有知遇之恩，我一直心存感激。1992年，我入伍到北京，成为一名光荣的武警战士，3年后我退伍返乡，先是到派出所当实习民警，就是在那个时候我认识了在一家城市信用社当老总的蒋总。

说来真是很巧，我与蒋总的相识充满着戏剧性。那次我和一位老民警出警，是为解决一起公交车乘客为抢座位而引发的斗殴，我们到达现场时，他们已经由车上打斗到地面上。到达现场时，随同出警的老民警很快就控制了两人，而我在对其中一人实施劝阻时，他依然动手袭击已经住手的另一方，我见此就决定将其控制，不知道是心理素质不过硬还是擒敌动作不过硬，小伙子与我撕扯起来，一时闹得难分难解。正在这时，从此路过的一辆黑色小轿车停了下来，从车上下来一个中年男子，他上来三下五除二就将该男子的手臂控制住，并将他交给我。我冲他友好地笑了笑，后来才知道他是我们辖区的一家信用社的老总，姓蒋。

为表彰他的见义勇为，后来，派出所领导还专程带着我到信用社送了一面锦旗，我也是从那件事情后才认识他的。

在与蒋总交往后我才知道，他当过 5 年特种兵，退伍后被分配到信用社当信贷员，并凭着自己的勤奋和努力一步步从普通小职员荣升为信用社经理。在得知我也是一名复员军人时，蒋总称呼我为战友，他一点架子也没有，显得很亲切。

实习期结束后，因为自己的身份只是一名社会青年，要想留在所里，只能是一名协警，做一些类似于保安的工作，没有执法权，只能通过统一的招警考试，才能成为一名真正的警察。我还从各方面了解到，当一名协警的工资是相当低的。

在征得家里人同意后，我决定离开派出所，打算另外找一份工作。

离开派出所后的第 3 天，我正在家里上网，突然接到蒋总打来的电话，蒋总告诉我，他从派出所那里知道我辞职后，就给我打来电话，他问我，愿不愿意跟着他干，做他的专职司机，每个月月薪 2500 元……其实自从与蒋总相识后，他豪爽的性格、大气的做派已经让我打心眼儿里对他充满着敬佩，更何况我们共同的从军经历，让彼此又多了一个共同的话题。

没有犹豫，在接到电话的第二天，我就赶到了信用社报到，正式成为蒋总的司机。

蒋总为人很仗义，不仅每月为我报销一定比例的电话费，而且别人因为贷款送给他的一些礼物他也经常让我拿回家，他的理由总是那样无可置疑："你拿回去吧，我家里多的是，不然我也只能放坏了浪费掉。"

家里人也都为我而庆幸，庆幸我跟了这么好的一个老总，日子过得有滋有味。我和女友也在心底里盘算着等我们有了一定的积蓄后就结婚，一切的迹象表明幸福的日子像芝麻开花一样节节高。

虽说我之前有一种预感，蒋总少不了有个情人或者"小蜜"，但那只是一种猜测，而当真的一下子亲眼目睹他做那种事情后，我还真的有些接受不了。

直到第二天上午 10 点多钟，蒋总才给我打电话让我去接他，一切都像没有发生似的，蒋总对我有说有笑，还很关心地问我昨天是怎么休息的，他告诉我他昨天喝多了，和几个朋友唱了一会儿歌就糊里糊涂地睡着了。

我支支吾吾地胡乱应答着，全然装出一副什么都没有看见的样子。

从那次以后，蒋总好像变得对我更好了，每次到外面和他的朋友们应酬时，他都会叫上我一块儿去，有时候唱歌时还会也为我叫上一个“小姐”，看着我笨拙地与“小姐”一起唱歌跳舞时，他们都会笑我还是个雏儿，在那个时候，我只好极力应付着。

有一次，蒋总和他的几个朋友当着我的面“溜冰”，并一再要我尝一尝，还说是个男人就该什么都经历一下，等等。就这样，我第一次接过了蒋总递过来的“冰壶”，只是当时根本没有想到，这一接如同接过了打开地狱之门的钥匙……

我不敢去拨那深刻在心中的 11 个数字

这些年我最对不起的就是自己的女友，这恐怕也是我心中至死都将解不开的一个心结。我真的不敢去面对。进来这么长时间，我都不敢给女友打一个电话，更不敢告诉女友自己感染的事实，因为我知道，女友一定感染上了，在我的心里，我一直想回避这一事实，哪怕我明知这只能是自欺欺人。

女友小琼现今在成都一家宾馆做前台接待，自从与我相恋后一直和我住在一起，我和她是在 2004 年相识的。当时我正在家里戒毒，每天被家人看护着，哪里也不让去，过着与外界隔绝的生活，与外界的联系只能靠网络、电话。为了打发无聊的时光，我疯狂地加各种网友，只要其他人愿意与我聊，那时我只是想让我的思想不要闲下来，不要再去想那白色的粉末。就这样，我和她认识了，在那样一个特定的环境里，在特别急切地渴望与外界接触的心理作用下，一丝安慰，一句体贴的话语都能把人感动得涕泪双流，小琼那善解人意和温暖的话语冲淡了我对毒品的渴望。

我刻意隐瞒了自己吸毒成瘾的情况，只是告诉她自己最近身体生病，正在家休息，等等。没有怀疑，有的只是更加体贴入微的关心与问候，她的善良越来越让我感到她是一个值得托付的人。

在家呆了两个多月后，我才得以走出家门，我们彼此约好了见面地点，内心的激动竟让我有些迫不及待。在 60 多天陪我走过的人们中，小琼是我最大的心灵慰藉，也是支撑我成功生理脱毒的最大动力。现实生活中的小琼比从QQ上发过来的照片显得还要清纯、秀气，披肩的长发露出女孩子特有的美丽，没有过多的客套，其实在那两个多月里，除了有些不能讲的秘密外，我们如同故友。她告诉我，那段时间也是她情绪最低落的时候，她刚与相恋4年的高中男友分手了，是我陪伴着她走出了那段心灵的阴霾。

两个“同病相怜”的人，在彼此倾诉与倾听中两颗心紧紧地贴在一起。

在确定恋爱关系后，她勇敢地搬到了我的家里，与我住在一起，虽说我们还没结婚，但我的父母已经把她当作了自己的女儿，视同亲生。父母都是退休教师，小琼的外貌和内在的知书达理让作为知识分子的父母非常满意，他们打心眼儿里也渴望有这么一个人来照顾我，有这么一个儿媳去托起一方已经蒙上一层阴影的天。

天底下没有不透风的墙，在与我相处了一年多后，她还是知道了我吸毒的事实，但她却天真地认为，只要是病都有被治好的一天，而那种毒瘾病，也终归能够治愈。

她想创造奇迹，她的自信是出于她天真善良的天性，更是出于对我的那份博大的爱。

只要有时间，她都会陪着我，帮我的母亲盯着我，阻止我与任何不认识的人来往。在一次自愿戒毒时，她专门请了年假陪我到戒毒所，一住就是半个月，直到我完全生理脱毒后才去上班。

说来你都不会相信，为了让我戒毒，小琼曾将她家里祖传下来的两幅名画贱卖了8000元，后来她的父母告诉她那两幅画如果拿到拍卖行，最低要值5万元，当她父母骂她是败家子时，她反问她的父母：“你们认为是钱重要，还是人的命重要？平常你们都是教育我要行善积德，我把它卖掉了，是在救人，同时还是在做一件功德无量的事，这难道有错吗？”

小琼的父母知道我是吸毒人员后，极力阻止我们俩来往。她的父母说，吸毒成瘾的人，没有一个能够改得好的，你跟着他将会受尽一辈子的苦，这种苦是那种痛不欲生的……每每想到这，我的心越发揪心地痛，现在想起来，她的父母当初说得多对呀，那时她又是承受了多么大的精神压力与我相处的呀。

父母已经知道了我感染艾滋病病毒的事，两位老人都是知识分子，他们当然知道艾滋病病毒的传播途径和这种病的可怕，不知道两位善良的老人该如何跟他们视为己出的小琼讲这样一个残酷的事实。他们也知道小琼在与自己已经感染了艾滋病病毒的儿子同居了几年后意味着什么，所以也许是愧疚，也许是补偿，父母对小琼特别好，每次她到我家里去看望我的父母（自从我这次进来后，她就搬出了我家到单位里去住了），父母都是倾其所有，做好多好多的菜给她吃。

父母告诉我，自从我进来后，小琼多次去我家看我的父母，还帮着做家务、洗衣服，越是这样，我的心里越是不安。与小琼相处 5 年多来，她的性格我是了如指掌的，她是一个遇事心急的人，对感情特别专一，很执著。记得我在入所前的半年左右，我一直有一种预感，可能要进去，就不想让她受罪，主动提出与她分手。分手的那天，我一狠心把我们的信物，彼此给对方买的衣服、项链都烧了，然后就独自一人在成都流浪。

我害怕跟她在一起，自从我被查出来感染了艾滋病病毒后，就害怕与她亲热，可她是一个正常的女人，每次她要我时，我总是以身体不舒服来搪塞，可时间长了就瞒不过她，她哭闹着说我变了心，在外面有外遇了，嫌弃她。那时我异常痛苦，痛苦的是我知道一切，却不敢告诉她哪怕一丁点事实的真相。尽管我明明知道她已经百分之百地感染了，因为她在我被查出感染后前半个月，还为我做了一次人工流产。我一直不敢告诉她自己被感染的事实，更不敢让她去做艾滋病病毒检测，只是在心底里希望她没有被感染，哪怕这是一个连我都不愿意相信的谎言。

刚进来的两个多月，我每周都能收到她寄来的信，她都鼓励我好好在里面安心戒毒，利用两年的时间把毒瘾真正戒断，重新开始新的生活。每次在信的最后，她都会写上：永远等你！

而每每收到她的信，我的心越发地沉重，觉得像我这样的人，根本不可能再有爱与被爱的权利，我也没有资格去接受她的爱！更何况是那份她对我痴迷的愚爱。

我不怕死亡，就怕面对亲人的目光

3 年多来，应该说对于生命、对于未来的生活，我不再抱任何幻想，对于我这样一个得了绝症的人来说，我觉得一切已经结束了。

我被查出来感染上艾滋病病毒是在 2007 年，当时我的姐夫在自贡市开了一家餐饮山庄，类似“农家乐”的那种，由于染上了毒品，我就一直在家没有出去做事。那段时间我也刚好从广东一家自愿戒毒所出来不久，生理上戒断了毒瘾，姐姐考虑到我在家没有什么事，心想如果不让我有个事做，必定会复吸，就请我去帮他们打理生意。由于是从事餐饮行业，按规定所有的工作人员都得有卫生部门颁发的健康证，我被感染的事实就是在那次办健康证时查出来的。

按照规定，所有办健康证的，在抽完血后，都得留下联系方式，像我这些年来一直吸毒，心中总有一种预感，害怕自己有什么事，因此我多留了一个心眼儿，就没有留山庄的座机，留下了自己的手机号。大约在 20 多天后，市疾控中心的工作人员打电话叫我去复查时，我心中就咯噔了一下，好像有一种预感，在再次抽血复查后，我被确诊了。记得我过去拿结果时，当时一位血液科的工作人员问我是不是有吸毒史，我承认自己吸过毒，他们告诉我，我被感染了艾滋病病毒。

在原来没有被确诊时，我还一遍遍地幻想有一天我真的戒断毒瘾，与小琼幸福地生活在一起，有了自己的安乐窝，有了自己可爱的儿女，现在，这一切都真的成了幻想，永远的幻想。

那一天，我都不知道自己是如何从市疾控中心回到山庄的，不仅脚发飘，而且全身无力。我不敢将结果告诉任何人，我害怕别人异样的眼神，另外我不想让亲人再额外为我去承受这种无形的精神枷锁，那样实在是太残酷了。

无论是戒毒所里的管教民警还是我父母他们问我是如何感染上的，我都敢肯定地说是通过性传播被感染的，直到今天，我都可以确定。吸毒的这些年，通过静脉注射我是不可能被感染的，因为我一直很注意，无论在外面还是在家里，我的身上都随时带着一次性注射器，无时无刻不做好了犯瘾后打针的准备。

我想，被感染的唯一可能就是那个和我一起吸毒的女人，她是一名感染者，是在我查出来一个月后得知她也被感染了，更可怕的是，她告诉我其实在一年前她就已经知道自己被感染了，她刚说完这句话时，我连杀她的心都有了，因为她在明知自己被感染后，还和我在一起同居了3个多月。看着我一副要杀人的样子，她声嘶力竭地吼叫道："你说是我感染了你，那我又是被谁感染的呢？我们都是一帮可怜虫……"

在得知自己被感染后，我知道自己已经无法再在姐姐那里呆下去，便以身体不适，大夫建议我回成都复查为由拒绝了姐姐和姐夫的挽留，当时也正好身上长了个小瘤子，理由无可置疑，没有引起姐姐和姐夫的任何怀疑。

说真的，得知自己被感染后，我心里有无尽的恐惧感，这种恐惧感不是来自对死亡的恐惧，更多的是来自亲人的目光。

其实在得知自己被感染后，我一直瞒着亲人，他们得知我感染了艾滋病病毒纯属偶然。我的一个朋友开了一家私人戒毒所，在听说有一种先进的皮下深埋术戒毒效果好时，我就到他那里去问能不能做这种手术。他告诉我没有任何问题，并且我们约定好了做手术的时间。

当我把即将做手术戒毒的消息告诉父母和女友时，他们都非常高兴，积极做着手术前的各项准备工作，我也在心底里祈祷这次手术能减轻我对毒品的依赖，从此在阳光下过堂堂正正的生活，哪怕被感染后的日子不会太长。

手术按约定的时间进行，照例进行手术前的体检、验血等，躺在手术室的我没有一丝的忐忑不安，结果手术被紧急叫停，我的那位朋友匆匆过来，看了一眼手术室的其他人，悄悄地附在我的耳边说："你的这个病不适合做手术！"看来，我感染了艾滋病病毒的事他们知道了。后来父母见手术停下来了，就过来问我什么原因，我假装不知道。我越是这样，他们越是着急，就过去问我的那个朋友。

等父母回来再见我时，也就过了不到半个小时的工夫，他们却仿佛经历了几年、十几年，一下子变得异常苍老，一脸的疲惫和无奈。我知道，一定是他们从朋友那里知道了我被感染的事，从他们的脸上和眼神里，我读出了身为知识分子的他们内心进行着何等的煎熬，他们承受着何等巨大的心理压力。

看着他们的模样，我的心如同刀割般在流血，眼前浮现出近30年来父母养育我的点点滴滴：父亲经常讲我小时候的事，讲我那时候是如何如何地听话，我生病后他们如何半夜抱着我到医院……

而我自从吸毒成瘾后，为了筹到购买毒品的钱，我一次又一次地骗家里的钱。记得有一次，我偷家里的钱，准备去买“药”，父亲实在忍无可忍后，狠狠地打了我一顿。当时我一声不吭，在父亲住手后，我快速地离开了家，直奔那个卖“药”点。现在我看到父母的那副模样，却再也无法抑制心中的悲痛，与父母抱头痛哭。

那一刻，我心中充满着愧疚，成瘾后的日子里，我说的话连自己都不敢相信，谎言伤透了亲人的心。

我们兄弟两个，却有着两种不同的人生。母亲常说，你看看你哥，再看看你，兄弟两个差距怎么那么大呢？哥哥在我们市公安局当警察，他一直是父母心中的骄傲，而我却让他们操碎了心。由于吸毒成瘾，我和哥哥早已经无话可说，也因为有了我这样一个吸毒的弟弟，哥哥在单位也一直抬不起头来。

在我眼里，满大街的电瓶车都是毒资

毒品让我去骗自己最亲最近的人，毒品更让我走上了违法犯罪的道路。

家里骗不来钱，我就只好去偷，在我眼里，那满大街停放的电瓶车，都是我用来购买毒品的毒资。

自行车我们很少去偷，在我们眼里根本看不起那个活了，觉得太小，没意思，要偷就去偷赛车，那样的车出手后还有几个钱。我们更多的是偷电瓶车，那个东西买方市场很大，特别是近几年满大街都是电瓶车，不用烧汽油，老百姓喜欢，到手后出手也很容易。

多数时候是我们几个人一块儿去做，我们每组都有分工，一般情况下我们分望风、掩护、下手这样几个组，说是叫组，其实也就是每组一个人，最多也就两个人，有时候望风和掩护由一个人去做，我们是尽可能在安全的情况下人手越少越好，这样我们分得的钱自然也会多一些。人多也有人多的好处，一旦被失主发现我们一拥而上，拿刀子逼着对方，让他不许声张，然后我们从容撤退。

像电瓶车很好偷，我们都带着高压钳子，用高压钳把车锁破坏掉后，就用随身带的电子打火器接上刚到手的电瓶车电路，直接把车开走。从下手钳断车锁到把车开走，最快时也就用一分钟左右，也有碰上车锁很坚固的，有时候看实在不行我们就只好放弃。

像我们这种人，那些收电瓶车的差不多都认识，收电瓶车的都有一个正当的生意做掩护，他们是一边修车，一边干着这种收赃的营生。车到了那里后他们一看新旧程度，会马上给出一个价格，他们是知道我们这些车的来路的，会根据我们急于出手的心理，把价格定得很低。我们也懒得跟他们去计较，反正自己也没花钱，做的都是无本买卖，给点钱后就去物色下一个目标，然后再动手，得手后再送来，如此周而复始……

在成都，最多一天我会偷五六辆电瓶车，不客气地讲，成都每天丢的电瓶车，百分之八九十以上是我们这些人偷的……当然也有失手的时候，除了被警察抓获外，有时候也会被失主们发现，被他们抓个正着，有时候免不了受一顿拳脚之苦，甚至被送进公安局。但像我这种情况会很快放出来的，一来是偷窃，且数额不是很大，二来我是艾滋病病毒感染者，派出所里面都留有“案底”，一进去曾经办过我案子的警察就会说：“又是你小子。”检察院起诉、法院审判是一个很漫长的过程，没地方关我们这种人，最终他们只好放了，对我这种病好多人内心很害怕……

“吃药”成瘾后，我的自卑感越来越强，不知道这是不是所有感染者的通病。再过一年多我就会从这里出去，女友她肯定也被我感染了，如果她能原谅我，我还是想和她一起过，反正我们俩都是感染者，谁也不会嫌弃谁，我只想在以后好好地照顾她，努力让她能多活几年，再就是多照顾一下她的家人，帮她多尽一些孝道，如果有来生，我会用一生去补偿……

采访手记

采访过程中，得知他的女友可能还不了解他被感染的情况后，我一再鼓励他鼓起勇气将自己感染了艾滋病病毒的情况告诉女友，请她去复查一下，毕竟她已经与他分手了，她必将重新进行婚恋，过自己的情感生活，如果她被感染，就有可能在不知情的情况下，将病毒传染给无辜的人，一旦这种情况发生，无论是从道义、良心还是责任上来讲，都是一种不负责任的行为。虽然在我的一再要求下，张文勇始终在犹豫，我知道他是在做艰难的心理斗争，就在采访行将结束时，最终他还是向我们一行说了他女友的手机号码。陪同我采访的管教民警刘康君以管教的名义给他的女友发了一条短信，最终对方回了这样一条短信：我已经被他害得够惨了，告诉他不要再来骚扰我……

也许正像小张和我们所担心的那样，一切都已经发生了，并成为了残酷的现实！我不忍心再以任何方式去打扰他的女友，只能为她送上沉重的祝福：好好活着，一定要坚强，一路好走！

财神姐姐的陷阱

刘星的忧郁不似其他的戒毒学员一样写在脸上，而是在与你对视时的那一瞬间，你能从他眼球里捕捉到深似秋潭水的孤寂与绝望，那种木然的表情，一眼就能让你过目不忘。

在戒毒所的《周记》(一本用于戒毒学员表达内心情感的小册子，每个学员一本，每周写一篇心情变化及发生在自己身上的事）里，刘星更多的是表露出对出所后的担忧，其实在我对他进行采访时，他入所才5个多月，相对于他两年的强制隔离戒毒期过了还不到四分之一，他对出所后的考虑显然有些早，让人明显能够感觉到“艾滋病”3个字对他精神与意志的沉重打击。

他的自述始终在低沉的声音中进行，虽说声音低沉，但从中透着一种自嘲式的幽默，会让你自觉不自觉地进入到他的故事中，与其同喜同悲。

我的女顾客成为自己吸毒的引路人

我当过兵，3年后退伍在市里一家电子厂上班，由于自己在部队后勤部门工作，养成了吃吃喝喝的坏毛病，当时电子厂每月刚一千出头的工资根本不够自己花销，成了一位典型的“月光族”。刚到手的工资几天就花完了，然后就到处跟同事们借，拆东墙补西墙，上班几个月下来就欠下好几千元的债务，后来同事见了我都有些怕，主要是怕我向他们借钱。上班还不到一年，单位实在干不下去了，我自己也不想再干，没有别的路，只有辞职。

从电子厂辞职后，我呆在家里无所事事，父母也看着着急上火，特别是母亲老在家唠叨："都老大不小了，还在家里啃老。"我听着就心烦。由于自己只是初中毕业，加之又没有什么技术，去找单位应聘也没人愿意要，更重要的是我根本就看不上那种"起得比鸡还早，吃得比猪还差，干得比牛还累"的工作，玩游戏、上网，累了就大白天躺在家里睡觉，这成了我辞职后每天不变的生活。看着我这样，父母的哀叹声越来越沉重。

一天，一位朋友打来电话，问我最近在干什么，怎么没见露面？我跟他开玩笑说最近潜伏着呢，并且还潜伏得很深——足不出户。玩笑归玩笑，当他聊到他自己现在的近况时，我还是比较感兴趣。

朋友告诉我，他现在在一家出租车公司开出租，每月有四五千元钱入账，他还告诉我，过一段时间他会自己买一辆车，那样的话他不用交"车份钱"，挣得比现在还要多……听着他说得那样起劲，我早已怦然心动，其实他干什么我倒不太感兴趣，我更看重的是他挣多少钱。一个月有四五千元钱入账，这是一个多么诱人的数目呀，这还不是自己的车，如果是自己的车，比这挣得还要多。我决定去干出租这行，记得那天晚上我做了一个梦，梦见自己也开上了属于自己的出租车……

父母那里没有任何阻力，他们乐见我从沉沦中走出来，对我的想法他们表现出超乎寻常的赞同。由于自己不懂驾驶，我得从头学起。报名上驾校，拿驾驶证，不仅如此，家里还拿出多年的积蓄为我买了一辆富康车，接着找挂靠的出租车公司，忙得不亦乐乎，结果出租公司有规定：刚拿驾照的新手不能开出租……最后又是托关系、找熟人才把事情办妥。

人常说干一行怨一行，而一旦真正开上自己的出租车后，我才发现所谓的高收入并不是轻而易举地得来的。在我们所在的那个地级市里，出租车的数量与日俱增，加之还有数量众多的"黑出租"，他们在城乡接合部"趴活"，抢夺我们正规出租车的饭碗，加之国产车越来越便宜，低配置的小车几万元就能买到，这无形中促使更多的人加入到以"黑车"为生的行业中来。开出租车本身就是一个辛苦活，要想能拉到活，出租车司机必须起早贪黑，我由于身子骨早已经玩懒了，更何况从电子厂辞职后又在家玩了差不多一年，晚睡可以，早起对我来说实在太痛苦了，因此车跑得也就有一天没一天的，一个月下来，也没挣几个钱。

家里花了那么大的本钱给我买车，更何况还交了一笔数目不菲的挂靠费，我不可能想干就干，不想干就把车扔了，只是人再也提不起当初买车时的那股兴奋劲，日子就这样百无聊赖地过着。

就在我心情极度低落的时候，一个打扮入时的30岁左右的少妇常来打我的车，她的特殊情况引起了我的兴趣，并不是她长得有多么好看，我感兴趣的是她的一些举动和出手：从我们市到省城，尽管路程并不是太远，但一个来回就是200多元，且大多是高速，不仅省时而且省油，基本上是一个档位跑到底。一趟200多元钱，有时候还不让我找零，基本上隔天就有这么一趟，这在我看来是一个相当不错的活，那些车友们都很羡慕我，说我碰上了一个"财神姐"。

"财神姐"基本上都是坐我的车，因为她有我留下的手机号，每次临出发前她都会提前给我打电话，让我准时到她指定的地方接，而她到了省城后，总是到固定的地方去，下车后去办事，让我在原地等她，她办事的速度好像很快，只是样子有些神秘，特别是每次办完事后往我的车上赶时脚步迈得特别快，这与她刚去办事时的那种好像漫不经心的样子形成显明的反差。这些我根本不管，只觉得只要她每次付我车费，我就照拉不误，起初她的一些反常的举动我并没有在意。

我在心中暗自盘算，如果有上这样三四个固定客户，那该多好呀。

终于有一天，"财神姐"揭开了她神秘的面纱，只是她的举动让我有些害怕。

那一天，我把她拉到省城后，像往常一样在老地方等她，那一天她大约比平常晚了两个多小时才匆匆赶过来，上车后，她显得与往常不同：有些烦躁不安，是那种万蚁穿心的痛苦表情，开始我没有太注意，一直专注开车，突然，我从车内反光镜里发现了有些恐怖的一幕：不知什么时候"财神姐"已经把裤子脱到大腿处，正拿出一根针管往动脉处扎，样子是那样的急不可耐……

那一刻，我一切都明白了：她在吸毒，并且已经发展到注射的程度。

自从成为一名出租车司机后，我不止一次看到别人吸毒，也听其他司机讲过这种事，因此对于"财神姐"的举动，我是再熟悉不过了，只是根本没有想到这一幕会真真切切地发生在自己车上。

后来我才知道，平常她都是很快地拿到了“药”，还没等毒瘾犯时就已经到家了，那一次由于她的“上家”出了点问题，让她多等了两个多小时，结果刚拿到“药”后就毒瘾发作了，没办法只好在我的车上打针。

自从那一次在我的车上当着我的面注射后，“财神姐”再也不回避什么，有时候去省城时上车就开始注射，有时候拿到“药”后回到车上就注射，好像根本没有我的存在，看到每次她注射后那种惬意的样子，我也开始有些怦然心动。

有了这种想法后，每次再看到她弄那个的时候，我的眼睛自觉不自觉地会多看上几眼。

一次，我照例送她去取货，上车后她就丢给我一小包说（后来才知道她是拿到“药”后到厕所里包好的）：“兄弟，都不知道怎么感谢你，这几个月来鞍前马后辛苦了，拿去尝个鲜。”说完还很熟练地从随身的挎包里拿出一张锡纸和一个打火机，边比划边向我讲解如何吸……那时候我感觉自己浑身的血直往上冲，说不清是一种什么滋味，但一种马上就想尝试的冲动主导着我的思想。

送她到家后，我再也顾不上去拉活了，回家后匆匆把自己锁在房间里，急不可耐地掏出那包在我手里捏得有些发潮的白纸包，按照“财神姐”教的方法如法炮制起来，只是味道没有想象中的那样美好，甚至有些恶心。

几天后，竟有点想了。

就这样，从最初的好奇到最终的尝试，我的女顾客成为我吸毒的引路人。

带血的针管，摧毁了我最后的一丝希望

从别人嘴里的传述、影视文学作品的描述以及自己亲眼目击，再到自己亲自尝试，当一切的一切褪下神秘的光环后，“吃药”对于我来说已经变得异常的普通与平常。

“财神姐”在免费给了我几次“药”后，她再也不那么大方了，有时候以“药”抵车费，有时候不见钱时就根本不给“药”，在大约吸了几个月后，我

已经“上拷”了，一天不吸就浑身难受。不管她找不找我的车，我已经每天都离不开她，每天天一亮，我最想见到的就是她，都会到她那里去拿“药”。

而一旦走进这个特殊群体后，我才真正发现这个群体竟然如此庞大，仅市里就有上千人，人员的构成可谓三教九流，更多的是无业人员。

“财神姐”是我们那个地市最大的批发商，几乎有一半以上贩零包的“药”都从她那里进货，据说她的“药”比较纯，更重要的，她对那些信誉好的“吃药”者还可以欠账，正是她的仗义与大气，“财神姐”在业内还有“大姐大”之称。

“吃药”后我的车开得更不像样了，因为我整天想的都是那个东西，上瘾后就像发疯似的，而且我对自己越来越害怕：我有好几次在上瘾后，由于一时找不到“药”，骨头里像有无数蚂蚁在咬的感觉，那个时候自己连跳海的心都有了，由于精神不集中，好几次差点把人撞了。毒瘾过去后平静下来时，一想到当时的情况就有些害怕。车也被我撞得“遍体鳞伤”，前后保险杠都被撞成了大花脸，每每看到自己花真金白银买下的车被我糟蹋成这个样子，父母心疼得要命，也总要奚落我一顿。

一连好几天都没见到“财神姐”了，到别的地方也没买到“药”。那几天，我根本没心思出车，毒瘾一犯我就只好拼命地去撞墙，在自己感到稍微好一点后，继续不停地拨打“财神姐”的电话，天已经快黑时，我终于与“财神姐”联系上了，容不得一丝一毫的等待，就开车直奔她指定的地方取“药”。

以前我常到她家里取“药”，而这一次她把地点改在一个我比较陌生的地方，我也没有多想，加大油门直奔那里去了。由于满脑子都是毒品，加之车开得又较快，在经过一个拐弯处时，我根本没有发现一个正在路边骑车的中年男子，都来不及踩刹车，车猛地撞了上去……

当时天已经完全黑了，加之那个地方没有监控器，一种侥幸心理让我没有多想，我根本不管被撞倒的那个人的死活，把车向后倒了一下后向左猛打方向盘，然后加大油门冲了过去……

从“财神姐”那里拿到“药”后，我迫不及待就在她那里拿了一根针管注射下去。在她那里躺了大约一个小时，我从她嘴里知道了由于她家最近被公安查获了一次，她被抓进去了（后来我才知道她一直对我隐瞒了非常重要的一个秘密：她那时已经被感染了艾滋病病毒，她是由于被查出来是感染者，且只是从她家里搜出了几克毒品，最后只能被定性为以贩养吸，由于当时没有专门的收戒场所，她才被放出来了），出来后，她感到家是再也不能呆了，更做不成“生意”了，就重新物色了现在这个地方，重操旧业……在情绪完全稳定下来后，我就开车从原路返回，到家后，市电视台正在播放晚间新闻，无意中发现新闻里正在播报由我一手造成的交通事故现场报道，新闻里要求市民有知情者应及时向公安机关举报，新闻里的字幕上还打上了举报电话。从报道里可以看出，被我撞伤的人已经被路人发现并送到市医院抢救，尽管没有生命危险，但从电视台记者对医生的采访中可以看出，被撞者至少需要两三个多月静养，医院里伤者亲人那痛苦的表情让我无法再看下去，关掉电视我才想起车辆受损的情况，找来手电筒，发现车辆的前保险杠被撞破了，但没有一块油漆脱落，现场一定没有留下任何物证，我在心里祈祷，希望对方没有看清我的车牌号，同时决定近期停几天暂不出车。我知道，事故初期的这几天，一定是警方调查最严密的时候，根据惯例他们会把首要目标放在各汽修厂，询问这几天是否有相关车辆送修的情况。思前想后，我决定把车送到自己的一个朋友那里去请他帮忙修一下。

那是一个非常好的朋友，他在我们市里开了一家修理厂，生意异常红火。与对方联系后，我告诉他白天还要出车，晚上过来，修完就走。在我含蓄地说我修车的事无论谁来调查都不要说起时，他满口答应，也没有多问。从事此类行业好几年，他或许已经知道了事情的大概。

车修好后，我又同往常一样照常出车，只是每一次从市医院经过时，突然会良心发现，想到被我撞伤的那个人正在这里面遭受心灵与肉体的双重折磨，内心有诸多不安，真想进去看他一下，尽一份道义上的责任。

事情真的如我想的那样，慢慢地过去了，最终也没有查到我的头上来，我在心中暗自庆幸。

一次我像往常一样到“财神姐”那里拿“药”。她把我带到里屋，里面也有一个女孩子，正在里面对着一个用矿泉水瓶改装的“冰壶”吸起来。当时那个东西刚流行，我只是听说过，也见过那个东西，但从来没有见过人当面吸，还不知道如何用。“财神姐”拿出一小袋像冰一样的东西，对我说：“兄弟，现在都流行这个，对男人来说特别管用，好多男人都用，那个小妹现在就是来的这个。”她用下巴朝那个正专心吸的女孩子指了指，话语中还充满着一种暧昧的语气。

没有丝毫的犹豫不决，根据她的提示，我贪婪地吸了起来，吸着吸着，浑身似一团火烧般发热发躁，心中产生一种莫名的冲动，从下身向周身弥漫开来。先前吸的那个小妹不知什么时候已经移到我的身边，上衣也已经脱了，正在脱胸罩。火已经在我的浑身、在我的眼里燃烧，我没有放下手中的那个瓶子，只是已经不能自持，小妹的衣服已经一件一件快速地散落到地上，我再也控制不了自己，丢下瓶子，猛地抱起她……

那时候我就在想，为什么“财神姐”的“药店”能开那么久，好多无论是在她前面开的还是在她后面开的，都已经被关张了，人也早进去了，而她却安然无恙，后来我明白了她全是因为被感染了艾滋病病毒，而且还患有肝病、性病等各种传染性疾病，对于她这种人，普通的看守所不会收押，好多戒毒所也不会收戒。

2009 年 3 月，我在买了“药”后，感觉到身体极不舒服，就向那个“财神姐”要针管，准备现场扎下去，她随手给了我一个，当时包装拆了，我也没有细想，那种急切的心情也容不得我细想，注射完后，才发现针管里还有血，一定是别人刚用过的，不祥之兆让我一阵眩晕。我马上拿着针管去找她，她说不是她用的，是另一个刚买“药”的人用过的，“财神姐”还信誓旦旦地向我保证说他没病！

就算他真的没病，但这也是能够形成交叉感染的，共用针具的后果我是知道的，而让我更担心的是如果这个针管真的是“财神姐”刚用过的那就更糟了，因为她是一名感染者，这在我们这个圈子里早已经成了公开的秘密。

一种莫名的担惊受怕开始困扰着我！

她的爱，是我活下去的最大勇气

琼倩认识我注定是一个悲剧。

琼倩是我的爱人。我曾不止一次地跟家里人讲，如果我早认识她，我的人生将出现另一条轨迹。人常说好汉无好妻，懒汉娶仙妻。我就属于后者，我与她的相识是在别人的介绍下，由恋爱到牵手走进婚姻殿堂的。

说她是悲剧是因为她在认识我之前我就已经吸毒了，因为这些年在我认识的人当中真正戒断的人几乎没有，我对自己能否戒断毒瘾根本没有信心，当时跟她相亲是迫于家庭的压力。我们在介绍人家里见面后，第一次彼此的眼缘都不错，觉得很满意。我记得介绍人当时跟我们俩说："都是年轻人，我给你们介绍认识后，你们自己多处一处，这样在交往中也可以多熟悉一些，合适就继续往前发展。"当天，我们在外面吃了饭后，我就带她到我家里来，在我的房间里，我拿出两大本和战友在部队搞军事训练以及参加战备执勤等活动的照片给她看，她一边看，我一边给她讲解。我看得出来，她的眼神里充满着一种钦慕。我们的感情发展得很迅速，家里人对琼倩也非常满意，只是在结婚之前整个交往的过程中，我吃"药"的事她始终不知道，也没有被她发现过。

在此之前介绍人只是跟我讲过她的家庭条件非常好，认识琼倩后我才知道她家里的详细情况：她的父亲在我们省里另外一个地级市公安局当副局长，当时还没有退休，正在任上，另外她在一家银行工作，收入是比较高的。

我与琼倩的相识还遭到了来自她父母的极力反对，他们见了我以后，对我什么都感到满意，唯一不满意的就是觉得我没有一个体面的工作，怕女儿跟着我今后会吃亏，但琼倩很执著，在她眼里，觉得我正直，有进取心，在她与父母进行过几个回合的较量后，她的父母最终只好同意了。

在与琼倩进行了一年两个月的相恋后，我们走到了一起，成了一对幸福的新人。

也许是对刻意隐瞒了自己吸毒的恶习而心存愧疚，新婚之夜我抱着她失声痛哭，我始终有一种预感，我将把她也拖进这样一场马拉松式的噩梦中……不知内情的琼倩还以为我是由于激动过后的幸福而流泪，她紧紧地拥着我说："此时此刻我是幸福的人，我将和自己最爱的你去共同经历风雨……"

而当我们俩真正在一起生活后，爱人很快就发现了我吸毒的事，像天底下所有善良的亲人一样，她劝过、哭过、闹过，但即使这样，她从来没有跟她娘家的任何人讲起过我的事，她明确地告诉我，选择我是她自己的决定，她愿意为此而承担一切痛苦，最终她选择了拯救！

其实，吸毒成瘾的人要想戒断，是一件比登天还要难的事，这中间还有一件事必须说清楚，在我们结婚后不久，我就把出租车转让了。当时我对琼倩说我想自己开一家公司，因为那个时候吸毒成瘾了，根本没有心思出车，不知内情的琼倩在看到我每天那么累时，没有一丝一毫的怀疑，为了支持我开公司，她还表示如果差钱，她会把这些年参加工作后的积蓄拿出来，为我的公司注册和前期投资。

戒了吸、吸了戒，我陷入了一个又一个无休止的轮回，但就是始终没有戒断。纸终究包不住火，因为她的父亲在另外一个地级市任公安局副局长，本身从事公安工作，加之与我所在的地级市的公安局局长很熟，我吸毒的事他很快就知道了，他劝女儿和我离婚，我能理解自己女婿是一名吸毒人员的事实，对于一个从事公安工作的人来说是一种何等的讽刺，我也劝爱人与我离婚，因为对自己能把毒瘾戒掉，我根本没有一点信心。

爱人对她父母的建议根本没有放在心上，为了彻底让她死心，她的父亲动用了一切关系，把她调到他工作所在的城市，她的父母是想通过不在一个城市工作，让我们的感情慢慢冷下来。爱人调到外地后，依然在银行工作。虽说到了外地，但她没有放弃搜寻全国各地的专业戒毒机构，购买各种戒毒药，一旦有好的戒毒场所，她就请假陪我去戒毒。

贵州三江自愿戒毒劳教农场、广州白云戒毒所等戒毒机构都留下了我的身影。在这些戒毒场所，留给我印象最深的是贵州三江那个戒毒劳教农场。

我清楚地记得，那个地方的全称叫贵州三江自愿戒毒劳教农场，是一对叫吴顺国、余红芳的吸毒夫妇在一个深山里开的，那里离市区有近30公里，是爱人从相关的媒体报道中了解到的，跟我一商量就赶过去了，当时爱人跟单位请了几个月的假，一起陪着我……

到了后才知道，那个地方是一个建在山上的、有几间屋还有一些土地的农场，从房子的结构看可能是公社大集体时代建的，吴顺国夫妇本身是吸毒人员，他们从劳教所出来后，在当地的劳教局警官的帮助下，在山上建了一个类似同伴教育的自愿戒毒场所，它最大的特点是在山上戒毒可以远离毒友，远离毒品。

在山上我们自己做饭，平常一起下到山下很远的地方去采购。上山后我们按规定把所有个人的钱都交到吴顺国夫妇他们那里，主要是为了防止我们趁着下山采购的机会去购买毒品。

我们可以利用房子四周的空地种菜，种庄稼，另外山上的空气也特别好。在那里我们可以相互鼓励，在那个地方，爱人监督我相对较容易，因为那里远离一切的现代工具，不仅手机信号不好（很多时候是没有的），而且不能上网，除了认识几个和我一样的戒毒人员，其余的就算是下到山下也没有认识的毒友。在那里我一呆就是半年，本来我们只打算呆 3 个月，后来爱人看到这样的地方的确适合戒毒，就又向单位请了 3 个月的假，陪我在山上多住了 3 个月，就这样，我前后在那里戒了半年。

那一年是 2003 年，从山上下来后，我又足足地戒了一年半，这前前后后加在一起有两年，也就是那时候，爱人怀的孕，现在孩子已经 7 岁了，是个男孩。那个时候我还没有注射，只是烫吸。我进来后她并不知道我已经感染了艾滋病病毒，但我相信她会很快知道的，虽说岳父已经从市公安局副局长的岗位上退下来了，我相信他们会很快知道的，所以我比别人更担心这一点。

另外我前面讲过，我后来从烫吸发展到注射后，与别人共用过针管。虽说我和妻子没有住在一个城市（现在还真有些庆幸），但我们经常相聚，不是她回来就是我上她那里去，我们在一起发生过性关系，因为当时只是担心，并没有确定已经被感染了，感染只是在入所检查时才查出来的，我们发生性关系的时候都没有采取措施，来所后我知道了在窗口期也极易感染，因此我最担心爱人可能也被感染上，因为儿子还小，我死了倒无所谓，但孩子不能同时失去父母……

我出去后最大的问题是如何面对我的爱人，面对我的父母，更不知如何面对我的儿子，他还小，等他长大懂事后一旦知道我感染上了这种病，真的不知道他将如何去面对……

采访手记

也许是我也当过兵的缘故，刘星面对战友时有种竹筒倒豆子——一个不留的架势，全盘向我托出他的故事。而当看到我在快速记录他交通肇事逃逸的事实时，他一再要求我不要写他的真名字，并千万不要告诉所里的管教，他说那样他会获新的罪名，在得到我的保证后，他才肯继续向我讲述他自己的故事。

面对那一双近似哀求的眼睛，我根本无法去拒绝他的要求，只好统统答应了。也许在我看来这也算是基本的职业道德，我不知道在这里用“基本的职业道德”是否合适，至少刘星在他交通肇事上，应不只是受到良心的谴责。

同时我也在心里默默地祈祷，愿他的爱人平安，希望刘星在出所后，在面对家庭、社会时，更多的是注意如何采取防护措施，避免一个又一个的悲剧发生。

师兄之爱打开潘多拉魔盒

蓉蓉是一个典型的温柔小女人，不仅个子长得小巧，而且乖巧清秀的面容无论如何不会让人把她与一名有着12年毒瘾经历的人联系起来，只是在讲她自己的经历时，你才会发现她看似柔弱的外表下，内心却经历和承受过相当多的磨难。

蓉蓉出身医学世家，她本人也是学医出身，当初是抱着治病救人的目的去学习医学，而现在，由于吸毒感染上了艾滋病病毒，对此她却无法用掌握的医术来拯救自己。

爱情的甜蜜太短暂，我陷于毒品的深渊

当白衣天使是我做了10多年的梦！

小时候，我常常被父亲带到医院里，父亲是一位内科医生，在我的记忆里，父亲是很伟大的，因为他寄托和承载着别人的全部希望。一次，在父亲的办公室里，我看到一位中年妇女咚的一声跪倒在父亲的脚下，呼喊着："大夫，求您救救他吧，他还年轻，才23岁！求求您……"

那时，年少无知的我还无法理解一个生命对于一个家庭意味着什么，但我还是能从中年妇女撕心裂肺的哭喊声中明白，她哀求父亲去救的那个人对于她是何等的重要！

后来我了解到那位中年妇女的儿子患了心脏病，限于当时的医学水平，他的生命行将终止。那时我就有一个梦：像父亲一样，做一位能够为别人解

除病痛的白衣天使。

高中毕业后，我如愿以偿地考上了一所高等专科卫生学院，成为一名大学生。在大学里，当我在填报所学专业时，我毫不犹豫地填写了医疗、护理专业，因为我清楚地知道，也许这些专业更能实现自己治病救人的理想。

4 年的大学生活平淡无奇，随着毕业日子的临近，我能够感觉到离自己的理想越来越近了。

毕业后，我被分到自己家乡的县人民医院实习，我父亲也在那所医院里，能够顺利进入一所县级人民医院，并且和自己的父亲在一个单位上班，我成为同时毕业的、依然在四处奔波找工作的同学们眼里的幸运儿。

从正式穿上白大褂的那一天起，父亲就告诫我，做医生要清正廉洁，要始终抱着治病救人的心态做人行医……工作中，我始终牢记父亲对我的教诲，踏踏实实做人，勤勤恳恳做事。由于表现优异，我被医院选送到省城进修，一年的进修期结束毕业后，我被分配在县医院化验室工作。按理说这是一个技术含量很高、相对单纯而又独立的工作，然而我却整日里要与那些尿液、粪便、血液看起来特别脏的东西打交道，心里就觉得特别不舒服，有一种被边缘化不被重用的失落感。

特别是当医生的工作褪去它神秘的外衣后，变得平常、平淡时，我有一种空前的失落和寂寞。现实与理想的巨大反差让我在心底里一遍又一遍地问自己：难道我一个姑娘家，就这样一辈子只是跟这些屎尿打交道吗？何时能够让我上手术台一线去抢救病人？

我情绪上的变化自然没有逃过父亲的眼睛，他不止一次对我说："化验工作同样是治病救人，准确的化验结果不仅对病人至关重要，而且对大夫的诊断、病情发展的研究判断相当重要，这是一项技术含量很高的工作，这也能看出院领导对你的重视。"

只是当一个人的心态发生变化、出现偏差时，他看问题的角度和理解自然也会发生移位，现在想起来都觉得当时的我是那样不可理喻：无论父亲怎么说，我都觉得他是在拿大道理来骗我，而实际上是医院根本不把从正规大学毕业的我当回事！

父亲是一个古板和比较正直的人，如果当时他看到自己无法说服我，而我又极不满意当时的工作岗位时，他去找院领导说说情，或者稍微去院领导那里打点一下，凭着他在医院里大半辈子的行医经历和良好的为人处世的口碑，我相信医院很快会将我的工作进行一下调整，然而，如果他真的按我想的那样去做了，他就不是我那个较真、固执的父亲。

父亲是一个从来不会向权贵、淫威低头的人，他认为一个人就应该像他自己那样：所有获得的别人对他的尊重、取得的荣誉，都是靠自己脚踏实地去奋斗得来的。

极度不平衡的心态自然影响到我的工作，我工作起来整天打不起精神，并且还经常出错。而那段时间，父亲已经被查出来患有肝癌，单位决定让他在家休息静养，工资照拿。而我把自己工作上的失误，偏执地认为是父亲没上班，单位故意找茬儿让我难堪。

我开始找各种理由不去上班，而单位考虑到我父亲身体不好，害怕把我在单位的表现告诉他后对他的身体不利，也就睁一只眼闭一只眼，将原来由我负责的工作安排给其他一位同事，我在单位成了一位可有可无的多余的人。

由于自己的表现，我能够明显感到单位同事对自己的不屑和冷漠，而在家里，病中父亲严厉的表情令人不寒而栗，那眼神仿佛已经看透了我在单位拙劣的表现。

我感到单位和家都已经呆不下去了。

由于自己上大学和进修都是在省城，4 年的学习生活让我在那座城市里结识了很多同学和朋友，加之省城与我所在的那个县城很近，最终我选择了逃避，逃避当时看来有些残酷的现实。

其实我是一个相对安静的人，也许是家庭传统教育的结果，就是在同学聚会上，除了唱上几首比较熟悉的歌外，更多的时候我都是在一旁安静地坐着，看着那些师姐师妹师兄师弟们尽情狂欢。由于我的声音很甜美，人又长得清纯秀气，他们都叫我“小杨钰莹”。

那天，到省城后，我们 10 多个师姐师弟师兄在一次聚餐后，就相约到了一家歌厅唱歌，还未坐定，有着几分醉意的一位年长的师兄就率先“起哄”：“下面请我们‘小杨钰莹’给大家来一首《亲亲我的宝贝》。”“不行，美眉得配帅哥，请海峰和‘小杨钰莹’对唱一首《知心爱人》好不好？”另一位年轻的师妹出了一招更绝的。

海峰是比我长两届的师兄，我也只是在这次聚会上通过别人的介绍才认识的，他有着一副高挑的个子，人很瘦，一副眼镜架在鼻梁上透着几分书卷气。当天在聚餐时我只是用茶水礼节性地与他互敬了一下，并没有太深的印象，只是他的书卷气给我留下了好感。

在一片起哄声中，我和海峰被众人推到了包厢的中央。尽管以前我唱了不少次歌，但真正与一位帅哥唱类似《知心爱人》这种情歌还是第一次，无法推辞，我用甜甜的歌声把任静式的缠绵演绎得别有一番滋味，而海峰浑厚的男中音唱出了别有一番韵味的付笛声版。

一曲终了，是更加热烈的掌声和啧啧的赞叹声："真是郎才女貌呀，你看他们俩，真叫绝配，那眼神，那腔调，那份默契可以说是与生俱来……"轮到别人唱时，坐在包厢的沙发上，我才看清刚才与我一起对唱的海峰的模样，他好像依然沉浸在刚才的那种意境中，昏暗的灯光能照映出他脸上浮现出的甜蜜与满足。

由于当天晚上聚餐时我喝了点酒，加上晚上在包厢里唱歌时我们又点了啤酒，那些比我毕业早一些的师哥师姐又特别会劝酒，几个小时下来，本来就不胜酒力的我被灌得大醉，等我们离开时，我醉得已经有点把持不住自己。海峰扶着踉踉跄跄的我往外走，那些同样喝得不少的师姐师兄们在分别回自己家之前不忘嘱咐几句："海峰，要照顾好蓉蓉哟!"本来原定如果时间早我就赶回去，或者到一个女同学单身宿舍去休息，虽说酒醉但心明的我一再要海峰把我送到同学那里去。海峰嘴上答应着，把我搀扶到路边拦了一辆出租车，上车后迷迷糊糊的我就依在海峰的肩上睡了过去。也不知过了多久，等我醒来后发现自己躺在一间小屋子里，海峰正在拿毛巾给我擦脸，我想坐起来，却一点力气都没有。

半夜时分，我被一阵翻动弄醒，直觉告诉我海峰在脱我的衣服，想挣扎却浑身发软，我痛苦地闭上眼睛任由他摆布……

第二天醒来时，海峰就躺在我身边。我明白了昨晚发生的一切，匆匆穿上衣服，准备离开。海峰醒了，他顾不上穿上自己的衣服，冲上来抱住我说："蓉蓉，我爱你，不要离开我!"简单的几个字，听起来竟让我有些心动，现在想起来当时真有些傻。当天，我没有回家，是自己要求留在海峰那里，晚上是我主动投入海峰的怀抱的，我觉得自己反正已经是他的人了。

我们认识的那一年，是1998年。我还知道海峰住的房子是他租的，他的老家在省城附近的一个小县上。认识海峰后，我去省城更勤了，我觉得海峰是自己可以倾诉的知音，在他那里能找到一种安全感，与他的温存能够找到一种无法言语的幸福。那种幸福是工作不顺、心情极度烦闷的我所急需的。

只可惜幸福的时光太短暂。

认识没多久我就发现海峰吸毒，并且没有正当职业，就靠在外面偷抢。我们同居后，每天他偷抢来的钱都交到我的手里，像他这种收入也不稳定，如果没有找到钱买“药”时他就会找我要，我就把钱拿出来，我充其量只是他的一个保管箱。

在海峰的教唆下，我也沾上了毒品，并很快成瘾了。我基本上是已经“上拷”后，父亲才知道的，当他知道我的男朋友也吸毒，坚决不同意我们交往，身为医生的父亲知道，两个吸毒成瘾的人生活在一起将意味着什么。

那时，我已经染上毒瘾无力自拔。

大爱父无力救女含悲离世

由于我整天不到单位上班，单位最终对我作出了除名处理。

父亲知道我被单位除名后，他痛苦地闭上了眼睛，眼角里淌出几滴泪水，那是我平生第一次见到父亲流泪，也是最后一次！我知道那是父亲对他没有教育好我的自责，是对我吸毒成瘾的担忧，更是对望女成凤有始无终的绝望……当时父亲已经病入膏肓，只能躺在床上。

父亲从我这里知道海峰没有工作，在省城整日靠偷抢生活，他断定我手头上一定很紧巴，就从枕头底下拿出1000元钱，对我说：“蓉儿，你在外面日子过得挺苦，这点钱你一定要留给自己用，偷偷留着，千万不要告诉他，等到没钱用时再拿出来应一下急。”我知道父亲是怕我没钱在外面日子过得太辛苦。父亲接着说：“我的时间不多了，我以后可能没时间再到省城去接你……”父亲这话刚说完，我的眼泪就哗哗地流下来。由于吸毒，我先后被强制隔离戒毒过两次，而每一次戒毒期满，都是父亲到戒毒所去接我，当我走出戒毒所大门的一瞬间，第一眼看到的必定是父亲。

最让人心疼的是，那时父亲已经查出身患癌症了，每次他都是拖着病体到省城的戒毒所去接我。看到父亲在戒毒所门口等我，说真的，当时还没什么特别的感觉，现在父亲已经走了10年了，每每想到这一幕，我就特想哭，那时我真正懂得了父亲是真心爱我的，他的爱是最无私的……

没过多久，父亲就去世了，虽说父亲早就患上了绝症，但我知道，由于自己的过失，在工作和交男朋友这两件事上，我的任性和不计后果无形中加重了父亲的病情，最终导致他提前离开人世。

父亲走的那一年是2000年。

父亲去世的下半年，继父就来到我的家里，我没有埋怨母亲在父亲尸骨未寒的时候就匆匆嫁人。本身母亲也是一个苦命人，她从小就失去父母，两岁时外婆去世，6岁时外公又去世，是叔叔婶婶帮着把她带大的，虽说是亲叔叔婶婶，但10多年寄人篱下的生活还是给她的心理上留下了阴影。

与父亲结婚后，母亲把全部的爱投入到这个家庭，过着相夫教子的生活，由于父亲是一个从来不愿意去找别人说好话的人，当我步入中学，母亲再也不用整天围着我转时，她一度有想请父亲帮她联系个工作的想法。的确，10多年相对狭小的生活圈子，已经让母亲把整个重心移到了父亲和整个家庭上。但当她把这个想法告诉父亲时，父亲说：“现在找个工作也不是那么容易的，蓉儿过几年就要上高中了，你还得帮着料理她的生活起居，家里的开支我挣着你用就行了。”就这样，母亲一直没有上班，成了一名真正的家庭主妇。

1995年，在父亲查出患有肝癌在家静养的5年里，母亲一直照顾在父亲左右，毫无怨言，无怨无悔。5年里，她真正尽到了一位做妻子的责任。母亲没有一技之长，也没有一份工作，当父亲去世后，才40岁出头的她有追求自己幸福的权利，我完全理解和赞成母亲重新组织家庭。

继父对我和母亲很好，但一个陌生男人的突然加入，始终无法打消我的戒心，继父的到来，更不可能取代与我共同生活了近20年的慈父在我心中的位置。

一次母亲跟我吵了几句，说我整天不去上班……我一听心里就烦，觉得一定是继父从中作梗，因为以前母亲从来不这样指责我，想到以后将无法安稳地在家里生活，心中不免一阵凄凉，这时我更加思念生父。

为了惩罚他们，我偷偷拿走了家里的存折，把全部的 3 万多元钱取出来后，独自一人到了四川省北川县。走的时候我没有向母亲打招呼，更没有告诉任何人，包括海峰。我始终认为，这些钱都是父亲在世时挣的，本来就是属于我的，我应该将它都花光，一分都不能留给他们。

说不上是赌气，更多的好像是报复，报复母亲对我的指责。

北川是一个羌族少数民族自治县，只可惜后来 2008 年那场特大地震毁灭了这个美丽的少数民族山寨。我当时到那里后就住在一个老乡家里，我没有告诉他们自己的真实身份，也没有告诉他们我此行的目的，只是说自己是一名大学生，正在写一篇关于如何加强少数民族建设的毕业论文，这次来是进行实地调研的……老乡们没有丝毫的怀疑，当时我也确实是大学毕业没几年，加之人又长得娇小，在说好每个月交纳多少吃住等相关费用后，我就在老乡家里住了下来。

白天，我背着挎包和相机从老乡家里出来，游览各个独具特色的山寨，直到天黑时我才回到自己租住的老乡家里。夜深人静的时候，我就在房间里拿出笔和纸，记录下当天的见闻，同时也写下了对母亲和海峰的思念，有时候一写就到深夜。

我把书写当作了一种寄托思念的方式，既有对苦命的母亲的忏悔，更有对去世的父亲的无尽思念。我知道用这种不辞而别的方式来惩罚母亲，的确太过于残酷。

看到我有时候那么晚还没有睡，好心的房东大娘心疼地对我说："娃儿，白天搞调查那么辛苦，晚上又写到那么晚，一定要注意身体哟。"听到这里，我又不免一阵好笑，他们真的把我每天的外出游玩当成了搞调研，真把我当作了安心写毕业论文的大学生。

一晃快两个月了，其间我有几次想给母亲打一个电话告诉她自己目前的行踪，但最终我没有说一句话。有一次我打通了家里的电话，电话一端分明听到了母亲那由于焦急而带着哭腔的颤音："是蓉儿吗？你在哪里呀？快回来吧，是妈错了，我再也不说你……”没等母亲把话说完，我就把电话挂了。

天气渐渐转凉，把北川我该去的地方都游遍后，我决定回家。

在北川老乡的家里，我整整住了两个多月，说不清是为了发泄对母亲和继父的不满，还是父亲的去世对我的打击太大抑或是别的，我只想用逃避来超脱残酷的现实……

在北川的日子里，每每夜深人静的时候，我不止一次在心底里呼唤：天堂里的爸爸，您好吗？我对不起您……

痴等他回来后却被染上了一身病

我不想再看到母亲对我有一丝一毫的指责，尽管我知道按照母亲的性格，在经历了我偷钱、不辞而别两个多月的离家出走之后，她已经不再可能表现出对我有任何的不满，两个多月的杳无音信，我知道因为母亲对我的爱，她那根紧绷的神经已经达到了极致，甚至达到了近乎崩溃的边缘……

带着还没有花完的两万多元钱，我回到了省城，回到了海峰的身边。

说实话，我自己也知道回到他那里将意味着什么，但我的脚步却如同被他身上巨大的磁场所吸引，我知道，一切都是毒品在作怪。

我走后的两个多月里，海峰并没有像我的母亲一样痛彻心扉地想我，后来我从母亲那里得知他只是往我家里打过一个电话，询问我到哪里去了。当母亲告诉他也不知道我到哪里去了，家里也正在全力寻找时，他再也没有询问我的下落，哪怕是往我家里打一个电话！

在海峰的眼里和心里，只有毒品是与他最亲最亲的东西，我根本不可能取代那让他疯狂、让他痴迷的毒品。

对于爱情，我不再有一丝一毫的幻想，在我看来，一切都是需要。

当我把还没有花完的两万多元钱一下子丢到他面前时，海峰眼里放射出一种异样的光芒，我打一个比喻不知道恰当不恰当，那种光芒如同一周没沾毒品的“粉友”，你在他面前放上一包海洛因一样……

海峰先是快速地把钱收拢放在一个黑色的袋子里，然后抱着我说：“真是我的好老婆，这又够我们吃一阵子的。”要是放在我们刚认识的那阵子，他的这样一个有力的拥抱足够让我有一种幸福的眩晕感，而现在我却木然，没有任何表情，如同一个没有生命、没有温度的东西在向我靠拢，并最终把我包裹……

我知道，他的兴奋都是因为钱，因为又可以获得毒品。

我一想到过去的那一幕，就觉得异常痛苦。海峰的那一脚，已经把我这个曾经爱幻想，梦想有一天穿着洁白的婚纱，挽着自己心爱的人在太空漫步的梦境踹得粉碎……

从此以后我不再相信爱情，不再相信人间有真爱，觉得那一切都是小说家写出来骗人的，是用来骗那些少男少女的。

那次，海峰出去一天都没有找到钱，回来后就向我要钱买“药”，当时我手头上也就只有200元，他在翻遍我的所有物品后，拿着仅有的200元钱骂骂咧咧地出了门，大约半个小时后，他兴冲冲地回来了，手里拿着一小包“药”，调配、抽进针筒、摇匀……海峰熟练地做着注射前的准备。正在这时，我的毒瘾也犯了，那是一种无法言语的难受，我一眼就看见那支已经注满药水的针管就放在桌子上，海峰正在往下脱裤子，那是他在做大腿静脉注射前的最后准备，我一下子拿起针管，快速地脱着裤子，那种痛苦已经不允许我再有丝毫的等待……就在这时，还没等我的裤子脱下，海峰的一条腿一下子向我的胸口踹过来，一股犹如高速运动木桩的力量向我袭来，猝不及防的我仿佛被重击一般，飞出三四米远，重重地撞到墙上（如果不是租的房子太小，我可能飞得更远），一下子昏死过去，手里的针管也脱手而出，针头死死地扎在墙上，不敢想象如果不是我的命大，针头一下子扎在自己胸口上或者自己的眼睛里，后果将会是什么，我真的不敢想象……

事后我知道，在我昏死过去后，海峰根本没管我是死是活，他快速地从墙上把针管拔出来，重新换了个针头，急速地将药水推进自己体内，然后昏昏睡去。直到第二天下午三点多钟，我醒来后发现自己依然躺在那个被他踹倒的墙角里，屋里已经不见他的踪影，我知道他一定又到外面找钱去了……

想到父亲临死前对我苦苦地劝诫，让我一定要离开他，想到昨天海峰对我的绝情，泪水犹如决堤的河倾泻而出……

那一脚，踹断了我对人世间的所有留恋，更踹灭了我对美好爱情的幻想……

在我拿回两万多元钱的当天，海峰就拿出一千多元出去买了几包纯度较高的“药”，隆重地庆祝了一下我们的重逢。

对于两个都“吃药”的人来说，两万多元很快就花完了，我们又回到了靠偷抢为生的起点。

2009 年 6 月，我们俩是同时在省城出租屋里被抓的，我被送到了女所，他则被送到了男所，他的情况从我进来后就不知道了，2009 年 10 月的一天，我被告知感染了艾滋病病毒。

究竟是如何感染的，我认为最有可能的是性，我是学医出身的，这些年我从来都是在家里备了好多一次性针具，因为自己的很多同学都在医院工作，要想获得这些东西相对比较容易些。如果海峰在外面不与别的女人发生性关系我觉得不正常，他就曾公开跟我讲过他不可能一辈子只有我一个女人。我从来不像其他女人那样到外面去卖，也没有和其他男人发生过性关系，就是他到三亚一去就是一年多，我都一直在家苦苦等着他。因为他那年从戒毒所出来后，他的姐姐就带他到三亚当保安，就是想给他换个新环境，真正让他把“药”戒掉。他姐夫在那边做房地产生意，是他姐姐带他过去的，那段时间他的身体已经康复了，毕竟在戒毒所里呆了大半年，他身体正常后，我又不在他身边，他一定在外面嫖过其他的女人。

我现在就觉得自己当初太幼稚，对感情太天真。当初我知道他吸毒后，不想在他最困难的时候离开他，一直想挽救他，但最终不仅失望了，而且还把自己的一生都搭进去了……

我一直不敢告诉妈妈自己被感染了艾滋病病毒的事……最爱我的父亲已经离开了我，妈妈是我在这个世界上唯一的亲人，我如果跟她讲自己被感染的事，真的怕她受不了……

来这里后，与世隔绝的生活让我感到没有什么比亲情更重要……

采访手记

采访中我发现，蓉蓉的左手上写着密密麻麻的字，她告诉我，她是大队的质检员，每天要完成对每名学员习艺劳动布娃娃的加工数量进行统计，合格数进行验收，等等。当我问她为什么不写在一个本子上，她笑着说写在手上看起来比较容易、简便，只有在每天睡觉前她才会洗掉。她说当初管教民警选她做质检员，也许正是看中了她曾经当过医生，很细心，她说在这里面，她不仅是一名质检员，而且还可以发挥她学医的优势，为那些身体不适的姐妹提供一些帮助。

她说她出去后就会与海峰分手，只是她再也不敢爱了，没有别的理由，只是因为艾滋病！

毒品毁了这个幸福的家庭

其山无论是外表还是说话都显得异常干练，这或许与他的经历有关：16岁当兵入伍，退伍后过早地步入社会，让他显得与同龄人相比要成熟许多。在我与他进行一个多小时的交谈中，其山所表现出的缜密的语言思维，良好的逻辑能力，考虑问题成熟而极富理性，始终在向我透露着他是一个精明强干的人这样一个信息。

只是当他在陈述自己的故事时，紧锁的眉宇让人感到他的不快以及灵魂和肉体时刻都在进行着的痛苦挣扎。

一听说要出去，我的压力陡增

我从部队退伍后，很快被县民政局分配到县武装部工作，幸福的日子总是注定不会长久。因为县武装部人浮于事，人满为患，大约在县武装部干了两年左右，因为部里人员严重超编，我被清理出了县武装部，被安排到县里一乡政府工作。很快我在乡政府站稳了脚跟，并且很是受乡政府领导的器重。

可以这样说，虽说我的职务没到那个位置，但乡领导亲自交办的很多事情完全超越了我的职权范围，应该说这是领导对我的一种信任，每次我都把它完成得非常漂亮。到乡政府工作不到一年，我就被乡领导作为后备干部，准备在任现职期满或条件成熟时对我进行提拔重用，我也对自己的前途充满信心，生活如阳光般洒满了我工作中的分分秒秒。

对于我来说，人生不可能再有那么多假设，但我还是想说，如果不是吸毒，如果不是感染上艾滋病病毒，我的人生将重新书写，不出几年，自己的人生际遇将会发生重大的转变，不说是飞黄腾达，但至少我会平步青云，走上为官的道路，这是绝对的，因为这种自信是缘于自己的实力以及对自己的了解。

对于自己如何走上吸毒道路的，我不想在这里多说。我当时因为吸毒被抓进戒毒所时，还心存幻想，好好戒断毒瘾，争取早点出所，然后好好工作，然而，一切的幻想都被入所检测击得粉碎，我们这些刚被收戒进去的吸毒人员，入所后都要进行艾滋病病毒检测，我自然也不例外。当知道自己被感染后，我一下子绝望了：我是彝族人，在我们彝族有这样一个传统，一个家族里面，必须有一个男人来撑起这个家，不然的话，从这个家族走出去的女人不论她的工作有多么体面，家庭如何富有，她还是永远抬不起头，因为在她的娘家，已经没有让她值得骄傲的东西，甚至连一个健康的人都没有！而我现在却连这个健康的人都不是，这是不是太悲哀了？我是家中的独生子，我知道像我这种感染者，长一点的能活10多年，短一点的也就活四五年，如果我病毒发作，最后走了，不仅我的这个家族完了，而且我的4个姐姐回娘家连个去处都没有，一旦谈到她们的弟弟是因为感染艾滋病病毒离开人世的，她们连在各自家里的地位都没有了。

一想到这些，我的心都在颤抖。4个姐姐都非常爱我，在我很小的时候，父母都去世了，是姐姐们悉心的照顾让我长大成人，还是她们，把我送到部队当兵，并在我从部队复员回家后，帮我在县上联系到一个体面的工作。就是我吸毒这件事，已经很让她们揪心的了，她们是想着法子让我去戒毒，可以说是倾尽所有。自我吸毒后，前前后后反反复复10多次戒毒，到过各种自愿戒毒所，也服用过各种戒毒药，虽说收效甚微，但姐姐她们至今对我都没有放弃。

对于自己的将来，我都不敢想象，但人是一个有思维的高级动物，你又不得不去想，在所里挺过那段刚得知自己被感染的焦虑期后，我不得不接受这个残酷的现实，毕竟一切都已经发生了，你根本没办法去改变，只能这样了，听天由命吧。很奇怪，人一旦想开了就什么也觉得无所谓了，反正已经这样了，如同那些得了癌症的人，一想到终归总是要死，所以人也变得坦然了一些，只是一听说很快就要出去，我的压力一下子陡增，主要是害怕面对社会，害怕面对亲情。

所以，我的身体最近一直在瘦，关键是睡不好吃不下去，可以说是寝食不安，瘦得特别厉害，真的是害怕。

一出戒毒所，我会直接去找毒品

有一次，我们 10 多个人到一个旅馆里吸毒，像我们这种“老烟鬼”，都会选择到外面找个小旅馆，因为我们吸完毒后大多不吃不喝，只想睡觉。在家里有亲人管着，自然少不了唠叨什么的，听着就让人烦。我们在里面一吸就是 3 天，男的女的都有，嗑完药后就睡。

吸完毒后我们每天都是睡到自然醒，然后叫个外卖或者只是吃一些水果，基本上连续 3 天都不会出门，可能是我们的反常行为引起了旅馆老板的注意，像我们这种“老烟鬼”，经常跟我们打交道的出租车司机、旅馆老板，基本上一眼就能看得出来，可以说八九不离十能看出我们是在那个道上混的。见我们那么多人在一个房间里面 3 天都没有出来，老板怕出事，主要是怕我们扎针过量什么的一针扎过去了，如果死在他的旅馆里，他是逃脱不了干系的，老板就报了警。把自己给扎死的在我们县上经常发生，我就亲眼见过一个“粉友”一头扎在厕所的便池里，裤子都褪到了膝盖以下，后来才知道是躲在厕所里扎大腿动脉，最终因药量过大一针把自己给扎过去了。我见过扎着扎着就在我身边死掉的，太正常了，如果有哪个同伴吸毒过量死了，我们都会各走各的，没有人去管他们，谁都不会觉得伤心，不是我们冷漠，在我们这些人的眼里，只有毒品才是我们的“衣食父母”，它不仅控制着我们的躯体，更重要的是控制着我们的灵魂。

很快，因有人举报我们可能在聚众吸毒，县上的公安机关出动了，加上县武警中队的武警战士在内有上百人，把我们这个旅馆围了起来，最终将我们这 10 多个一起“吃药”的全部抓获。

对于未来，就像你刚才问我的那样，出去以后会不会再吸毒？说真的，我真的不敢保证说自己不会再吸毒，因为我说不再吸毒的话都已经不下一千遍了，连我自己都不相信自己了。我记得有一次，所里组织我们这些学员搞教育，当时给我们上课的管教民警在讲到毒品的危害时，想摸一下我们的真实想法，说不想吸毒的请举手，并一再对我们讲，是怎么想的就做什么举动，让我们举手表决，结果几百个人里竟然没有一个举手的，最后问想吸毒的请举手，结果一大片举手的。从这个场面你就可以看出毒品对人的精神控制力真的是太强了。

从我个人来讲，说我不想毒品是假的，是自欺欺人。这次没来所里之前，我也进行过无数次的戒毒，在所里基本上是不怎么想，因为自己内心知道想也没有用，但每次出所后就不一样，当那些熟悉的环境，那些熟悉的人，一下子进入眼前，就不由得你不去想。我一见到吸毒的人或吸毒的那个场面整个人就坐不住了，浑身都在颤抖，两条腿就会自然不自然地靠过去，或者跟着对方走，那是一种本能的条件反射，这也是我不断吸毒不断戒毒但就是无法戒断毒瘾的根源。

谈到今后的打算，我的大脑中可以说是一片空白，我不愿去想，也不敢去想。我真的不知道自己未来的路如何走，只要一想到这个问题就害怕，我就会下意识地强迫自己中断思考。唯一值得庆幸的是，现在家里人还不知道我感染了艾滋病病毒，但就是因为她们还不知道我已经被感染了，无形中增加了我的心理负担，如果是几个姐姐全部知道了，我只能做最坏的打算，爱咋咋地。而我现在考虑得更多的是如果她们知道了会怎么想？如果知道了我该如何与她们相处？我是不是要继续隐瞒下去？只要一想到这些，我的头就胀得厉害，钻心地痛，因为姐姐们太爱我了。我吸毒的这些年，她们从来都没有放弃过我，一如以前一样地爱我疼我，也许是我的父母去世过早的原因，也有可能是我在家最小，她们自己觉得有这个责任与义务。

说真的，一出戒毒所，我会直接去找毒品，也会忘了在所里那些管教民警对我的苦口婆心的教育，忘记我一遍又一遍写过的悔过书，忘记两年来在所里所筑下的拒毒的思想防线，忘掉所里管教民警对我说的一切。这些都是我的真实想法，并不是说我是一个容易忘本的人，或者说我不是一个懂得感恩的人。没有任何理由，唯一的理由是毒品的危害实在太大了。我没必要来欺骗你们，在我们这里戒毒的人，说不想吸毒的人才是骗人的，才是鬼话。

记得距这次来戒毒所最近的一次戒毒，当时我在州府所在地的一家戒毒所接受强制隔离戒毒，戒毒期满在市里上班的大姐从戒毒所里把我接到她家，刚好那天是中秋节，姐姐一家都非常高兴，姐姐、姐夫专门做了满满一桌子菜，一来为我接风，我成功地从戒毒所出来了，我们姐弟又团聚了；二来是全家一起庆祝传统节日中秋佳节。因为通过所里的正常戒毒，我的身体恢复了很多，人也看起来强壮和精神了不少，可能是高兴，从来不喝酒的姐姐那天破例端起了酒杯，喝了一些酒后，姐姐说起了我自从染上毒品后这些年所遭受的人不人鬼不鬼的生活，说起了她们姐妹几个为我担惊受怕的日子，说着说着，一幕幕往事勾起了姐姐心中的伤痛，她不禁失声痛哭起来，哭得是那么伤心，后来还是在姐夫的劝慰下，她才从悲痛的情绪中缓过神来。

我这个人是个刚烈性子。记得有一段时间，我也深深为自己戒不断毒瘾而无比自责，因为每次看到 4 个姐姐到戒毒所看我时哭成泪人的样子，我的心如刀绞般刺痛，就想着出所后如何让自己摆脱毒品的控制，后来我想出了一个办法，就是把自己两只手的 10 根手指都砍掉，心想这样自己以后再也不会吸毒了，因为没有手指，配制毒品和注射将成为问题，只有这样才可能戒断毒瘾，彻底与毒品决裂。主意已定后，在我一次出所后，为了减少痛苦，我特意把菜刀磨得很快，准备好一切后，我就把姐姐们叫到家里，之所以我把姐姐她们叫到家里是希望在我砍断手指昏死过去后，她们帮着把我送到医院抢救，当时我真是下定决心了，当姐姐她们到我家里后，看到眼前的一幕，在大致听完我的决心后，她们 4 个一拥而上，死死地抱着我说："老五呀，你哪能干这种傻事呀，这样下去你不就成废人了吗？再难再苦有姐姐们在，我们帮你戒！"

看着她们一个个悲痛欲绝的样子，我的心在滴血，可在滴完之后，我依然会一遍又一遍地去伤害她们，因为，我已经被世界上最可怕的魔鬼——毒品所控制。

说真的，如果真的把两只手的手指都砍下来，我还是戒不了的，这并不是我不自信，也不是我缺乏毅力，如果真的想吸毒，就算是两只手都没有了，哪怕是用嘴等辅助，还是能把毒品注射进体内。后来我还真在戒毒所里见过因为痛恨自己戒不掉毒瘾，一怒之下把自己一只手的5根手指都砍断的一名学员，他当初的想法与我现在的想法是一样的，他也是恨自己没有毅力，一怒之下拿起菜刀把自己左手的5根手指都砍了下来，砍掉后为了不让家人把它接上，他还强忍伤痛把断指全部丢到厕所里冲掉了，这位已经发展到开始注射的吸毒者想的是，只有一只健全的手，不方便配药，不方便注射，也许会戒断毒瘾，但就是这样，他最终也没有戒断。我也曾与他交流过，他说，我当时冲动地想少了一只手，可能会戒断毒瘾，但我还是失败了，犯瘾时，你会什么都不顾，手脚嘴并用也要把药配好，然后扎下去……

如果社会还对我们这些人抱有最美好的幻想，最切实际的希望就是在这个世界上再也买不到毒品！

毒品毁了我幸福的家庭

我也曾经有一个幸福的家庭，每次在重要节日看到那些学员的家属来所里与他们团聚的时候，看到他们久别重逢后的那份甜蜜与幸福，我的内心就多了几分酸楚，就会想起几年前已经飘然而逝的爱情，每每想到这些，我的心就会揪心地痛。

我和她相识是在2003年，当时我还在县武装部工作，说来也很巧，一次不经意的聚会把我和她的手牵到了一起。与她相识是在一次朋友的聚会上，她是我一个朋友的表妹，那天她也来参加我们朋友的聚会，她高挑的个子，一双水灵灵的大眼睛给了我很好的第一印象，而在随后聚餐的交往中，她所表现出的文静而优雅得体的处世风格，机智而不失幽默的个性深深地把我吸引了。

从此以后，我经常找借口去见那位朋友，时间一久，我的那位朋友也从中看出了端倪，就直言不讳地问我是不是看上了他的表妹，我见隐瞒不了了，只好从实招来，朋友便成人之美，从中做起了红娘。后来我才知道，她在县上一所小学当老师。后来我还知道那次聚会上，我也给她留下了很好的印象，她也多次向表哥询问有关我的情况。

相恋一年多后，我和她在 2004 年结了婚，虽说我们两人手中并不富裕，但婚礼却办得相当奢华，4 位姐姐动用了她们所有的人脉关系，婚礼那天各种豪华小轿车来了有数十辆，一时在我们那个不大的小县城里成了一桩美谈。婚后的日子有说不尽的甜蜜，我们俩计划等过几年有了一定的积蓄后，在县城购买一套商品房（当时她还住在学校分给她的一间职工宿舍里，而我住在县武装部分的一间宿舍里），同时还计划等各方面安定好，有一定的经济基础后要一个宝宝，一切都向着很好的方向发展。

上苍注定有时要捉弄人：我的这桩美满的婚姻是朋友帮我促成的，却同样是朋友帮我掘了一座坟墓，一座深不见底的坟墓。2005 年的一天，双休日正在休息的我被朋友叫到他那里玩，一到那里见他们都在搞这个，其实我以前也见过，只是他们再怎么劝我都是不碰一下，而那天却奇了怪，他们一劝我就沾了。

跟所有吸毒者的经历一样，很快我就吸毒成瘾了，在我吸毒后半年多的时间里，她并不知道我吸毒，只是觉得我比以前变得有些神秘，但毕竟是夫妻，加之她又异常爱我，尽管我做得很隐蔽，但在一天夜里我偷偷地躲在厕所里扎针时，还是被她发现了，那一刻，她的心冷到了冰点，因为她深知毒品的危害，身边有太多太多残酷的事实让她不寒而栗。

一直沉浸在美好的婚姻梦境中的她目光在与我对视时明显有些眩晕，身子战栗般摇晃了一下，但最终还是站住了，她疯了似的冲过来，一把夺过我手中的注射器，用力地摔在地板上，那些没有摔碎的大块，她又捡起来，重新摔下去，也许时空一下子被凝固，注射器摔碎的声音在那个夜里显得那样的刺耳，这是我生平第一次见她为保卫这个家而做出的这样一个罕见的举动，那样子恐怖得有些吓人，虽说过去了四五年，但那一幕却永世难忘！

她没有放弃我，不惜采取与同事调整教学时间来盯着我，死盯死守不让我迈出家门一步，但显然，在毒品与情感的天平上，是她太高估了自己。一次我趁她上街去买东西的时候，砸坏了房门一路狂奔去买“药”，当她回来时，谁都可以想象得到当她看到那被砸坏的房门时，会带给她何种视觉上的伤害！当我在外面买完毒品并注射完后，才心满意足地回家，而回家后，我发现她正瘫软在地上，眼里已经没有泪水，一脸的绝望……

后来，见我靠自己的毅力实在戒不掉，她又几次利用每年两次的寒、暑假，带我到外地戒毒，而每一次我都是在所里戒得很好，一出所就前功尽弃。从我们结婚到2007年离婚，可以说她给了我很多次机会，但我一次次让她失望，最终我们离婚了，她实在是对我绝望了。我们办完一切离婚手续走的那天，她依然是泪流满面，按说两年来她的泪早流干了。我想象得出，可能是她想到这是当着我的面最后一次流泪，只想让泪水流得畅快、彻底一些，虽说我对自己恨铁不成钢，但她的离去还是犹如把我的心掏空一般，灵魂空空如也。

也不止一次有管教民警跟我讲现在医学发达了，说不定哪天就研究出了抗艾滋病病毒的疫苗，将来抗艾滋病的新药都会上市，等等。说真的，我也知道那是他们在安慰我，目的只是希望我们这些人在里面好好反思，安心戒毒，不给他们增加额外的麻烦和负担，把我们看护好、改造好是他们的工作。可是我能对自己说我没有感染艾滋病病毒吗？能对家人说我没有感染艾滋病病毒吗？不能，或者说了内心会更加不安。

人绝望的时候，连自己骗自己的机会都没有。

我们内心很清楚自己的处境，我们只想活一天是一天。

采访手记

其山说话时的语速特别快，这可能跟他办事利索的性格有关。“人绝望的时候，连自己骗自己的机会都没有。”这是其山在接受采访时，给我触动最深的一句话。其山是一个性格特别直率的大男人，父母过早地离世，给了他性格上的独立和思想上的独立，这种优势让他先后在几家单位很快都能胜任自己的工作，并深受领导的喜爱。当毒瘾缠身后，4 位姐姐始终没有放弃对他的救治，这也给了他活下去的信心与勇气。当他得知自己感染了艾滋病病毒后，那种信心已经荡然无存，特别是无法面对视他为生命的 4 位姐姐，希望这种内心的沉重，不会成为他回归社会的樊篱与障碍。

中篇

泣血之痛

自作孽，不可活。对所有的吸毒者来说，快感过后即是痛苦。

艾滋病已经不再是离我们生活遥不可及的魔障。它的阴影，随时游荡在我们的生活周围，只有洁身自好的人，才能远离这种魔障。在这场个体灾难面前，作孽者将受到肉体乃至法律的惩罚，但留给当事人的却是终生的灾难，除了对作恶者的谴责外，我们能做的，不仅仅只是对受害者掬一捧同情之泪。

铁窗残月，寒蝉凄切。置身戒毒所，品味跌宕起伏的人生悲剧，他们会领悟到更多的人生真谛。人的一生不在于金钱有多少、权力有多重、地位有多高，而在于能在广阔湛蓝的天空下，尽情呼吸自由的空气；在于一家人和和美美，劳累、疲惫之余有一个温馨的港湾。

而吸毒艾滋病病毒感染者，只能生活在没有阳光的角落里，生活在失去精神、肉体自由的囹圄中。

英国历史学家阿克顿曾说过："使人堕落和道德沦丧的一切原因，都是从对金钱的贪欲开始的。"为了你幸福的家庭免遭破碎，为了你贤惠的妻子不再出现惊恐的目光，为了你可爱的孩子能有一片晴朗的天空，为了你年迈的父母不再风烛残年、老泪纵横，请珍爱生命，远离毒品。

人的一生，除了欲望，更多的是勇气、付出、责任、坚强、进取。

不要让亲人和自己再流无谓的泪水，不要总在悲剧发生后才去痛心疾首……

迟来的母爱挽救不了“毒渊”中的女儿

小威是一个烟瘾很大的女人，采访进行还不到10分钟，她就烟瘾犯了，一副极其难受的样子，她好像在犹豫什么，最终她鼓起了勇气问了句：“我能抽根烟吗?”我笑了笑说：“没问题，你感觉怎么放松就怎么来。”她快速地从身上掏出一包烟，取出一支很熟练地点燃，深吸一口，吐着烟圈，也许是尼古丁的作用，她变得更加轻松，只是她在讲述的时候没有一点逻辑性，随意性很强，不知道这是不是与多年吸毒对她大脑造成损伤有关。

掏包收入是我主要的毒资

我的活路主要是摸包包，每天找个二三百元钱很正常，但也有运气好的时候，一天几千上万的也有，现在有钱的人比较多，有些人还比较爱露富，大把大把的票子往身上随便一个口袋一放就了事，根本没想到有人会盯着他。我就爱找那些爱用现金消费的人下手，银行卡我偷到手没有用，因为没有密码，就算到手后我也会马上扔掉。如果偷到身份证后，我会尝试着用身份证上的出生年月去套盗来的银行卡密码，还别说，真有被我对上的，我曾经取过3个人的银行账户里的存款，都是我从他们一块儿被盗的身份证上获得的相关信息，试了几次就把卡给试开了，所以那种以出生年月日作银行卡密码的做法是特别不安全的。

因为我住在成都，我去偷包的地方主要在成都市春熙路，那个地方比较好偷，因为它是成都市最繁华的地方，是全省的经济中心，不仅四川省内的顾客愿意到那里去购物，来自全国各地以及国外的游客都愿到那个地方去，那个地方不仅客流量大，而且有很多高档的商场、商厦，可以说春熙路引领着成都乃至全省的时尚潮流。

正是这集货流、客流于一身的地方，是我理想的生财之源，10 多年里，我基本上都是在那个地方混，说句不谦虚的话，我也见证了春熙路商业帝国的崛起。

干我这行也有一定的窍门，时机、对象的选择，是能否成功的关键。时机我会尽可能选择在客流高峰期人多时，人与人的自然接触给了我可乘之机。对象我多以青年女性作为下手目标，一来她们多专注于购物，对个人物品的警惕性比较差，另外一旦被她们发现时，因为她们比较富有同情心，加之力气较小，也容易逃脱。

虽说 10 多年里先后失过不少次手，还因此先后被关过 5 次，但很多时候是被便衣警察抓获的。最让我难忘的是被我偷过的一位顾客花了整整 3 个月，守候在丢失财物的商场，愣是把我给抓住了，并把我送到了派出所。

那是一年夏天，我在一家商场里偷了一个厚厚的钱包，当时被偷的小伙子正和女友一起购物，我出了商场后一数，发现钱包里有 7000 多元钱和一张身份证，钱到手后，我美美地享受了一段天天有高纯度“药”的日子，时间一天天地过去，那个被我偷的小伙子和他女友的模样已经被我渐渐淡忘。让我没有想到的是，在时隔 3 个月后，那位丢失钱包的小伙子靠着他的锲而不舍，最终把我给抓住了。

那天我正在跟踪一个潜在的目标，并一步步地接近她，就在我正要下手的时候，一个小伙子一下子冲了过来，猛地把我摔倒在地，当时我没有丝毫反抗的迹象，心想：糟了，碰上便衣警察了。当时那种情形把我正准备对她下手的那个小姑娘吓坏了，愣了半天她才缓过神来，明白了事情的大概，当得知我正准备对她下手时，她脸上露出几分庆幸。小伙子把我拎起来时，第一句话让我明白了他不是警察：“你终于露面了，把偷我的钱和身份证还给我。”

旁边一个一直跟着他的小姑娘上来就抽了我一个耳光，并且边抽边骂：“太讨厌了，就是因为你把我老公的身份证偷走了，出差他就没法坐飞机，太可恶了。”我被小伙子扭送到了派出所，到了那里我从小伙子和他女友那里知道，他们在丢失钱物的当天就报了案，并及时从商场内部的监控录像里调取了事发当时的图像资料，发现了我是如何跟踪并偷了他们钱包的全过程视频。为了抓到我，小伙子将我偷窃过程的视频拷走了，对我最清楚的图像进行截屏，并将照片打印了出来。

由于我的偷窃行为，给男当事人的工作造成了极大的影响，小伙子是一家公司的业务主管，被盗前两天他刚好买了去新疆的机票，由于身份证被盗，飞机他没法坐了，另外时间特别紧，坐火车显然是来不及了，最后没办法单位只好派另外一名同事去了，尽管他向领导做了解释工作，但他还是明显能够感到领导的不满。

不仅如此，由于补办身份证需要一个过程，不可能马上拿到身份证，后来还有几次到比较远的省份出差的业务，由于时间较紧必须坐飞机，最终他都没有成行。

一股无名的怒火从那一天开始，就在小伙子的心中燃烧。

只要是节假日，这对恋人就会分头拿着从视频上截图下来的照片，到他们丢失钱包的那家商场，去寻找我的踪迹，工夫不负有心人，终于在他们丢包的 3 个月后，把我抓了个正着。

由于盗窃数目巨大，我被判刑入狱。

穿着母亲的警服扮警察

虽然我曾经是一个小偷，但我也受过高等教育。

我毕业于某省级建材学院，学的是建筑专业，毕业后我到省里的一家建筑公司上过几年班，搞工程预算和建筑设计，一次偶然的机会我沾染上了毒品，并最终吸毒成瘾。吸毒成瘾后，我很快就被单位开除了。从此以后，我再也没有在任何单位正儿八经地上过一天班，为了维持每天数目不菲的吸毒开销，我开始了偷窃的营生。

不仅在偷包这方面我在这个行当里小有名气，而且我还有引以为荣的事，一时轰动全市的警界，母亲也被此事牵连进去，差点毁了她的政治前途，最后单位领导看她也不容易，只是给了她一个警告处分。

说起来你可能也不会想到，为了获得毒品，我竟然和另外两名男吸毒人员一起串通，我穿上母亲的警服，他们两人冒充便衣警察，我们 3 人上演了一场“黑吃黑”的闹剧，最后竟然第一次就得手了。一次成功后，我们竟然没有就此罢手，在第二次故伎重演时，被当事人报警，最终我的那两个同伙落网，他们供出了我，我在自己家里被抓。

那是大约七八年前的一个秋天，由于一连几天都没有什么收获，我的手头显得非常紧，然而毒瘾每天都如期而至，不可能再等了，我决定铤而走险，大干一场。当我把想法与另外两个经常在一起“吃药”的“粉哥”说了后，他们也连声叫好。就这样，我们进行了分工：由我提前与经常到他那儿买“药”的“上家”联系好，约定好交易的地点，两位“粉哥”扮演成便衣警察，等送货的到达指定地点时，上去将他控制，然后由我扮演成警察上去故意嚷着说把他带回警局，在假装带回警局的路上故意放跑他，之所以要扮演成警察上去，如果完全“黑吃黑”把他们的“药”给黑了，“上家”一定会怀疑是我干的，那样他们同样会找“黑道”上的人来报复我的。

事情进展得非常顺利，并且最让人惊喜的是，“上家”派来送货的“马仔”一次都没有见过我，他刚到那里，我的那两位同伙就一下子冲上去，边把对方扑倒边喊：“警察，不许动。”等他们俩把“马仔”按倒在地后，穿着母亲警服的我就适时冲上前去，装着一副领导的模样，学着母亲经常跟她同事说话的那个口气：“李队、刘队，把这个家伙带回警察局，好好审问一下，判他个几年。”其实那“判他个几年”是说出来吓唬他的，只是想明确告诉对方如果进去了罪行不会太轻的，就是提醒他能跑则跑。不然，像这样他人一直在我们手里，我们也没法处置，戏就演砸了。我们故意对他说：“老实点，逃跑的后果你是知道的。”然后就把他刚才还一直被我们反拧着的手松开，让他自个在前面走，接着那两个“粉哥”假装点烟借火故意与“马仔”拉开一段距离，“马仔”一看这么好的逃跑机会，他自然会逃跑。

为了迷惑对方，我们还故意在后面追，造成没有追上让他逃脱的假象。

第一次做成功后，我们 3 人马上把到手的毒品分了，我立马把母亲的警服放回原处，一切就像什么事也没有发生似的，尽情享受着毒品带给我的短暂的快感。

其实这里面有很多漏洞，但对方终归是做贼心虚，加之人一紧张和害怕，就会忽略很多细节。如果那位“马仔”稍微冷静地想一想，他会觉得这事很蹊跷，比如说我们把他控制的时候没有给他上手铐，我们没有及时把他押上警车，而是步行带回警局，如果步行押回去，路上既没有抽掉他的腰带，也没有脱掉他的鞋子，没有采取任何防止他逃跑的措施，并且还让他自己一个人在前面走，3个警察在后面跟着……如果细究下来，他还是会发现有很多不合常理的地方。

几天过去了，不仅母亲没有发现什么异样，而且也没人报案。我一想，这事成了，没有被暴露。

古人云：人心不足蛇吞象。有第一次就会有第二次，过了一个星期，我们3个就又聚在一起，合计着去做第二票，自然，这一次就没有上一次那么幸运了。

那天，我的那两个“粉哥”刚把对方按倒，对方就认出其中一个人来，对方边挣扎边喘着粗气说：“兄弟，做人要厚道，没钱‘吃药’就吭一声，何必来这一手呢?”因为他已经起了疑心，我穿着警服上去也不顶事，他一直嚷着说：“我就跟着你们走，我看你们把我弄到哪里去!”结果我们没有办法，把他带到了一个无人的地方朝着他的屁股踹了一脚放他走了，他一走就打电话报警了，说他遭抢了，被穿警服的假警察抢了……

事情一下子闹大了，仅仅过了几个小时，我就被抓了，同时在我家里还起获了作案用的母亲的警服，当时母亲头天晚上在单位值班，第二天接着上班没有回家，当局里的同事把案情通报给她时，她马上到警察局见到了刚做完笔录的我，母亲见到我时是又气又羞，她当时就冲上来，狠狠地抽了我几个耳光，气得她一句话也说不出来。说真的，我从来没有见过她发那么大的火，可能她实在是气坏了，无法容忍自己的女儿穿着她的警服假冒警察作案。

女儿穿着母亲的警服作案的新闻很快在整个市公安局传开了，母亲也感受到了空前大的压力，最后单位考虑到一连几天母亲都在单位值班，加之她再过两年就到了退休年龄，后来单位只是给了母亲一个好像是“警用装备管理不善”的罪名，给了她一个警告处分。

一世英名的母亲，在快要退休的时候，却让女儿在她的人生履历中涂抹上令人啼笑皆非的一笔，这不能不说是母亲在教育子女上最大的遗憾。

母亲最大的失误是送我到外地戒毒

自从我吸毒成瘾后，母亲就没有过过一天安稳的日子。

而最让她难堪的是她警察的身份：一个警察的女儿竟然吸毒，说明她连自己的孩子都教育不好，这样的人将怎么去教育和管理别人？

这个压力从我吸毒的那一天起，如一块巨石般一直压在母亲的心田。

母亲的一生注定要与苦难相伴。

母亲是外地人，最初她在本省别的地级市做警察，大约在我5岁的时候被调到省城，只是刚到省城没两年，父亲就去世了，为了不让我们姐妹3个受委屈，母亲一直没有再嫁，把我们3个拉扯大并都送进了大学，这其中遭受的苦难，也许只有母亲才能体会到个中滋味。

小时候，有一年母亲所在警局的辖区内发生了一起刑事案件，一连几天母亲都随单位的男同事在外地出差办案，那时都是姥姥住在我家里帮着照顾我和两个姐姐，当时最大的姐姐也比我大不了几岁。母亲出差怎么也不会想到家中发生的事，等大约一周左右母亲出差回来时，眼前的一幕让她酸楚的泪水夺眶而出：3个孩子浑身像个泥人似的可怜巴巴地坐在地上哭，姥姥就躺在床上，看样子病得很重，家里乱得一团糟……

原来，母亲刚出差的第二天，姥姥就病了。女儿不在家，姥姥也没办法，当时的通讯还不像现在这样发达，那时还没有手机，姥姥只好硬撑着照顾我和两个姐姐的生活。当时我们3个都在上小学，每天都是回家吃饭，一日三餐都得靠姥姥做，在撑了两天后，姥姥终于撑不住了。那时候如果母亲打回电话，也只能往单位打，再让单位的同事转达，当时最方便的是电报，可家里人根本就联系不上她。就这样，躺在病床上的姥姥只能口头指导最大的姐姐教她如何做饭，就这样我们是生一顿、熟一顿地过日子，家里的衣服好多天都没有洗，我们只好穿着脏衣服，所以母亲回来时就看到了令她揪心的那一幕。

从那以后，母亲就患上了出差恐惧症，只要一提出差内心就诚惶诚恐。后来单位知道母亲一个人带着 3 个未成年的孩子后，就再也没有派她到外地出差。

母亲在我吸毒成瘾后，如同天底下所有的慈母一样，竭尽全力去拯救我，考虑到老家有一家很大的戒毒所，加之那里的警察大多与自己共过事，母亲决定送我到老家去戒毒。

只是恐怕连母亲都不会想到的是，她的这一决定不仅没有把我的毒瘾戒掉，而且我在那里还结识了我生命中的第一个男人和一大帮吸毒的“粉友”，也正是他们从此把我从苦海拉进了万劫不复的深渊。

当时戒毒所里主要是以创收为主，因为大多数戒毒学员的家庭都被吸得一贫如洗，所以戒毒所根本收不到什么戒毒费。为了弥补生活费用的不足，戒毒所对外开展了一些劳动项目合作，生产康复劳动主要以劳动密集型为主。所有的戒毒学员每天到一家大型砖厂进行生产劳动，当时我们被分成两个班组——男班和女班，男班的戒毒学员主要从事更繁重一些的体力劳动，我们女班的戒毒学员从事码砖等一些较轻的活计，正是在 6 个多月的劳动中，我与洪波——这个第一次走进我生命中的男人由相识到相恋。

与洪波的相识像一个俗套的“英雄救美”的老故事：那是一年中最热的夏天，那天我们这些女学员正在出窑，由我们女学员把烧制好的砖码到架子车上，由他们男学员推出去。我们出窑是用那种特制的铁夹子，如果是男的，他们一夹子就可以夹 5 块，而我们女的手劲较小，只能夹 3 块。我夹了 3 块往架子车上码时，一不小心，几块砖砸在左手的中指上，鲜血一下子流了出来。刚好洪波是那辆架子车的主人，他见我惨叫了一声，马上过来对我说：“赶快止血。”由于事发突然，现场既没有创可贴，又没有纱布，洪波二话没说，马上从自己的衬衣上撕下一块布条，帮我把血止住，并且他还及时向随队的警官汇报了我受伤的情况，进行了现场证明。我不仅得以休息，而且在回所后，及时到医务室进行了换药和包扎。

正是由于这样一次意外事故，一下子拉近了我与洪波的距离，他的那种细致体贴，责任与担当，在那个特殊的、有些冷酷的地方显得那样令人感动。

在随后的生产劳动过程中（只有在生产劳动和所里组织的一些集体活动中，男女学员才有可能在一起，平常的生活起居我们是严格分开的），我与他的交往进一步加深，从彼此的交谈中，我了解到洪波是本地人，他比我大 6 岁，也是一位有着 10 多年烟龄的"老烟民"，毒品害苦了他们一家：父母因为吸毒，在 5 年前就已经双双离开人世，他有两个哥哥，大哥在注射毒品过程中，由于剂量过大，被一针打死了，留下了两个孩子，一个被改嫁的嫂子带走了，另一个跟二哥在一起生活。二哥也吸毒，他家里本身就有两个孩子，加上大哥的一个孩子，日子可想而知过得是何等的艰难。洪波本人吸毒成瘾后，婚后的第 6 年，忍无可忍的妻子带着孩子改嫁了。

每当洪波讲到他的家庭，我的心中就会涌起一阵难以言状的怜悯，是对他不幸的家庭，也是对他的那些已经被毒品夺走生命的家人的同情，更是对他的那些尚未成年的侄儿侄女的无比伤感。

在戒毒所里，我收获了第一份爱情。

洪波比我先出所，出所前我们就约好了，等我出所时他来接我，别说，那天他还真来了，与他一同在所外等候的还有我的母亲和两个姐姐，之前她们都不认识洪波，我在向母亲和两个姐姐介绍他时，说他是我大学时的同学，但细心的母亲好像看出了其中的门道，好在当时她并没有点破。后来她告诉我，她觉得洪波根本不可能是我的大学同学，首先是从年龄上，另外从气质上，洪波一看就是一个地道的农民模样，我打心眼儿里佩服母亲，她真不愧是警察，一看一个准。

母亲无法阻止我与洪波的交往，其实我也明白与他的交往只会让自己在毒海中越陷越深，一个已经被毒品控制灵魂的人，连躯体都已经不再属于自己了，只是我不能左右自己，更不可能回归到正常的生活轨道。

从此，我在省城和洪波的老家两地穿梭，没有爱，更多的是毒品在挪移着我的脚步。

像我这种既无气力又不健康的能干什么

我一次又一次地尝试着做点什么，但全都失败了。

开始母亲曾经找过她的一些朋友，请他们帮忙给我找点事做，但一听说我吸毒成瘾并且被判过刑，他们都很委婉地说现在人手都满了，等有空缺的岗位时一定及时与我们联系，最后都没见谁与母亲联系。好不容易有一个居委会有个岗位让我去，我得知后非常高兴。等到正式上班后才发现，居委会里的工作人员都不愿意跟我在一个办公室办公，居委会主任问他们是什么原因时，他们都说跟一个吸毒人员在一起都觉得别扭，更别说要在一起上班。另外就怕东西被偷了，言下之意是怕我把他们的东西偷了，那是我无意中听到的。上班第一天，我快走到办公室门口时就听见居委会的主任与准备和我一同办公的一个女孩子在争执着什么，女孩子说她不愿意和我在一起办公，怕东西被我偷了什么的，本来依我的脾气，当时我就会冲进去与她大吵一番的，但最终我还是忍住了，悄然转身走了。别说她们受不了，我每天都要去面对那种异样的眼光，对我自己来说，心理上绝对接受不了。

我只有选择退让。

在做了多次努力后，母亲最后也心灰意冷，再也不提帮我找工作的事，我也曾试图自己去创业什么的，省城的人比较休闲，我曾与两个姐姐合计在省城开个茶馆，她们俩都表示愿意出资金，但最终一打听像我这种人根本开不了，一是健康证拿不下来；二是如果别人知道茶馆是我这种艾滋病病毒感染者开的，不把客人吓跑吓死才怪，就算是到餐馆里打工都要健康证。

好在我的两个姐姐对我都非常好，不仅从来不嫌弃我，而且经常从经济上资助我，像我们这种人由于年龄也大了，人又长得难看，卖色相肯定是没人要的，没有嫖客愿意找个大妈似的人来陪他们睡觉。作为一个女人，没有气力去抢，也抢不来，只能是去偷包，找点“吃药”的钱。

这辈子我是不可能断“药”的，真的没必要骗自己，没用，一点用都没有。

你说像我们这样的人还能干什么？

采访手记

整个采访过程中，小威说话的口吻像个男人，当告知我与她是同龄人时，本来坐在戒毒所统一配发的小塑料凳子上的她把身子往前挪了挪，为了让她在松弛的状态下讲出自己的故事，我半开玩笑地说：“你看起来比我要年轻得多。”她笑了笑说我骗她的，还说我看起来更年轻一些。但我分明能够感到她明知我是骗她的，但她依然显得很开心。可能是多“进宫”的缘故，小威在采访过程中始终摆出一副玩世不恭的样子，显得特别江湖，只是在谈到她的母亲时，她人性的一面在那一瞬间迸发，觉得对不起30多岁就守寡、一直未再嫁的母亲……

这是我与她对话过程中，捕捉到的她仅存的良知与情感。

小威在结束采访离开后，管教民警冲着她的背影告诉我，在戒毒所学员中，小威是一个刺儿头学员，属“老油条”那种类型，最难管。

误入“毒途”的悔恨

玲玲起初并不愿意接受采访，尽管她是一个倾诉欲很强的人。她说，当初，管教民警到她们那个中队去问她们，谁愿意接受采访，她当时并没有举手。后来，有接受采访的人回来后告诉她，采访的氛围很好，并且还没有管教民警站在旁边陪同时，她心动了……

玲玲是那种容易沉浸在自己故事里的人，说到动情处会潸然泪下。

而这种怀旧让她始终无法走出潮湿的心理阴影。

婚后老公把“粉友”带到家里吃“药”

一个人的命运并不是完全由自己决定，至少我是这样认为。

如果没有在错误的时间认识错误的他，我现在或许在家相夫教子，一家人其乐融融，只是时光不可能倒流，人生不可能如戏剧般重演。结婚前，我像天底下所有的女人一样，憧憬着美好的爱情，那一天也如期而至，虽说没有童话般的爱情，但身着白色婚纱的我被身着白色西服的小强牵着手，那一刻，我的心都已经飞出去了，那时我就想，人生的幸福还有什么比这更浪漫而又温馨的？也许没有！

婚后的日子告诉我，并不是所有骑白马的都是王子，人生有喜剧却同样每天都在上演着一幕幕人间悲剧。

婚后，我很快就发现小强是一名吸毒者。就在新婚之夜，我们做那事的时候他就很勉强，好像力不从心，当时我也没有太在意，只是想到他可能是为婚事操劳过度，觉得过一段时间体力恢复过来就自然会好的。后来我才知道，那晚他躲到外面打完针才跟我睡在一起的。

只是接下来一桩接一桩的事让我无法理解，刚结婚还在度蜜月期间，一个正常的老公应该整天陪着他的新娘子，起码晚上应该在一起，而小强总会借口有事，离家出去一两个小时，而那时他根本就没有工作，也用不着去上班，另外就算是在家时，他总会莫名其妙地玩失踪，长则一个小时，短则半个小时，怎么找也找不到他，随后他又突然会在家里出现，弄得挺神秘的。手臂上还有一些看起来很吓人的针眼，当我问起时，他总是轻描淡写地说那是前一段时间感冒了，打点滴留下的，但那种说辞明显就是在说谎，打点滴根本就不会打那个地方。

不长的时间，我发现小强在性方面根本不行，最终我还发现他每天之所以搞得那么神秘并总是有意识地躲着我，都是因为他吸毒，而正是因为吸毒，让他基本上丧失了性功能……

当一切被我揭穿后，小强连躲都不躲我一下，更谈不上回避了，竟当着我的面扎针，不仅如此，还将他的那些“粉哥”“粉妹”带回家里，他们一起吸毒，好像我根本不存在似的。

有一次我回娘家小住几天，3天后天黑前我就回到了家，回家后眼前的一幕让我惊呆了：两男三女赤裸着躺在地上，地上散乱地丢着几根明显是刚注射过的针管，小强就躺在他们中间。眼前的一幕让我又气又羞，我一眼看见了结婚时买的一个大花瓶，一把将里面的塑料花扯出来，举起那个大花瓶，狠狠地砸在地上，“砰”的一声，花瓶破碎的声音，在很黑很静的夜里显得那样刺耳，花瓶破碎的声音，如同吹响了宣告我们婚姻破裂的哀曲。

小强显然被那个声音震醒，他抬了抬头，睁开眼睛看了我一眼，目光里流露着几分痛苦与无奈，随即又闭上了双眼……

当天夜里，我没有在家里住，到离家不远的一家旅馆开了一个房间。躺在宾馆的房间里，脑海里总是浮现出刚回家时看到的那一幕，那一幕深深地刺伤了我，在那个家里，我好像显得有些多余，本来很私密的家却被他变成了一个大旅馆，并且在里面进行着世界上最丑陋的人间闹剧。

第二天，天一亮我就坐车回娘家，我发誓不再回家，如果加一个期限，我会说是永远！

我觉得是他害了我，一下子让我步入到一个看不到任何希望的婚姻牢笼。

回到娘家后，父亲在听了我的情况后，显得非常气愤，但气归气，老人劝我说，两口子过日子，难免有争吵，这些都是正常的，时间一长过了磨合期就好了，他们最后希望我们早点和好，安安稳稳过日子。他们还告诉我，等他来接我时，让我顺势给他一个台阶，跟他一起回去。

一天、两天、三天……在等了小强10天后，我没有等到他来接我，我是一个好胜心很强的女人，那种情况下我不可能自己回去，并一再在心里给自己打气，一定要等他来接我。结果，在半个月后，小强来到了我家，他不仅向我父母道了歉，而且真诚地为他自己的行为表示忏悔。在我的家里，他还很认真地与我的父母进行了交谈，说他想开一家经营电脑方面的公司，并把经营的方式以及公司的发展规划进行了很好的描绘，说得父母都频频点头。因为一直以来，父母都很担心他一直没有工作，当听到他的这个计划时，觉得很开心。小强当天没有要走的意思，后来我才发现这一切都是他精心设计好的，父母当天就挽留他在家里住。

第二天，小强依然跟我的父母谈起他的公司的事，谈着谈着就谈到了他现在最大的问题是缺前期投入资金。当时父母没有想到这是他设下的圈套，一下子脱口而出："没钱我们帮着想办法。"小强狮子大张口，跟父母借10万，父母二话没说就答应了。我当时很是感动，为父母为子女未来的幸福无私地付出所感动，根本没有想到这是小强设下的圈套，更没有想到父母辛苦的血汗钱会从此打了水漂。

没过几天，父母就将他们数十年积攒下来的10万元交给了小强，钱一到手后，小强便迅速地在我眼里消失了，他走后的第三天，在我遍寻无果时，我才猛然醒悟自己和父母都被他骗了，他一定拿着那10万元去吸毒了。

思念老公以毒解愁，兄长送我戒毒

果然，小强欺骗了我和父母的信任、爱心和善良，他说的所谓的开办电脑公司根本就是没影的事，是一个他精心设计好的圈套。他拿着父母的10万元去找他的“粉友”快活去了，他的这一恶行，让我充满着愤怒，更是对他无限地绝望，我决定再也不原谅他，永远不原谅。

我一气之下回了娘家，与他开始了分居的生活，也许是他知道我们一家不再可能原谅他，他再也没有来我父母家接过我，除了我回家拿换洗的衣服，再也没有与他生活过一天，只是有一次回家后，当时小强不在家，我在一个鞋盒子里发现了让小强痴迷、丧失人性的毒品海洛因。

看着眼前一小包白色的粉末，我不明白就是这普通得不能再普通的东西，竟然会让小强如此丧尽天良。学着小强的样子，我吸了起来，没有我想象中的那么美好，相反有一种恶心的感觉。

几天后，我竟对那种感觉有一种怪怪的念想，也再一次回家不停地在家里翻箱倒柜，企望有一种意外的收获。几天里，我每天都悄悄地回家，总是趁他不在家时回去。终于有一天，我再一次有了收获，只是这一次，我不是在鞋盒里，而是在家里的床垫子下，发现了毒品海洛因。

我再一次吸了，竟然是那样急不可耐。

可能是小强发现我偷了他的毒品，家里再也找不到他藏起来的毒品，虽说他的毒品让我对回家充满着一种渴望，但我还是决定离开他，因为不仅是我，而且我的家人也不可能再原谅他。

从结婚到最终与小强分手，一年多的时间里，那个曾令我充满美好幻想的婚姻生活离我悄然远去，留给我的竟然是身心俱疲的无尽伤痕。

离婚一年多后，我再一次结婚了，第二任老公叫老庄，是一位比我大十多岁、打了近40年光棍的人，而且还是一个“进去过”的人，尽管他样子长得凶，并且脾气还很暴躁，但他很爱我。

相比前一个老公，我很满意，老庄不仅不吸毒，而且知道如何疼爱我，他的细心与温存，是小强所不能给我的，婚后我感受到了真正做一个女人的幸福，幸福的生活也暂时冲淡了我对毒品海洛因的渴望。

蜜月的日子在我看来是那样的短暂。我清楚地记得，婚后第二个月的第8天，老庄远在湖南的一个叔伯兄弟打来电话，告诉他在那里接了一个小工程，让老庄过去帮他做一些水电工程，因为老庄学过这方面的知识，并且做得一手好的水电活，考虑到婚后手头没有什么积蓄，并且计划着将来养个小孩还要开销，老庄就与我商量，说他想过去做工，为将来小家庭挣一些钱，尽管心中有万分的不舍，但一想到我们现在是白手起家，我还是决定支持他到湖南务工。

老庄走的头一天晚上，他紧紧地拥着我，我也尽可能地全力去满足他，我知道这一别不知道什么时候才能再相聚。第二天，我一大早就起了床，为老庄做好了早点。在火车站临分别的时候，看到老庄由于昨晚没有休息好一脸的疲倦，我一阵心疼，马上就要上火车了，我紧紧地抱着他，竟然失声痛哭，经历了两次婚姻的我，真的害怕失去他，哭得那个伤心劲，用老庄跟我开玩笑的话说好像是生离死别。

一声长长的汽笛，带走了我的思念，更是把我的整个人掏空了。

回到那个空荡荡的由于没有收拾显得有些凌乱的家，想到昨晚与老庄的缠绵，而如今他已经离自己越来越远，我心中不禁一阵凄凉，一点都没有收拾和整理家务的力气，躺在床上，我梦见了老庄依然抱着我，依然亲吻着我的身体……

醒来时，我发现自己眼角里尽是残留的泪水……

思念是一种说不出的痛。尽管老庄隔三岔五给我打来电话，但我对他的身体、对他身上那种男人气息的渴望越发强烈，那种渴望让我对黑夜有一种莫名的恐惧，孤灯难眠的日子实在对人是一种折磨。

那时，我想到了那种能带给我一种奇怪感觉的白色粉末。

我决定去寻找，并很快用100元钱买到了一小包。

当时我只是想用它来缓解思念老庄的那种痛苦，最终却如同往自己的脖子上套上了一根绳索。

3个月过去了，一天没碰它，竟然想得那么难以自持，我知道自己上瘾了。

吸毒上瘾后不久，父母也知道我吸毒了，他们的第一反应是非常震惊，他们知道毒品的危害，苦苦哀求我不要再沾那种东西。我唯一的哥哥得知我的情况后，表示要想尽一切办法把我从毒海中拯救出来，哥哥是做钢材生意的，生意做得很大。开始时，哥哥就对我说："如果你把毒戒掉，我马上拿20

万元给你去开一家公司，做启动资金。”毒品对我的吸引力实在是太大了，那个时候我才真正知道，为什么小强对毒品是如此痴迷，它确实是一个天大的诱惑。

2005年，哥哥见我通过自己的努力实在是戒不断毒瘾，决定把我送到一家县级看守所，让我在那里戒毒。哥哥当时的想法是，让我在看守所那样一个特殊的地方，把毒戒掉。后来我也问过哥哥，为什么把我送到看守所？哥哥说，原来在戒毒所之所以戒不断，是因为那里收戒的都是吸毒者，在里面会相互影响，以至于出所后一次比一次吸得凶。而看守所则不一样，那里关的大多是像偷窃等刑事治安案件的人员，在那里面不可能受其他人的影响，并且出所后也不可能成为吸毒路上的“难兄难妹”。在看守所里，我只呆了一个月，就实在受不了，让管教民警给我哥哥打电话，让他抓紧来看守所接我。为了防止哥哥不来，我故意把事态说得很严重，让人告诉哥哥，说如果不接我就再也不要来见我。当时我只是想吓吓他，可没想到第二天他真的开车来接我出所。

出所后，一个多月的“戒毒成果”却被一次邂逅给毁了。

临上飞机前我复吸了

从看守所出来后，哥哥就告诉我要把我送到海南去，说他在那里开了家装饰公司。让我到那里去帮着他打理公司。我知道哥哥的良苦用心，他是真心想让我把毒戒掉，一来是想让我远离现在这个到处都是我熟识的毒友的生活圈，另外就是想让我有个事做，生活更充实一些。其实后来我也恨过哥哥，如果那次他不去接我，真的一狠心让他看守所的朋友把我关上几年，保不准我还真的把毒给戒了，因为如果他不去接我，我也没有办法出来，保持几年的操守，毒瘾会轻很多。

为了保持住一个多月没有沾毒品的戒毒成果，哥哥采取了“先斩后奏”的手段，提前为我订好了去海南的机票，而且给了我5000元钱，说是给我零花和让我第二天去买身衣服，当哥哥把他的想法如实地告诉我后，我答应了哥哥的要求，其实我也想尽快脱离那个让人欲罢不能的东西。

第二天一大早，我就起床到街上买衣服，也该那天要出事，在我刚从一家商店买完衣服出来时，就迎面碰上了一位曾经在一起“吃药”的“粉妹”，我是先看到她的，当时我就想躲，因为我知道一旦我们说上话，那可能就完了，但已经来不及了，她马上也认出了我，我只好硬着头皮与她寒暄了几句，她问我最近到哪里去了，怎么一直没看见人影？说着说着向我使了个眼色：“不想跟妹子去耍一下？”那种眼神和神态我太熟悉了，对我也太具诱惑力了。她话音刚落，我就不由自主地跟她走了，到了她的住处，我把手一伸，她就心领神会拿出了全套吸毒工具和“药”……

哥哥怎么也没有想到，他的努力竟然会在一瞬间土崩瓦解。

从朋友那里扎完针后，我就在她家里躺着休息。一个多小时后，我已经从刚才的亢奋状态中清醒过来，我狠狠地扇了自己几个耳光，边扇边骂自己不是人，扇完后我泪流满面，我不知道将如何去面对哥哥，因为再过几个小时我就要坐上飞往海南的飞机，一想到现在复吸了，我就有些害怕，知道如果飞往海南，那种上瘾后没有毒品的日子将是何等的痛不欲生，想到这里，我决定不去海南，甚至连家也不回了。我害怕哥哥打来电话，因为我们约好了的，到时由他的司机开车把我们送到机场，他陪我到海南，到那边把我一切都安顿好后他再回来，想到这里，我干脆把手机也关了。我用哥哥给的5000元钱找了个小宾馆住下，并一再跟前台说如果有人来问起我，千万不要告诉对方我在这里，并多给了那位前台小姑娘100元钱作为好处费。

每天一大早，我就出去拿“药”，回到宾馆里就开始注射，然后就是几个小时的昏睡。醒来后吃点水果或喝点水，然后又是一阵猛睡。每天就这样周而复始地过着人不人鬼不鬼的日子。后来我才知道，在约定的见面时间，哥哥没有看到我，他还天真地以为我买东西还没有回来，就开始打我的手机，一个小时、两个小时，一次、两次，几个小时、数十次拨打，哥哥始终没有打通。眼看时间越来越紧，无奈之下，他只好直接赶到机场，他希望我已经打车过去了在那里等他，不料想还是不见我的踪影，他气急了，却又无可奈何，最后只好独自一个人走了。临行前他告诉父母，说我一定是复吸了，让他们抓紧找我，一个一个宾馆找，可哪里能找到我的影子？

后来哥哥告诉我，说如果当时我在他的身边，他连拿刀砍我的心都有了。可见他是真的气坏了。

这件事把哥哥的心彻底伤透了，他发誓不管我今后是死是活，再也不会理我。

丈夫恨我戒不掉，拿刀砍我

不仅哥哥对我是恨铁不成钢，老庄同样对我吸毒的行为无法接受。

半年后，当老庄从湖南回来发现了我已经吸毒成瘾，他想起刚开始给家里打电话还能找到我，后来越来越难找到我；想起我每次打电话都只是叫他多往家里寄钱，而从来就没有过问一下他在那边过得好不好；想起半年前那个无尽温柔的我，对他是知心体贴，仅仅过了半年，由于吸毒如今不仅人变得很憔悴，而且表情冷漠麻木，对他异常冷淡，他显得非常痛苦。

看到老庄痛苦的样子我越发感到对不起他。

老庄因为过失杀人被判刑 14 年，减刑 6 年出来后第二年就与我相识并结了婚。我吸毒上瘾后，他把我锁在屋子里，整天看着我，哪儿也不去，为我做饭洗衣，他真诚地希望我戒断毒瘾，日子尽早回到从前。毕竟我是一个长着手和脚的大活人，终于有一天，我趁他守我守得太累睡着了的空当，偷偷撬开窗户逃跑了，逃出家门我像疯了似的直奔经常去买毒品的那家。

等他发现我逃走了后，我已经在别人家里享受了几个小时。看着我将床单改成绳子拴在窗户上溜下去后依然留在窗户那里的床单撕成的布条在随风晃动，老庄气得直跺脚，他发誓要找到我并好好教训我一下。

我知道如果被老庄抓到意味着什么，所以我选择躲藏的地方都是那些绝对可靠的朋友，并且尽可能不选那些老庄也认识的人，当时我吸毒后还没有在亲戚朋友那里混得那么臭，无论是同学还是朋友好多人还不知道我是一个“烟鬼”。钱就东家借一点，西家借一点，当时都没有人怀疑我是拿着它去买毒品了。在找了我一个多月遍寻无果后，老庄也累了，他决定就在家里等。他知道，我终有一天会回来的。

其实，老庄到他认识的我可能去的同学、朋友那里找的过程中，我的朋友会及时把这一情况告诉我，还问我为什么不出来见他，我当时就跟他们撒谎说，我与老庄闹了点小矛盾，现在只想一个人静一静，那些同学朋友也没有往心里想，觉得两口子闹矛盾很正常。

离家出走后的第56天，由于当时偷跑出来很匆忙，没带衣服，很多时候都是临时借女同学的衣服换一下，再把随身穿的衣服洗一下，身上的衣服已经脏得不像样子了，加之天气也渐渐转凉了，我决定回家。

回家时，我像做贼似的，轻手轻脚地往家里挪动着脚步。当时我想，如果老庄不在家，我就拿一些换洗的衣服以及一些钱后，就继续在外面流浪，没想到的是，到家后发现老庄正端坐在家里，两眼正死死地盯着门口，只是看了他一眼，我就心痛得要命：仅仅过了50多天，老庄整个人都瘦得变了形，凭他对我的感情，我知道这些天里他是又气又急，既恨我不该逃跑去复吸，又怕我万一有个什么三长两短，因为50多天里我是活不见人、死不见尸。

而这50多天里，我过的也不是人过的日子，整天东躲西藏，吃了上顿愁下顿，每天都在想着如何再去骗朋友的钱买“药”。

那一刻，心中的委屈，对老庄的爱怜，让我一下子冲到他的跟前，紧紧地抱着他任凭泪水恣意流淌。他也一把抱住我，像个孩子似的哭得很伤心，等情绪稍稍平息下来后，他抽泣着说：“你再也不要吸了，我们好好过日子吧。”

平静的日子没有过去几天，我再一次背着老庄到外面去买毒品，因为我实在受不了。那几天没有毒品，我就硬扛着，为防止毒瘾发作后自伤身体，我让老庄在我毒瘾犯了后将我绑在床上，并让他死死地按住我的四肢。

最后我实在受不了那种“干戒”对人肉体上的折磨，我偷跑出去了。等我买完毒品回家后，老庄二话没说，拿起一把菜刀一刀砍在我的后背上，鲜血瞬间浸透了我的衣服，随后他赶紧把我送到了医院，始终守护在我床前，他说他实在是忍无可忍，同时他是想让我长点记性。直到现在，在我的背上还能看出有一条很大很长的疤痕，我的右腿也被他用凳子打断过，他对“吃药”的人相当恨。被他砍了和被他打了的时候，我也特别恨他，觉得他不是人，简直就是野兽，下手那么狠又那么重，就不怕一下子把我砍死或打死，后来反过来一想也觉得是自己不对，老庄是个特别爱面子的人，只要别人说某某的女人是吸毒的，当这些话传到他的耳朵里后他就非常痛苦，觉得不仅别人会小看我，同时也会看不起他。

只是我对他的有些做法非常难以接受，当我在戒毒的时候，他非要说我已经复吸了，就这样我会产生逆反心理，觉得我戒了你还说我在吸，那我就干脆不戒了，吸上再说，反正我怎么做你都认为我在吸。吸毒也让我失去了很多朋友，我有一个很好的同学，前些年在我还没有“吃药”的时候，她的娃儿认我为干亲，逢年过节我们经常来往，后来她知道我吸毒后，不光她本人，包括她的娃儿都再也不与我来往了。

谈到如何被感染上艾滋病病毒的，我觉得最有可能还是在性上面出的问题。除了老庄外，我另外还有一个相好的，他比我小 12 岁，足足一轮，和他相好主要是因为性。老庄比我大好多，刚结婚的头两年在那方面还能凑合，后来就慢慢不行了，只是偶尔地应付一下。后来一次偶然的机会我就遇上了现在的相好，他刚吸上毒，身体还很好，我们两个都是为了性才走到一起的。

被感染的消息差点把我整个人的精神击垮。

那天，我被管教民警叫到办公室，在问了一大堆我家里的事情后，她们突然告诉我：“你被感染了。”我一下子无法接受，眼泪止不住地往下流，一再说不可能，并让管教民警带我去复查。

我的父母在我与老庄结婚的第 3 年就双双去世了，他们走时我都没有难过，但被告知我被感染了，我真的不敢相信，一直流泪不止。

事实就是那样的残酷和无法改变。

我现在最怕老庄也被感染了，不瞒你说，因为我和他们两人在发生性关系的时候都没有采取安全措施，如果是那样，我更觉得对不起老庄，虽说在性方面他满足不了我，但他确实太爱我了，我很怕告诉他我被感染后，他肯定接受不了这样一个残酷的现实，更害怕他也被感染了，如果真的是那样，他一旦知道会恨死我的。和你说这些我的心情会好受些，这些年我从来没有与别人像这样敞开心扉进行交流了，“吃药”后已经让我变得没有朋友，我的好多心里话都不知道该找谁说……

采访手记

玲玲告诉我，这些年一些事压得她喘不过气来，她好想与自己的老公也像今天与我交流一样，放开地谈一谈他们之间的事，但她说自己不敢，她说已经被老庄打怕了，那一次被砍、一次被板凳砸伤都让她分别在床上躺了一个多月。她说，她的那个情人也是吸毒的，他根本没有兴趣去理会她的故事，只是他在生理需要的时候就来要她的身体。

玲玲告诉我，其实像她们这些人，在情感上是特别脆弱的，内心总是特别渴望获得一份真爱。特别是因为毒品让自己在失去太多太多亲情、友情等那些美好的东西后，现在真正的爱情她连想都不敢想……

因为在她看来，爱情、友情、亲情一切都已经化为乌有，只有毒品带给她的感觉才是真的。

我想告诉玲玲的是，毒品带来的也只能是暂时的虚无缥缈，而每天要面对的生活、亲人才是真的。

她成了戒毒所里最小的感染者

芳芳是我见过的年龄最小的感染者，她只有17岁，没有读过一天书，甚至连自己的名字都不会写，至今没有谈过恋爱，尚不知道爱情的滋味。整个采访过程中，她一直低着头，始终没敢正视我一眼，只是偶尔会抬起头，向她的左前方平视一下，随即又会把头低下，稍纵即逝的目光里，写满了迷茫、困顿与忧伤。

她的声音始终很低，并且带着浓重的家乡口音，对她的采访得时刻集中精力，即使这样，有些话语你不得不一次次跟她进行确认，整个交流过程中我能够感受到“艾滋病”对她心理上造成的伤害，已经远远大于病魔对她肉体上的伤害，让她不堪重负。

她的故事如同她的年龄一样，没有什么曲折的情节，但听后却令人压抑得几近窒息。

三岁开始我在家当保姆

我到过最远的地方就是这次到这里（艾滋病病毒感染者集中管理大队），之前最远的地方只是到过县城，一次是到县城当推销员，再就是被送到县公安局强制隔离戒毒所戒毒的时候。我基本上都是在家乡那个小镇上长大的，到了这里我才知道，世界竟然这么大呀，从我们老家到这里一路上花了10多个小时，都是开的汽车。

是当地的公安局强制隔离戒毒所的管教民警把我送到这里来的。和我一同来的，还有我们县上的 6 个女孩子。一路上我们都没有说话，6 个女孩中，有几个原来在一起“吃药”时就认识，因为警察在旁边我们彼此之间也不敢说话。一路上我们都很害怕，都不知道会把我们送到哪里去，因为不让我们之间说话，只能在内心进行猜测，当时都有一种类似像电影、电视剧里面的男女主人公被押赴刑场的那种感觉，挺悲壮的。有一个比我年龄稍大点的女孩子可能是由于害怕，一路上呜呜地哭了起来。

到了这里，我们隐隐约约知道了可能是身体上的原因，原来我们县上的戒毒所，收的都是我们当地的吸毒人员，而这里收戒的都是来自全省各地的感染者，有些心直口快的已经公开说自己是感染者了，她们来得比我们要早一些。

我想到自己可能不会被感染吧，一直有这样一种侥幸心理。

我在家是老大，我出生后家里见我是个女孩子，后来父母又生了 3 个男孩。在我们那个民族是没有计划生育的，或者说没人管，我们那里的人也没有这个意识，反正每个家庭都是三四个小孩，穷也生，富也生，最多的有六七个，他们始终觉得有苗不愁长。由于家里没有人带孩子，也根本带不过来，大的小的整日在地上爬，浑身上下都沾满了泥土，一个个像野孩子似的，邻里间也没有谁会笑话谁，每个家庭都一样，这样的孩子也好养，几个水煮的土豆就是他们一天生活的全部。

我的家庭条件比他们要好一些，因为父母都是在镇上做生意的，只是我刚才跟你说的那种情形就是我小时候带着 3 个弟弟的生活写照。

在我还不到两岁的时候，第一个弟弟出生了，我 3 岁的时候，大弟弟已经一岁多了，从那时起，我就担负起了保姆的责任，说是保姆，其实我也还是个孩子，也只是说把他们看住不让到危险的地方去。当时父母对我“约法三章”：有水的地方绝对不能让他们去，怕淹着了；有火的地方绝对不能去，怕烧着了；有暖瓶的地方绝对不能碰，不能让开水烫着了。目的只有一个，就是让我看住他们，让他们远离这些潜在的危险。

带第一个弟弟时，我才 3 岁大点，根本没有力气，连弟弟都抱不动，只要是发现他往那些危险的地方去，我就会连抱带拖地把他拖回来，不让他走，如果他三番五次还往那些地方去，我就会按住他，让他不能动，结果被我按住的弟弟往往会急得大哭起来。因为我如果没按住他，让他最终去了，就算没出事父母看到了也会打我。

这么多年过去了，有些事之所以记得那么清楚，是因为都是有教训的。在我带第二个弟弟的时候，由于我当时睡着了，弟弟把家里的开水瓶碰倒了，把他的脚给烫着了，万幸的是当时开水瓶里的水不多，否则整个脚会烫得很厉害。

那一年我5岁，二弟才一岁多，就是那种刚学会走路不久的样子，处于蹒跚学步的阶段。当时我既要看护大弟弟，又要看护小弟弟，他们的哭闹，他们的不听话让同样只是孩子的我心烦，人也特别累。一天中午，妈妈回家做完饭让我们吃了后，就急匆匆赶到店里去了，我们3个孩子就在院子里的地上玩，当时由于是中午，太阳暖暖的，本来上午看他们已经很累，加上又刚吃完饭，人就很困，我和大弟弟都趴在地上睡着了。

就是在我睡着了的空当，口渴的二弟竟自己回到屋子里找水喝，放在屋内桌子上的一个暖瓶刚好被他够着了，可能是平常他经常见大人从里面倒水，也想学着大人的样子从里面倒水，毕竟他太小了，暖瓶一下子被他碰倒了，掉到地上，"砰"的一声巨响，里面的开水溅到了他的脚上，剧烈的炽痛让他哇哇大哭起来。此时，我已经被二弟的哭声所惊醒，一听到他在里屋哭，还以为是他不小心摔跤了或碰到哪里了，就睡眼蒙眬地往里屋走，到了里屋才发现二弟已经跌坐在地上，他的右脚上是一片红红的水泡，地上散落着一地的暖瓶碎片，我一看，大吃一惊，心想不好，弟弟让开水给烫着了。当时我也根本不知道对于这种事情如何去处理，只好半搂半抱半拖地带他往父母做生意的门店走，看到二弟由于疼痛一直在哭，大弟弟也哇哇哭了起来，我抱不动弟弟，加之闯下如此大祸知道父母一定会打骂我，由于害怕我也哭了起来，就这样姐弟3人哭成一片，走出家门没多远，我们就被附近的邻居们发现了，他们赶紧帮我把二弟抱到了父母那里。

当时父母一看二弟被烫得很严重，只是狠狠地瞪了我一眼就急匆匆地抱着他往医院跑，由于只是皮外烫伤，加之暖瓶里的开水并不多，医生诊断后告诉父母并无大碍，在做了简单的处理后，医生让抱回家到时来换药就行了。

父母送弟弟到医院时，我一直不敢跟着，知道自己闯下的祸将意味着什么。果然，父母回来后，先把二弟放到床上休息，首先是父亲过来照着我的脑袋就是一巴掌，力量很大，我一个踉跄，想努力控制住不让自己摔倒，但最终还是没有成功，一下子摔倒在地上，我很快爬起来了，站直了眼泪哗哗地流，但没有哭出声来。这时，母亲走过来，揪着我的耳朵说："你这个死丫头，让你看好，这就是你看的?"由于太过用力，母亲几乎把我整个人提了起来，尽管很痛，但我依然没有哭出声来……

几天过去了，可能是由于受重力击打的原因，我的耳朵一直在嗡嗡作响，虽说我那时还很小，但这一幕却永远让我记得很清楚。

没有恨，只有痛，是那种痛彻心灵的感觉。

在这个家里，由于自己是女娃子，从小到大，不论什么事，不管有理没理，我一直都让着3个弟弟，我知道自己在家中的地位。

如果问我的童年中印象最深刻的是什么，我会说是父母的拳脚和巴掌，自己牵过无数回弟弟们的小手，还有我背着最小的弟弟，一手拉一个弟弟，姐弟4人艰难行走的场景……

为逃避性骚扰，我把自己反锁在厕所里

唯一参加的一个工作，让我对男人产生了恐惧。

生活的磨难并没有打压我的自由生长，十五六岁的时候，我已经长成了身高一米六二左右的大姑娘，那时候，弟弟们都已经长大，两个大一点的弟弟都上初中了，最小的弟弟也上小学了，我再也不用整天看着他们，没事时我会帮着父母照顾店面的生意，可能是小时候就耳濡目染，对于如何同顾客打交道，我显得异常从容与老到，父母对我的表现也很满意。

虽说父母再也没有像小时候那样非打即骂，但由于在家呆得太久了，一种强烈的想走出家门的想法无时无刻不在我的心中激荡，我只想拥有属于自己的空间。

一天，一位顾客到店里来买烟，当时他想要的那种烟没有了，我就极力向他推荐另外几种，最终成功地说服了他，他一下子买走了6包，临走时他

笑着对站在一旁的父亲说："你养了个好闺女，小姑娘口才不错，我有一个在县城做生意的朋友，他代理了好几家酒厂在我们县的总经销，现在正缺像你姑娘这样有推销口才的人，如果她愿意，我可以引荐一下，收入很可观，是跟销售业绩挂钩的。"临走之前，他丢下了一张名片。

当时，能够看得出来父亲还在犹豫不决。

在他当着父亲的面夸我的时候，我的心已经动了，而当说到他有一个朋友是一位经销商正好缺人手时，我更是有一种跃跃欲试的冲动。父亲好像也看出了我的心思，当他征求我的意见时，我说自己想出去闯一下，经历一下世面。当天晚上，父亲就拨通了那位客人留下的电话号码。

一切都很顺利，对方让我第二天就可以去报到。父亲放下电话，欢喜中有几分隐忧，他告诉我，由于我不识字，加之从来没有出过远门，害怕到了县上好多地方不适应，另外我连自己的姓名都不会写，怕别人看不起。一心想出去的我听到这里，生怕失去这样的机会，就脱口而出："不会可以学嘛。"当天晚上，父亲就在家里教我写自己的名字，一笔一画教得认真仔细，为了从家里走出去，我学得相当认真，那种劲头好像要把10多年未上的文化课都弥补回来。其实每天看到3个弟弟一早就背着书包上学，我心底里羡慕死了，我也无数次梦见自己背着书包端端正正地坐在教室里听老师讲课，醒来时，我依然能够感受到梦境里的那份甜蜜。

当大弟弟上学时，我曾经跟父母争取过，说自己也想上学，但父母一句"女娃子读书没用"就把我给顶回来了。

那天晚上父亲教我写自己名字的一幕，是我记忆中最温馨的场景，他的举动让我明白，父母不仅只会打我骂我，还可以教会我东西。这也是我最愿意去回忆的画面，特别是被送到这里后，这种回忆会让我更加思念父母和3个弟弟，他们是我活下去的希望。

早晨起来后，父亲再一次让我把自己的名字写一遍时，我没有丝毫的犹豫，一笔一画写得公公正正，看到我在如此短的时间内能学会写自己的名字，我发现父亲生平第一次当着我的面笑了，那种笑是欣慰，但我依然能读懂里面有他因为没有让我去上学的自责与不安的成分。

来这里之前出的最远一次门是父亲陪的：他把我送到了县城，送到了县上那家酒类批发经销部。

父亲临回家时给了我100元零花钱，让我照顾好自己，就急匆匆地往长途汽车站方向赶，他要去那里搭乘回镇上的班车。父亲的脚步永远是那样匆忙，50岁还不到的年纪，抚养4个孩子的压力让他看起来比实际年龄要老得多。父亲的背影渐渐从我眼里消失，我才发现自己好孤独，这种孤独感是之前从来没有过的，小时候无论父母怎么打我骂我，但我总是能感到他们就在我身边，一觉醒来时，头一天发生的什么事我已经忘得一干二净，我从来没有恨过他们。

县城的经济一般，通过老板的讲解我了解到自己的工作主要是到县上一些大的酒店里当推销员，再就是到夜场去推销啤酒。很快，我就被老板派到县上两家大的酒店进行推销，根据他们的客流量情况，我中午跑一家，晚上跑一家。事后我才知道，一个品牌要想进入一家酒店，不仅酒店要收一定比例的提成，另外推销员还是酒店的免费服务员，要帮他们点菜和招呼客人等。

其实当推销员在口才方面我一点都不怕，最怕的是客人要我喝酒，那些刚买了你酒的人，有的在买酒之前就把条件跟你讲好，说到时过来帮他敬一下酒，为了多推销自己的酒，自己只好答应他，这样，他会适时地叫我过去替他敬客人酒。那些客人也不是省油的灯，不可能你不喝只是让他喝，当你敬酒时他会叫你陪着一块儿喝，有些更刁的客人还会让你把之前他喝的酒都补上他才愿意跟你喝，那些买酒的客人不想让那种局面陷入僵局，也会想尽一切办法让你多陪他的客人喝，这样，每次尽管我都全力地来保护自己，但每次我都喝得差不多大醉。

我只有一个愿望：多为家里挣一点钱。在这种想法下，多吃点苦根本不算什么。

可能是天生倔强，就算我喝醉了，我也从来不会当着客人的面去吐，另外就是感觉自己差不多时，就一口都不喝。一个比我早入行的姐姐告诉我一些应付这种酒场局面的技巧，喝时不要急于让酒下肚，假借擦嘴的时候把酒巧妙地吐在手绢上，或者餐巾纸上，再一个就是喝完酒后借上厕所的机会把手指伸到喉咙处，酒会自动吐出来，等等，但这些手法要想真正运用得游刃有余，绝非一日之功。

半年多过去了，我的业绩令老板很满意，但我开始厌烦这种生活，特别讨厌那些酒场上的男人都以我们这种女性推销员当“调味剂”，我想逃避。当我说出自己的想法后，老板为了留住我，一再为我涨提成，最终我还是留了下来。

一次难忘的经历让我发现，有钱的男人没有一个好东西，尽管这种看法可能有些片面。

刘总是我的一个客户，我也一直在他的酒店里做推销，来酒店差不多一个多月才见到他，那是一个40多岁，挺着啤酒肚，眼睛始终眯成一条缝的男人。当时是他的几个朋友来酒店吃饭，当天他在来酒店时看见了我，就问了大堂经理关于我的一些情况。后来大堂经理过来跟我说，刘总晚上请你一块儿去吃饭，我不好意思拒绝，但也没有表态答应，大堂经理好像看出了我的顾虑，接着说：“刘总说了，为了不影响你晚上推销的收入，晚上酒水就用你推销的酒。”话已至此，我也不好再说什么了。

刘总的几个客人都是我们县上生意做得很大的那种大老板，但个个好像都很好色，不仅轮流让我跟他们喝交杯酒，而且手还不怎么老实，找各种机会在我身上摸来摸去，当时，我只想这种宴会早点结束，多一分钟对我就意味着多一份痛苦，而他们越是看到我这种不适应，就越是疯狂，还一个劲地说：“芳芳是个纯姑娘，绝对是个花骨朵，谁有本事泡到手就是谁的福气。”

晚宴结束时，煎熬终于过去了，我决定早点回到租住的房子里。这时刘总叫住了我：“芳芳，一会儿我带你去见一个客户，他是我的一位好‘哥们儿’，他的生意做得很大。”我依然还沉浸在刚才的晚宴中，就本能地拒绝道：“刘总，现在已经太晚了，我也喝得有些多，明天好吗？”刘总说：“没事，就一会儿工夫。”就这样，我跟着他到了一家酒店。可是，到了后我才发现，刘总并没有把我带到大堂，而是直接带我进了一间客房，我有一些怀疑，但又不好意思去问，刘总告诉我，对方一会儿到，先让我在房间里等一会儿。

进了房间，刘总关上门后马上露出一副色狼的本性来，一下子过来抱住我，用那满是酒味和烟味的嘴来亲我，我被他摔倒在床上压在身下，他开始撕扯我的衣服，当时我一下子清醒过来，我知道如果跟他来硬的，绝对不是他的对手，最终会让他得逞。想到这里，我的口气马上软了下来，对他说：“刘总，我先上个厕所，另外我也忙了一天，累出一身臭汗，我去洗个澡马上就来。”见我同意了，他兴奋地从我身上爬起来，一再催我快点，嘴里还哼着小曲。

我进到卫生间后，马上把房门紧锁，并在里面大声喊道：“你马上给我出去，不然我就呆在里面不出来。”任凭他在外面如何敲门，我就是死活不开门。见来硬的不行，刘总马上对我许诺，说如果我出来并同意给他，他不仅让我在他的酒店进行推销，并且不要任何提成，同时他的酒店还另外每月发给我 2000 元的工资……

无论他如何哀求，如何一再向我许诺，我就是不开门。我知道在一个欲火被点燃的男人面前，如果门一旦被打开将意味着什么。一个小时，两个小时，三个小时，刘总始终没有放弃，他一遍遍地重复着那句“我看到你的第一眼时，就已经深深地喜欢上了你，你的清纯、你的美丽让我着迷”，等等。我知道，他就是想要我的身体，所有的甜言蜜语都是谎话。

我当时在里面只是想，如果他强行砸门，我就用手机打电话报警，如果他不来硬的，就算了，毕竟还没有到撕破脸皮的那一步，不要把一切事情都搞僵了，我的考虑是还有一批账在他的酒店里没有结算，另外我还想继续在他的酒店里做生意，当时是抱着这个想法才没有报警的。

最终，刘总看我是下定决心不开门了，就只好放弃：“芳芳，你是一个好女孩，对不起，我有些冲动，我走了。”说完就能听到他的脚步离开房间及关门的声音，我还怕他来个假离开，依然没有开门，接着在卫生间里呆了半个多小时，确信屋内没有其他人后，才先把门开了一条缝，这样慢慢打开，我发现房卡依然插在进门插卡取电的设备上面，确定他是真的走了，一颗悬着的心才落了下来，我看了一下时间，我和他已经整整对峙了 4 个多小时。

我有些庆幸，这时我才发现自己真的好疲惫。想到几个小时内发生的一幕幕，我精疲力尽瘫软在床上不禁大哭起来，但又怕被隔壁房间里的人听见引起误会，只好捂着枕头哭，那时候我好想家，想父母和弟弟他们。

我没有勇气给家里打电话

刘总的事，我没有同任何人讲起过，每次我也是尽可能地回避他，还好，他没有为难我。没有任何犹豫，在咬牙坚持了一个多月并将我所有的工资提成都结算清楚后，我决定离开县城回家。10 个多月，我带着挣来的 30000 多元钱，回到了 16 年唯一离开过一次的小镇。

10 个多月，对于我好像经历了 10 年。有过这样一次难忘的经历，我好像一下子变得成熟了许多，我也好像一下子感到，家无论曾经让你多么受伤，但它永远是最能给你安全感和踏实感的地方。

回家后，我如实地告诉父母，我到县城挣了 30000 多元并将钱如数交给了他们，父母听了非常高兴，一再问我在外面苦不苦，累不累，还问我什么时候再去。为了不让他们担心，我隐瞒了在外面受到的种种委屈，强装欢笑地说："挺好的，就是经常要陪客人喝酒。我现在有些累，想休息一下，过一段时间再去。"父亲说："没让你上一天学，我和你妈一直觉得很对不住你，你挣的钱，我们都帮你存起来，不花一分，到时给你办张卡，你自己拿着，等你将来成个家什么的手头也好有点积蓄。"

果然，没几天，父亲就把我挣的钱存了起来，并给我办了张银行卡，不仅将卡给了我，而且还将密码告诉了我。

也许是在这 10 个多月里经历了太多太多的事情，从县城回来后我什么也不想做，人感觉身心俱疲。由于在县城做推销时经常要赶夜场，养成了晚睡晚起的习惯，而回到镇上家里人都睡得很早，这让我有些不适应。我开始寻找小镇上晚上有娱乐的地方，因为在我看来，晚上睡得那么早实在是太痛苦了。

小镇离汽车站不远处有一家歌城，说是歌城也就是有七八个房间的样子，每天晚上有一些镇上的青年男女到那里去唱唱歌喝喝啤酒什么的。那天，家里人很早就吃完饭了，本来我下午睡了一会儿，我知道晚上自己肯定是更加睡不着了，我就跟父母说："晚上去找几个在县上一块儿做推销的朋友玩会儿。”我故意跟他们撒了个谎，并且特意说是一块儿做推销的，不然我知道自己一个人晚上出去他们是不放心的。

歌厅里每个房间由于音量都开得很大，加之各种唱歌的声音，很是嘈杂，并且里面弥漫着一种很浓的烟味，由于我是一个人，进去后服务生就问我有朋友一块儿来吗？我摇摇头，告诉他只是我一个人。服务生想留下我这个客人，就极力地向我推荐，说刚进来两个男生，他们也觉得人少玩得没意思，想多找几个人唱唱歌，如果你愿意，我来介绍一下。我竟然鬼使神差地答应了，后来我想了一下，可能是在县城做推销的经历，让我学会了接纳和尝试。

当我被服务生带到那个房间时，小亮和军军正在唱歌，这两个男孩子之前我曾经见过，毕竟镇上那么小，他们俩曾到我家店里买过烟，我有印象，只是那时候彼此间没有过多的交流。

小亮和军军也认出了我，开玩笑地说：“老板好!”并且很绅士地鞠了一躬，他们的这个玩笑竟把我逗乐了，也一下子拉近了我们之间的距离，我们之间再也没有任何隔阂，开始在一起唱歌喝酒。

临分手时，我们相约第二天在老地方见，我当时没有任何的戒心，只是想有小亮和军军作陪，可以打发我夜晚难挨的时间。

大约过了半个多月，我竟然感觉一天不去歌厅就难受，而整日忙于生意的父母根本没有看出我的行为有什么异常，他们还以为自己的女儿依然是那个乖巧、文静的女孩。

有一天，我们在一起喝了不少酒，军军告诉服务生：“我们3人想好好喝点酒，有事我们就招呼你，没事就不用进来了。”说完他们两个就在屋里当着我的面扎起针来，我一看那架式就知道他们在静脉注射毒品，因为这在我们县很普遍。我根本没有回避，内心竟产生了一种尝试的冲动。军军见此，就递给我一根针管，让我学着他的样子配药、注射。

没有经过烫吸，我就直接进入了注射，因此我也注定成了在专管大队里吸毒史最短的那个被感染艾滋病病毒的人。

父亲为我办的那张卡里的钱很快被我花了个精光。

在注射后不到半年，在与他人一起扎针时，我就被抓了进来，先被送到县戒毒所，后来才转过来的。

当管教民警告诉我被感染了艾滋病病毒时，我始终不相信，因为我感到这病对于我来讲只是有一种假的感觉，因为我的身体跟之前没有任何区别，我没有谈过恋爱，没有与他人发生过性行为，唯一有可能的只能是共用针具了。得知自己被感染后，我哭了10天10夜，所里宣传展板上那些感染者发病后的图片好可怕，平时我每次只要目光一触及到，就会不由自主地去回避，不敢再多看一眼。

我一再哭着让他们帮我复查，最终复查后还是那个结果，我接受了这一残酷的现实。我一直想给家里打电话，打电话之前也想好了很多话，如何告诉他们，但一听到电话的一端传来他们的声音，原来的那些勇气都退回到骨子里，只剩下胆怯。我真的害怕告诉他们真相后会失去他们，再就是怕他们为我担心，我只想把所有的苦难独自一个人去承担。现在最怕的是，在这里的老乡回去后告诉家里人我是艾滋病病毒感染者，我只想过像以前一样的生活，和父母及3个弟弟在一起……

采访手记

芳芳的痛苦看着让人心碎，那种痛苦让你无法再深入去触动她内心深处的每一根敏感神经，没有办法，我只能旁敲侧击地得到我想要的答案和她的心路历程，这也注定了对她的采访需要我付出更多的技巧和口舌。也许是年龄太小，芳芳比其他采访对象都要显得压抑和内向，我唯一能理解的是艾滋病让她背负的巨大心理压力，已经明显超出了她的年龄所能承受的范围。芳芳还告诉我，她的身体跟以前一样，没有任何两样，也许这跟她年龄较轻和吸毒时间较短有关。她还说，她好想尝尝被一个男人爱的滋味，可现在，她已经没有了这种资格，她说也许这是她今生最大的遗憾……

其实，对于她我想说，爱的质量并不能用生命的长短来衡量，现在的她同样可以用爱来回报父母、家庭。

父母把我当作没有埋下去的死人

小峰的忧郁是全写在眼睛里的那种，他的脸上始终带给人一种平静，也许是10多年的吸毒经历，让他经历了太多的生与死。在交谈过程中，他并不避讳死亡的话题，他说，10多年前和他一起吸毒的人，好多坟头上早已长满了荒草。

他说能够活到今天算是比较幸运的，只是现在他得知自己感染了艾滋病病毒后，他随时都感到了死亡的威胁，而且他的父母已经知道他感染的事，把他当作了没有埋下去的死人，尽最大的可能来满足他的任何要求。

他说，他人生的天空注定是灰蒙蒙的。

在家门口戒毒，我感到了莫大的压力

我只想早点出去，毕竟生命有限。

我的家就在戒毒所附近，在家门口戒毒我没有一丝一毫的优越感，相反感到了莫大的压力，毕竟这不是什么光彩的事，加之戒毒所经常搞一些警营开放日以及与地方搞一些联欢活动，有时候被人认出来是一件很难堪的事。

我一直想躲，但总是避之不及。

那是去年12·1世界艾滋病日，来自省、市公检法司的人员一千多人来戒毒所参观，当时我们这些戒毒学员在志愿者的带领下正在进行体育锻炼，我也在其中。我正在做动作的时候，一个干部模样的人来到我跟前，仔细地看了我一会儿，问我："你是老李（他说出了我父亲的名字）家的孩子吗？你怎么在这里?”我当时羞得不知道如何去回答他。他告诉我，他与我父亲是从小学一直到初中的同学，他还说见过小时候的我，我现在越长越像我的父亲，等等。其实我再说什么也没有用，来这里的人几乎都知道在艾滋病专管大队收戒的人都是感染者。好在可能他也看出了我表情上的极度尴尬，他就没有再往下问了，我也专注地跟着志愿者做动作，只是受刚才的影响，动作有些变形。

你说，他回去后能不跟他的家人说吗?说在那儿见到了谁家的孩子，并且感染了艾滋病病毒，他肯定是要说的，并且知道的人只会越传越多。

我已经是34岁的人了，好多结婚早一点的同学的孩子都上初中了，晚一点的也上小学了，而我自从吸毒成瘾后就一事无成，没有人会跟一个吸毒的人去过一辈子，道理很简单，那不是正常人过的日子，那种日子不仅要担惊受怕，随时都有可能走上违法犯罪的道路，并且还有生命危险。

我的经历说起来还有点复杂，但自从染上毒瘾后，基本上都是毒瘾牵着我走，这是每一个吸毒“上拷”的人共同的生活轨迹。我20岁左右开始吸毒，是那种稀里糊涂在盲从心理的作用下沾上这种东西的，毒资主要靠跑车、打牌和带女朋友到外地卖淫来获取。

毒瘾就如同套在人脖子上的绳索，只会越套越紧。

合伙打默契牌我们这里叫打“笼子”，就是我带一个与我配合比较好的朋友与别人一起打牌，如果我想要什么牌，我会给他一个暗示，这种暗示一个是出牌上的暗示，另外一个就是我们约定好的五官上的暗号，我们提前会把眼睛、鼻子、耳朵、嘴巴都代表什么约定好，到时对方要什么时就会出什么，这大多用在打麻将上，因为无论是我还是他打出彼此需要的牌，那么我和对方就会“和”。

我们彼此会有一个约定，赢的钱我们二五分成，很多时候我们都是找熟人，找我们两人都认识的那些人。一般情况下，为了不至于引起对方的怀疑，我们分头去约熟人打牌，而不能两人一起去找人，不然对方就会起疑心，感到我们两人约好了来对付他们的。如果我们双方无论哪一个人找到了打牌的人，一方就会给另一方打电话，假装问有没有时间，请他出来打牌，就这样，我们会很快凑到一起，打牌过程中，按照既定的方案，我们这两人肯定会赢，像这种情况输的一方一般情况下都会归结为手气不好，不会起任何疑心。

我们最多的时候一晚上赢过5万多元。

牌局犹如人生，其间写满悲剧。我只是想告诉那些爱赌的人，千万不要深陷其中，最终有可能落入别人精心设计的赌局。

另一个来钱的方法就是带女朋友到外地去卖淫，像那种情况来钱较快，我基本上没什么事，这在我们这种人里很普遍。由于我长得还比较帅，先后处了6个女朋友，6个女朋友其中有5个是“吃药”的，“吃药”的根本不用对她做任何动员工作，她每天也要“吃药”花钱，她也在想如何去找钱，甚至比你还着急。而那种没有“吃药”的，可能稍微要费一定的脑子，让她转变观念，当然，对付这种人，我也有自己的办法，毕竟她非常爱我，我就是利用她的这种痴情，逼她就范。

对于那种跟我一样“吃药”的女朋友，一听说我们到外地去找钱，她就会收拾东西跟你坐火车到外地。广东、山西、江苏等地我们都去过，经济发达的地方很好挣钱，一般情况下我会让女朋友一方面在夜总会里坐台或出台，另一方面我会自己到外面打广告联系“客户”。

我的6个女朋友中，有5个都长得特别漂亮，再加上化妆后，就显得更美，基本上到客人房间里都会被客人相中，会被客人留下，与其进行皮肉交易。

我每天发完名片后就在家睡觉，用她挣的钱去买“药”，在家等她回来。也有客人来家里进行交易的，如果碰上那样的事，我会离开“家”，因为所谓的“家”其实就是我们临时租住的房子，大多很小，对方和女朋友“做事”的时候，我多半就在家附近闲荡，因为有的家伙想吃“白食”，遇到这样的事，我立马会出面去摆平。

有的嫖客在嫖完后，以服务态度不好或时间太短为由，不想给钱或想少给，女朋友就会悄悄地按一下手机，因为手机都在每次做事前设定好了，按照约定，只要她一按，我不会接，会很快赶回租住地，立马冲进去，揪着衣冠不整的嫖客说他强暴我的老婆，嚷着送他到派出所。对方一见这阵势，吓得只有跪地求饶的份儿了，会很快把钱付了，有的还被我把身上的钱物全部搜光后赶出家门，当然如果遇上这样的事，我们会立马重新搬家，就是怕对方日后找上门来报复。

我的女朋友中，有一个叫丽丽的，她从来不碰“药”，她出来卖淫是被我骗出来的，最终也是被我一步步逼着她走上这条道的。当时，我跟她说是到南方一个城市做生意，那里有一个朋友已经先期在那儿做了好几年，这样她没有任何怀疑就跟着我过去了。到了后，我张罗着租房和物色嫖客。我知道丽丽是属于那种非常刚烈的性格，我必须先灭掉她的自尊，如果提前告诉她让她卖淫，她是肯定不会同意的。我就开始精心设计如何逼她就范，并且告诉嫖客，我介绍的这位女孩是一位处女，价码不能低，由于对方性子很烈，一定要等先把她调教得差不多后才能跟她上床。我就想方设法把她灌醉，并且在酒里下了在那些性保健用品店里购买的催情药，等到丽丽在药物的作用下迷糊时，我打电话让嫖客马上过来，我悄悄地溜出去，用手机拍下他们偷欢时的照片。等丽丽醒过来时，我会让她看存在手机里的照片，说她偷着与别的男人发生性关系，其实在她迷迷糊糊地与嫖客发生性关系时，她可能已经意识到对方不是我，但在药物的作用和体力不支的情况下，她根本无力去拒绝和反抗，只好任凭对方摆布。

只要那层窗户纸捅破了，或击垮丽丽人性中最后的一点自尊，她最终就会就范，丽丽最后只有听命的份儿了，听任我摆布。

我借哥哥的名义把工地的建筑器材卖了

带女朋友到外面去卖也是有风险的，遇到当地正在“扫黄打非”也就只能打道回府或者呆在那儿，等风头过了再“开工”，但后者我们很少去做，因为我们一天都不能等，两个“吃药”的每天的开销都很大，一天没有收入情况就会很糟糕。

回家后女朋友就会立马找一家歌厅上班，有需要的就“出台”。我则会去找我哥，到他的工地谋个差事，我哥是一名土木建筑方面的工程师，我曾在他的工地上干过，只是当我为了毒资在他的工地上搞出几个大动作后，弄得哥哥在工地上里外不是人，现在我们兄弟俩之间的关系很僵，他见我都头疼，我们兄弟已经到了无话可说的地步。

我哥是建筑方面的工程师，那些工地上的老板和包工头都很尊重他，他在工地上可以用说一不二来形容，正是由于他的这些威信，刚开始时我能很快在他负责的工地上谋到一个收入不错的差事。

虽说我不懂建筑，但由于我的口才不错，善于做通工人之间的工作，加之做事很机灵，与老板或包工头极易沟通，好多事情看过一遍立马就会，到工地没多久我就被任命为领班。客观地说有一些我哥在工地上当工程师、老板照顾的因素，但我觉得更多的还是凭自己的实力使然，毕竟领班的工作起着承上启下的作用。

领班每天的工作主要是把包工头布置的任务安排下去，监督工作进度，等等，是一个相对比较轻松的活，像我这种“吃药”的人基本上还是能够胜任的，因为本身不需要我去干活，很多时候我既可以利用工地上那些刚建好的空置的房子在里面打针，也可以躺在里面休息。

按理说，包工头每个月开给我的工资比那些大工（技术工人）还要高，我应该很满足了，但由于每月用于购买毒品的钱是一笔很大的开支，每月我依然是入不敷出，没有办法，我就将目光盯上了工地上的那些可以变卖的铁件。

一想到这，我的心就一直激动不已，工地上那些随处堆放的钳子、铁扣子（主要用于固定钢管或打混凝土的木板的小铁件）好像一下子变成了一张张诱人的人民币，而一转眼间那些人民币就变成了一包包白色微黄的粉末，那些白色粉末正微笑着向我招手。

说干就干，我决定把工地上的钳子、铁扣子偷偷拉到外面去卖，在联系好一家废品收购站后，我就请来一辆汽车，在一天夜里大大方方地开进工地，以带班员的名义，安排了五六名工人帮我装车，说是把这些小铁件拉到另外一个工地，在装了大半车后，我一个人押车向工地外驶去，在门卫室，我假冒哥哥同意的名义，对门卫说：“是刘工（工人对我哥哥的尊称）让拉到另外一处工地。”本来包工头在那个城市有好几处工地，加上门卫跟我也认识，知道我与刘工是亲兄弟关系，就没有怀疑，放行了。

把小铁件拉到废品收购站后，过秤、交易，我拿到了一大把花花绿绿的票子，那一刻我异常兴奋，马上去买毒品，当场享受一番后，才打车回到工地，像什么也没有发生一样美美地睡了一觉。

结果，第二天工地上像什么也没有发生似的，这件事也没有人问起过，我也心安理得地享受着卖掉的那大半车小铁件得来的一笔不菲的收入。因为在工地上，很多时候只是领班在那里负责，老板或者说包工头并不是每天都来，所以工地上丢失的小铁件老板或包工头们并没有马上察觉。那些工人们也不会去管这些东西到底搞到哪里去了，加之我是那样大摇大摆、明目张胆地拉出去的，自然也没有人怀疑这些东西被我拉出去偷偷卖了。

人往往是贪得无厌的，而像我这种被毒品控制的人，则更加贪得无厌。没过多久，那笔卖废品的钱很快就被我花光了，我把目光盯上了下一笔更大的买卖。这次我盯上了工地上那成堆成堆的钢材，同样我提前找好了车，把车带到工地，装了满满一车拉出了工地，理由还是打着哥哥的旗号说是他让拉到另外一个工地。门卫同样没有进行阻拦，我也顺利地将钢材卖掉拿到了钱。

第二天一大早，包工头来工地就发现了丢失的钢材，一问门卫，门卫告诉他是刘工批准的，让拉到别的工地上去了，结果电话打到我哥哥那里，哥哥觉得很奇怪，他一查门卫说是我带车拉出去的，就马上觉得是我借他的名义搞的鬼。很快，哥哥从外面开车赶回了工地。可能是老板的电话起的作用，哥哥的那种表情实在是太吓人了，他径直来到我带班的那个工地，质问我把东西拉到哪里去了？为什么要借他的名义把东西拉出去？

我根本无法回答哥哥的质问，在得知我把钢材拉到工地附近的一家废品收购站去卖了，哥哥气冲冲地走了，后来我知道哥哥到我卖钢材的那家废品收购站进行了交涉，告诉对方必须把收进去的钢材退还回来，否则就会以收赃的名义报警。废品收购站的老板在听明白事情的原委后也吓坏了，因为搞这个行业也是有一些规定的，如果真的报警了，老板是要受到一定经济处罚的，因为他收的那些钢材基本上都是新的，很明显是来路不明的，属于涉嫌收赃。好在因为包工头发现及时，哥哥基本是按对方的收购价把钢材从废品收购站赎回来的。出了这事后，前面我卖钳子、铁扣子的事很快也暴露了，老板也从门卫那里都查出来了，这些事的责任哥哥都帮我揽过去了，也很快按规定对老板进行了相应的补偿，事情搞得哥哥很被动，我也根本没办法再在工地上呆下去，出了后面事情的第二天，我就离开了工地。

从那以后，哥哥就不再理我，父母也很快就知道我是为什么回来的，无论父母再怎么跟他商量让我到他负责设计的工地上做事，哥哥就是不同意，因为他知道吸毒的我不可能戒得断，如果毒瘾戒不断，说不准哪天又会给他惹事。哥哥的确被我搞怕了。

母亲把我当成很快就要死的人

我之所以先后谈过 6 个女朋友，都是因为她们由于吸毒和卖淫身体越来越差，最后没有一点卖相了，所以我就通过不停地换女朋友并带她们到外地去卖淫来维持自己吸毒的开销。

为了逃避父母的唠叨，如果我不去外地，基本上不在家里住，而是在市里租了一间房子，与女朋友住在一起。我进来之前交了个女朋友叫雳雳，她也是我到目前为止的最后一个女友，因为吸毒，她的精神也不是太好，由于身体的原因，到歌厅或夜总会上班时间不太固定，加上各种收入只有到月底才能结算，因此我总是感到手头上有些紧巴巴的。

雳雳由于长期卖淫过着不洁的性生活，患上了很严重的妇科病和各种性病，每天都靠吃中药调理，由于身体上有异味，好多时候就是被男人看中了，等到上床时发现她的身体有病后，对方大多也没有兴趣，最终没有成交。

见在哥哥的工地上没有办法呆下去，我只好在社会上游荡。我常想，人就是那样奇怪，环境可以改变人，能改造成为一名好人，也能改造成一名坏人。为了吃药，当带女朋友到外地不好找钱的时候，我也学会了偷。

为了能筹集到毒资，我是见到什么就偷什么，完全不计后果。

为了给自己的偷盗披上一层合法的外衣，我专门到旧货市场买了一辆旧的三轮车，平常以收废品的名义，推着三轮车到各个街道闲逛，对于那些管得不严的小区，我也把三轮车推进去，哪家门口有破铜烂铁什么的，看没有人注意就装到车上去，对于那些晾晒在楼下的新衣服，能收的就收，更多的时候我是为晚上的行动“踩点”，看哪家的楼好上，哪家窗户白天开着，我晚上就根据白天“踩点”的情况，进到别人家里去“顺”我想要的钱物。

我可以说见什么偷什么，有一次，在一条街道一家住户门口，我把别人刚买不久堆放在那里的蜂窝煤全部用车装走，我把车骑到另外一条街道，就以卖煤的身份，把煤贱卖给别人，对方一点都没有怀疑。

我进到这里来之前才从强制隔离戒毒所出来不久，那一次进去是因为偷窃。

那天我白天假借收废品的名义到了一个小区，我看好了在一楼的一家住户，由于当时是夏天，一楼的窗户半掩着，并且那家还没装防盗窗。记下那家的门牌号后，我只等天黑后好行动。

为了确保万无一失，我决定在凌晨两三点的时候行动，由于那家在一楼，我没有费多大的劲就进到屋内，在客厅里我找到了几样值钱的东西：一台笔记本电脑、房主正在充电的一部手机等。我还不甘心，准备到另外一个房间里找一点更值钱的东西。没想到，男房主这时候由于要上厕所，一下子打开了他房间里的灯，因为我进入到他的客厅时，没有把客厅的门及时关上，当灯光一下子照进客厅时，我有些发慌，急忙向黑暗的角落闪，就是因为这样慌不择路，我一下子碰倒了脚边的台式电扇，“啪”的一声响，把自己一下子暴露了，房主听到客厅里有东西倒地的声音，大声喊叫道：“有小偷。快点抓小偷。”男主人这样一喊，其他几个房间里的灯一下子全都亮了。男主人不知从哪里拿出了一个拖把，封住客厅我逃走的门口，这时从他家里另外一个房间里出来一个手里拿着“握力棒”的 20 岁左右的小伙子，小伙子长得很壮，可能是这家的儿子，一看就知道是一位经常锻炼的人，逃我是根本不可能的，来武的我也根本不是他们的对手，最终我被当场抓获。

被扭送到派出所后，我很快交代了自己是一名“瘾君子”，由于属于盗窃未遂，且尿检呈阳性，我很快被送到了市公安局强制隔离戒毒所，在戒毒所入所检测中，我被查出感染上了艾滋病病毒，由于市公安局没有专门的收戒场所，在里面呆了不到两个多月后，去年 9 月，我被戒毒所放了出来，而且戒毒所的管教民警明确告诉我已经被感染了。

感染确诊的消息父母也知道了，得知这一消息后，母亲马上从成都赶了回来，这个自从我吸毒后一直担惊受怕的善良老人一下子掏出6000元钱给了我，母亲对我说："你什么也不要做了，好好在家养病，活一天算一天。"由于这方面的知识他们懂得比较少，在她看来，患上这个病的人很快就会死去，现在母亲也跟以前不一样了，说话的口气变得很温柔，再也不骂我了。对待我"吃药"这件事，她总是对我说，少吃点，这样身体就会好一点。母亲还说，用钱这方面不用担心什么，只要用就随要随给。我明白，在她的心里，她已经把我当作了没有埋下去的死人，一个随时都有可能结束生命的人。

采访手记

小峰告诉我，其实他原本是一个话比较多的人，自从得知自己感染上了艾滋病病毒后，他的话越来越少，他是不知道该跟谁说，他能够明显感到没人愿意跟他说。以前跟他不来往的哥哥现在也隔一段时间会回家看他一眼，就是没什么话，走时会留下一沓钱。父母也很少与他交流，只是在物质上尽可能地全力满足他，想着法子把钱送到他手里，而在还没有得知他被感染前，总是把家里的钱藏在他找不到的地方，唯恐他拿出去买毒品了，现在家里人好像根本不担心他把那些钱拿出去买毒品。他能够理解父母只是在让他临死前不留痛苦，而现在，他感到越发痛苦，没有沟通，没有交流，是那种精神上的痛苦。

他说，内心的孤独与苦闷是毒品与金钱都解决不了的。

真爱唤不回迷失的“毒心”

他没有穿戒毒所为每位学员发的戒毒服，一件淡蓝色的羽绒服外加一条牛仔裤再配上脚上一双名牌运动鞋，这让他显得和其他戒毒学员与众不同，如果不是在戒毒所这种场合见面，你真的不会想到他是一名艾滋病病毒感染者，谈到他的过去，那种先天性骨子里的优越感让他阔少的做派尽显无遗。

他叫张小峰，曾经是一名警察，因为吸毒感染艾滋病病毒。他说最害怕看到那身警服，那种颜色始终让他觉得有些眩晕，那些曾经的战友成了他的管教，说不清是讽刺还是别的。他的话语中始终有一种玩世不恭的意味，但在谈到他的三任女朋友时，那一刻他似是良心发现，几度哽咽……

遗憾终生，最爱的女友悲愤离世

我 1997 年毕业于成都交通干部管理学院，1998 年一次偶然的机会让自己沾染上了毒品，并吸毒上瘾。那个时候家里钱多得花都花不完，到处都是钱，家里钱来得太容易了，谁花了谁拿走了也没人过问，也许在父母的眼里，只要让作为独生子的我开心比什么都强。该吃的都吃过，该玩的都玩过，我挖空心思去想还有什么更刺激的玩法，就是在那个时候，有“哥们儿”向我推荐了这个。

开始吸毒跟大多数吸毒者一样是烫吸，是“吸粉”，我从来没有为买“粉”的钱发愁，那帮“粉友”也把我称为“老大”，因为他们在我这里能得到免费的“大餐”。

慢慢地，烫吸根本满足不了我的毒瘾，2000 年我就开始“扎针”，也就是静脉注射。刚开始一天一针就够了，后来一天需要两针。其实在那个时候我已经从警了，当时父亲还在从政，我是 1999 年年底被调到县公安局交警大队工作的，当时毒瘾还不是特别大，基本上还不至于让单位的领导和同事们发现，都是在犯瘾之前躲到不为人知的地方来一口或扎一针，然后精神十足地出现在他们面前。同事们都笑称我喜欢玩“失踪”，不过当时谁也没有把我往吸毒那方面想。后来毒瘾越来越大，出警或有什么紧急情况到现场时间稍长，我就越来越扛不住了，那个时候父母已经知道我吸毒成瘾了，父亲就又动用各种关系，以病休的名义打通关节，让我悄悄到外地戒毒。

看到我毒瘾一犯像魔鬼的样子，父母非常痛心疾首，他们发誓哪怕是倾家荡产也要让我摆脱毒魔的控制。父亲也顾不上他正红红火火的生意，带着我几乎走遍了全国有名的自愿戒毒所。我先后参加自戒 20 多次，成都、乐山、雅安、武汉、广州等地都留下了我自戒的身影，结果都是在戒毒所里效果很好，但一出所就又复吸了。

这些年下来，被我花掉的吸毒、戒毒的钱都不下 100 万元，为什么没有效果？我现在终于明白了其中的道理，最根本的一个原因是我生活的那个环境没有变，不变的毒圈让我永远也走不出那个戒了吸、吸了戒的怪圈。因为一进那个圈子就完了，想不吸都难。在街上碰到昔日的那些毒友，一看到他们，自己的两条腿就不听使唤，不由自主地跟过去了。其实说真的，家里就我一个独生子，我是打内心想把毒瘾戒断的。

是的，大家都说我长得帅，加之我的家庭条件也很不错，人又很仗义，我的生活中不可能没有女人，说真的，除了在娱乐场所、洗浴中心等声色场所碰过的女人外，我经历过 3 次真正的爱情。

我先后谈过 3 个女朋友，最近的一个是在 2007 年谈的。我最对不起的是第一个女朋友倩，那是第一个真正走进我身心的女孩子，也是我的初恋。那时候她和我一样是一名参加工作不久的女警，花季的年龄，花一样的容貌，她在我们县公安局公安督查科工作，是一个人见人爱的女孩子。我们爱得死去活来，一天不见就好像地球转了几个圈。也许真的应验了那句红颜薄命的古语，她竟患上了血癌。最终我最爱的人是带着对我的不舍和遗憾去世的……这些年都过去了，我依然觉得最对不起她。她是在与我相恋半年后得知我吸毒的，但她依然不离不弃，悉心地照顾我，想尽一切办法规劝我，每个月的工资她只留一小部分购买生活用品，其余的都给了我用于戒毒。她走的那年我因犯了事被关进看守所，她去看守所看我，随后在我关了不到两个月她就去世了。她先后去看守所看过我两次，每次见面，她都鼓励我好好反省自己的过失，争取早点出来。

后来我没有再见到她，心里疯狂地想，近似发疯。当时我都不知道她已经得了血癌，后来她母亲转交给我一本日记，从她在病床上给我写的日记里，知道了她每天都在为我祈祷和祝愿，她把所有的相思与爱恋化作笔墨对我倾诉……

我还知道，因为化疗，她的头发都掉光了，我知道她是一个很要强的人，她一直想在我心中保持那种近乎完美的形象，她不愿让我看到她因为化疗的那种病病恹恹的样子。直到她去世后 3 个月我才知道她已经走了，永远地走了……我妈告诉我的，当时我还没有出狱，她是在看守所里的亲情会见日跟我讲的，一下子听到这个消息，我犹如被电击一般，当时没有哭，回宿舍后我大哭了一场。我知道，她一定是带着遗憾走的，我们都是初恋，她一直希望我们好好工作一段时间后，有了自己的积蓄然后成家，不想我当了警察后依然这样不争气，不仅大把大把地花着父母留下的财富，而且到处惹是生非。得知她走后，我啥事都看不顺，只想发泄，就在看守所里打架。我出来后，已经隐隐约约知道我单位的领导让我打了辞职报告，说这样辞职更体面些，因为我当时被判了一年零六个月，罪名是非法持有枪支、容留他人吸毒等。

我出所后的第一件事就是带着她给我写的日记本，到她的墓前长跪不起，亲手点燃了那本日记，跃动的火苗是我对倩的无尽哀思……

屡教不改，堂兄押我去戒毒

倩的离去让我万念俱灰。

一年半的牢狱生活不仅让我的身体得到了极大的恢复，而且一度让我戒断了毒瘾。父母看在眼里喜在心上，他们见我也老大不小了，就开始张罗着为我找对象，一来完成接续香火的历史重任；二来希望有个人能不断地监督我，让我不至于再次走上复吸的老路。

由于我吸毒购买毒品的钱都是家里的，我从来没有到外面去偷抢，除不多的几个亲戚知道我吸毒外，其他的人并不知道我吸毒成瘾的真相。当我父母高调宣布准备将为我物色对象的喜讯后，邻里亲朋纷纷为我张罗着介绍对象，为了安慰自我吸毒后日夜操劳、日益衰老的父母，我违心地答应了他们。

2002 年，也就是在我刑释不久，在亲朋的热心张罗下，我交了第二个女朋友——一个在县政府部门工作的女孩雪。

雪长着犹如倩一样姣好的面容，不仅如此，雪还特别通情达理、心地善良，雪的出现让我暂时忘记了倩离去时带给我的心灵创伤。很快，我们双双坠入爱河。雪的温柔体贴让我知道了除了吸毒能带给人短暂的快感之外，真挚的情感同样让人能够体会到幸福的绵长、醇厚……

幸福的日子注定是那样的短暂。一天夜里，我与雪约定在她加班下班后去接她，在我们约定的地点，我骑着摩托车在那里等，也许上天真的注定将让我再次下地狱，我刚到那儿不到一分钟，一个熟悉得不能再熟悉的身影出现了，没有过多的言语，单是他身上那种特有的毒品的味道，就让我的双腿欲罢不能，鬼使神差地跟着他走上了万劫不复的老路……

半个小时后，等我慌慌张张再次赶过来时，雪已经在那里等了我 10 多分钟，她没有发现我有什么特别异常的地方，在我简单地搪塞了几句后，雪没有丝毫的怀疑，她一如往常地跨上摩托车后座，紧紧地搂着我的腰，把头幸福地、深深地贴在我的后背上。其实，她哪里知道，现在，我的心思已经早不在她的身上了，依然沉浸在刚才吸毒后留下的快感中。在 2003 年年底，我吸毒的事终于被雪发现了。我永远也忘不了雪当时看我的眼神，惊愕、无助继而悲伤。在明白了所有的一切后，雪发疯般地冲上来，把注射用的针管摔得粉碎，随之把所有能藏东西的地方都翻了个底朝天，把找到的毒品都丢在厕所里冲走了。为防止我去购买毒品，雪寸步不离我的左右，企图以断绝毒品来源来扼制我获得毒品，最终让我戒断毒瘾。其实她根本不知道，再次复吸的我已经无法自拔。雪为了帮我戒断毒瘾，她专门请了两个多月的病假，一直在我家里守了我两个多月。一次我趁她不注意，从二楼用床单绑在床上跳窗而下……见回天无力，我已经不能自拔后，雪悲愤地离我而去。

雪的决绝与无奈依然没有唤回我那颗沉沦的心，我变得更加肆无忌惮。

2004年的一天，我的毒瘾再次发作了，可手中无钱“拿货”。父母由于多年来陪我四处奔走戒毒，生意早已无心打理，最后也就没再继续做了，家里早就被我吸毒戒毒搞得一贫如洗。无奈之下，我想到了在县公安局交警部门任领导的堂兄，他是我的叔伯大哥。我平时经常坐他的车，知道他警车里经常放着钱。

堂哥一直对我吸毒的事痛心疾首，因为他的职业习惯，对我说话办事时常有戒备心理，当听说我要借用他的警车时，他一下子明白了我的用意，但他假装不明白，故意对我说：“非警察是不能开警车的，出了事谁都负不起责任。”说完给了我另一辆车的钥匙。我一看，很是生气，把钥匙一把丢在地上，一句话也没说，扭头转身气冲冲地下了楼。

怒气冲冲加之毒瘾发作的我下楼后几近疯狂，我发疯般地一路狂奔，径直找到了堂哥停在办公室大楼前的那辆警车，透过车窗，我一眼就看见堂哥常用的手提包就在车里面，那一刻，我眼里根本感觉不到那是钱包，觉得那分明是一大包充满诱惑的白色粉末，正在向我招手和微笑……一心想尽快拿到钱去买毒品的我顾不了什么，就捡起一块石头，“啪啪”几下就把警车的玻璃窗给砸了，拿到堂哥的手提包后，我迫不及待地打开一看，发现里面有两万多元现金后欣喜若狂，马上打车到市里去买毒品。

那时，我根本不计后果。很快，堂哥没有多想就知道了砸车的事一定是我干的，他驾着车在我经常出没的地方寻找，没费多少工夫，他就把刚扎完针的我给抓了个正着。堂哥生平第一次狠狠地扇了我两个耳光，打我的过程中他眼里噙满泪水，我的所作所为太让他伤心了。因为我是非警校生，在我从警之初，堂哥就从警容警姿、日常勤务等事无巨细的点滴教起，他希望我能够像他一样做一名合格的人民警察，不辱使命，恪守天职，而我却枉费心机，不仅断送了自己的美好前程，而且还深深地伤害了亲人对我的满腔期望。

在和我的父母进行简单的商量后，堂哥毅然把我送到了劳教所，我被判了两年劳动教养。

送我到劳教所的那天，堂哥一直铁青着脸，事后我才知道，自己曾经是警察的堂弟砸坏警车，还偷走了里面的钱物，这一切无论如何对他都意味着一种耻辱，他还不得不自己花钱修好警车玻璃。他在临别时对我说了这样一句话："你那不是砸在警车上，而是砸在你哥的心上。"

说完，堂哥头也不回地走了。

嗜毒如命，不幸感染艾滋病病毒

一进劳教所，我真的希望能把毒瘾彻底戒断，再也不愿回到那种睁开眼睛找钱，找到钱就去买毒品，然后一针扎下去，又开始昏睡，第二天又重复前一天的故事这样周而复始的日子。

经过两年的劳教岁月，我的身体又得到了彻底的康复。回到家我才发现，虽说我在里面只是呆了两年，但父母比以前明显苍老了许多，身体也大不如从前了，那时我良心发现，深感愧疚。多年的反反复复，我深知其中的诱因，我决心断掉所有的通讯工具，很少出门，就是出门父母也会寸步不离地跟着我。出所后的大半年过去了，我真的一点毒品也没沾，父母对我的表现非常欣喜，时常在仅有的几个知道我吸毒的亲朋面前夸我彻底不碰那东西了。也就是在那个时候，我结识了第三任女朋友，一个有着大多数南方妹子的特质——娇小玲珑的姑娘玉。

玉是一个个体小老板，她是一个风风火火的姑娘，做事特别有一种男孩子的气概。玉从事服装生意，从进货到打理店里的生意，她一个人干得利利索索。很多时候她还有意识地让我到她的店里帮着打理生意，我知道她的良苦用心，她是希望我多了解一点服装经营的知识，将来结婚后一块儿经营服装生意。如果照着这个发展轨迹，我的人生命运或许是另外一种结局。在家闲着无事，我开始上网与人聊天打发时光。一天，一个网名叫"微笑的天使"

的网友加了我，不曾想，就是这个“天使”，再一次让我步入深渊，成为一名魔鬼……

“微笑的天使”竟是一名“瘾君子”，我们在自觉不自觉中谈到了那个我很是想念又极力回避的话题，经不起她视频吸毒的引诱，我们约定了交易的地点……

从家到“拿货”的地点是一个短得不能再短的距离，却毁掉了我近乎3年的坚持与坚守，也彻底残忍地撕碎了父母刚刚燃起的希望……当时玉非常爱我，我们也已经同居了，父母已经把她当成了准儿媳，彼此的家庭也一直商量着让我们尽快完婚。当玉发现我吸毒后，就拼命地劝我戒毒，并一直寸步不离地守在我身边，坚持了一个多月。见我实在戒不了她就说，看我吸给你看，我一定能戒掉，可是善良的她哪里知道，毒品之所以被称为“毒魔”，是真的像魔鬼，一旦沾染上就如同鬼魂附体，让你生不如死。玉吸毒成瘾后，就再也没有戒掉过，我们真的成了难兄难妹了。是我害了她！2007年6月她吸毒上瘾后我们一有毒品大家就一起吸，谁也不说谁了，我们主要是吸“冰麻涌”（即冰毒加麻古），她现在也进去了（在省里一家女子强制隔离戒毒所）。

我是在2009年3月身上起了疱疹才引起警觉的，因为自己上过大学，加之这些年吸毒戒毒，也称得上几“进宫”吧，无论是在所里还是在所外接受的教育，对那方面的知识还是有一定的了解的。到县上的医院检查后，大夫告诉我是病毒性感染，让我打针，打了几天针后，症状有所减轻。回到家后，我就到网上去查资料，对照自己的症状，那时候我心里已经知道可能是感染上艾滋病病毒了。当年6月，在全县进行的一次集中大收戒中，我被抓后送到某省级强制隔离戒毒所，后来被确诊感染了艾滋病病毒就被送到了艾滋病专管大队，因为已经有了足够的心理准备，当管教民警宣布我已经感染了艾滋病病毒时，我的心态上已经能够接受了，因为一块儿共用针具的人都确诊了，只是事实被证实了而已。

我没有像其他一些感染者一样得知自己感染后要死不活的，生死这些年对我来说太常见了，跟我一起吸毒的人死了不少，有的感染者已经发病死了，还有的吸毒者由于注射过量，一针下去就再也没有醒来。对于我们这些“吃药”的人，大家都明白，今天活了不知道明天还能不能活。

我被感染艾滋病病毒，从来都没有去怨天尤人，也许是上天对我的惩罚，我只想请你们替我们呼吁一下：当地对注射针管的管理加剧了艾滋病病毒感染的流行。在我们县，卫生、药监等部门出台了硬性规定，不让各相关单位出售一次性针管，并且对此作出了严格规定，如果一旦查获谁私自出售一次性针管，将接受严格的处罚，一次性处罚5000元。也许出台这个强制性规定的出发点是好的，想到如果吸毒者买不到一次性针管，吸毒者就会自然减少，然而这个硬性规定相反却加剧了艾滋病病毒的大流行。

由于吸毒成瘾者买不到一次性针管，毒瘾一旦犯了，自然也就顾不了那么多，只好共用针具，我就是这样被感染的艾滋病病毒。

在这里面（戒毒所里）没心瘾，但我不敢保证出去以后不会碰那个东西，这些年的教训实在是太深刻了，毒品的诱惑力的确太大了。

看到那身熟悉的警服，看到管教民警，我有时一回想到自己曾经是他们中的一员，就会特别留恋那段岁月，可现在到了这个地步，我对这个病不怕，我最怕的是家里人，怕父母他们知道这个事实后不能接受，我妈对我说过这样一句话，她说：“你欠父母的再多我们也不希望你来还，我们这些老人只希望你不吸毒，一生都健康平安……”

将来出去后，我不会再去找女朋友，我已经害了不少人，吸了多少毒品就得去还多少债，我只是想对管教民警的感恩，对亲人的回报如何用有限的岁月去偿还……

采访手记

小峰的痛是痛在回忆的过程中。他说：“无论是在清醒时还是在梦境中，我都挥之不去3个女友的影子，无论是已经离开人世的倩，还是雪与玉，她们对我的好，我们在一起相处的岁月，如同梦魇无时无刻不在刺痛着我的神经。”也正是在这种反思中，小峰懂得了感恩与回报，他所在大队的管教民警告诉我，他现在是班组长，协助管教民警管理戒毒学员，表现积极上进，平常的工作也很出色。由于吸毒的时间和感染的时间较长，整个采访过程中小峰一直在咳嗽，身体也一直很弱，就是在采访室内，他依然穿着厚厚的羽绒服，他明确地告诉我，凭直觉他感到岁月留给自己的日子越来越少了，他在进行着生命的倒计时，而恰恰在这个时候，他更加真切地体会到生命的宝贵，亲情的无价。

希望在小峰人生最后的日子里，留给亲人的回忆是美好的。

交友不善，青春在“毒雾”中逝去

晓莉是女所里公认的“台柱子”，不仅所里组织的每一次文艺演出，她都是身兼主持、独唱、舞蹈等多个角色，而且她的节目还走出了劳教所，参加地方和省劳教局组织的文艺汇演，还获得过不错的名次。

她说，在所里的每一次优异表现，都会计入最终的“诊断评估”的，会列入提前出所的依据。她告诉我，按照她自己的估计，她可能会提前三四个月出所，但她始终有一个困惑，她不知道出所后能否还像在所里这样无拘无束地唱歌跳舞，她说，她不可能停止她的歌唱和舞蹈，哪怕是一天……

歌唱和舞蹈已经成为她生命中的一部分，融进她的血液中了，特别是现在成为一名艾滋病病毒感染者后，她知道时间对她意味着什么，她只想尽情地舞蹈和歌唱。

一个画夹俘虏了我的心

我高中毕业的第二年就参加了工作，那一年我刚 20 岁出头，在区上的锅炉厂上班，单纯、活泼的我很快成为厂里众多男同事追求的对象，对于这些，我都是以刚参加工作、年龄尚小为由委婉地拒绝，加之我喜欢唱歌跳舞，厂里的各种联欢晚会、文艺活动我都会成为车间班组的首推人物，我恣意地在舞台上展示着自己的青春与活力。那时候，同一个班组的一位谢姓大姐对我特别关照，不仅工作上对我不懂不会的地方，她都耐心细致地进行传帮带，而且上班迟到、上班时私下处理一些个人事情，遇到领导来检查时，她都会及时帮我打圆场，帮我罩得非常好，刚上班就能遇到这样一位乐善好施的大姐，我觉得自己特别幸运。

很快我们成了无话不谈的好姐妹，谢大姐常以一个过来人的身份告诫我，干得好不如嫁得好，男怕入错行，女怕嫁错郎……这些在当时我听起来只是似懂非懂，每次只是机械地点头应和着。

一天，我们到单位的大澡堂里洗澡，当我的身体全裸在淋浴喷头下时（那是我和她第一次在一起洗澡），谢大姐惊呆了，连连发出啧啧的惊叹声："还有这样好的身材，这要是往哪个男人面前一站，个个不得缴械投降！"说完，她和其他几位已婚的大姐发出放浪的笑声……谢大姐她们那一双双似是嫉妒又充满羡慕的眼睛，盯得我有一种想马上从地缝里逃离的想法，还有那令人害怕的笑声。匆匆忙忙洗完后，我像做错事的孩子似的，连忙逃离了那个让我浑身上下极不自在的地方。

第二天，谢大姐就开始试探性地问我，每天下班做什么？下班都找哪些同学玩？喜欢你的男孩子挺多的吧？等等，现在想起来就觉得她当时真是没话找话，其实目的就一个，想证实一下我是不是有男朋友，对于这样一个话题，我已经不止跟她说过一百遍了：我现在是单身，还没有男朋友。后来，谢大姐就直奔主题了，说她有一个亲表弟，在市化肥厂工作，小伙子长得不错，想把他介绍给我做男朋友。我笑了笑说："大姐，我还小，暂时还不想考虑这事。""小啥哟，大姐跟你这么大时就已经抱娃了。再说，也不是说认识后就马上结婚，我只是想让你们认识一下，处处看嘛，不行就拉倒。"谢大姐有一种不达目的不罢休的决心，我依然只是笑了笑，既没有表示同意，也没有表示反对。对于这样一位对我照顾得无微不至的大姐，说出任何一个"不"字，在我看来对她都是一种无形的伤害。

一天周末，我刚下完班收拾完东西准备回家，谢大姐就急匆匆地跑过来说："莉莉，你姐夫今天不在家，我一个人在家也闲得慌，今天到我家一起吃个饭，也好陪大姐说说话。"我本来是一个挺爱干净和讲究的人，平常很少到别人家去住，家里的床单我每周必须换两次，每天都得洗一次澡或擦洗一下身子，这都是我多年养成的习惯。已经想好的借口"我牙膏、牙刷、个人洗漱物品啥也没带"还没说出口，谢大姐已经连拖带拽地把我拉出了办公室。

谢大姐带我一块儿去买菜，最后她还买了饮料和白酒，我一直告诉大姐我是从来不喝酒的，而且买的菜也不像我们两个人能够吃得完的，挺多的，我不好意思多问，只是心中有些奇怪。

那一天，谢大姐一连做了七八个菜。我一再跟她说我们两个人哪里吃得完这么多菜呀，谢大姐笑而不答。那时我就有一种预感：今天的客人肯定不止我一个人。果然，在我们把菜做好 5 分钟不到，一个男孩如同约好似的来到谢大姐家，当时，男孩并没给我留下什么印象，人长相一般，唯一印象深刻的是他的个子比较高，应该接近一米八。在整个就餐的过程中，男孩一直显得很拘谨。事后谢大姐告诉我，是由于我这位大美女实在是太漂亮了，他在我面前显得不自信。在那天的晚餐上，我还知道了这个男孩就是谢大姐经常向我提起的表弟，名叫张波。

吃完饭后，谢大姐的表弟就走了，晚上，我和谢大姐睡在一张床上，整夜里，谢大姐一直在我耳边讲她那位表弟如何老实，如何勤奋，如何会疼爱人，别的我倒并没有多少印象，至于最后一条疼爱人，我确实体会挺深。虽说我和谢大姐在一个单位上班，并且关系还不错，但我在整个吃饭的过程中，显得特别矜持，夹菜都是夹一点，显得特别小家碧玉。见此，不仅谢大姐不停地往我碗里夹菜，而且她的表弟也不停地往我碗里夹菜，就是在饭后我们喝茶时，当我杯子里没水了，他都会及时为我杯子里添水，显得眼里特别有活。

我从谢大姐的眼神以及话语中，能够感到她一直想把我和张波两人往一块儿扯。那天夜里，我都困得迷迷糊糊时，耳边还响着谢大姐唠叨她表弟的好。

第二天，谢大姐就问我考虑得怎么样？我知道她说的是什么，就故意笑着问她："什么考虑得怎么样？""还装，看你装到什么时候。"谢大姐白了我一眼。可能是谢大姐整天在我耳边念叨，谢大姐那位表弟张波的印象逐渐在我脑海中清晰起来。

在谢大姐的安排下，我与张波有了第一次约会，说是约会，就是我们一起喝了一次茶水。由于我是第一次约会，也不知道讲什么，加之他的话也不多，就这样我们只是东拉西扯谈了一个多小时，最后干脆两人都无话可说，只好分手。

在与张波的交往中，我知道他在市化肥厂搬运车间上班，那是一个劳动强度很大的工作，上班很辛苦，特别是在农忙季节，他们会更忙一些，因为在这个季节各地忙着抢收抢种，化肥的用量会大增。

张波也会常借口去找谢大姐，到我们单位来看我，而每次来时，他都会为我带上几种我爱吃的水果。随着时间的推移，彼此交往的加深，我对他竟然产生了一种依赖。

一天，张波在今天看来非常平常的一个举动，竟然引发了我莫名的感动。那是一个晚上，我刚吃完饭在家看电视，张波打电话叫我出来一下，我不假思索就出了门，到了我们约定的地点，从来不知浪漫的张波也学着电影、电视剧里的故事情节——男女主人公恋爱时的模样，让我闭上眼睛，当我依照他的要求闭上眼睛时，我还在心里想：你会当着我的面要什么花样？等他让我睁开眼睛时，我的眼前出现了一个大大的画夹。那一刻，我浑身有一种由于惊喜而产生的颤抖，那是一个我梦寐以求的东西，平素的我不仅喜欢唱歌，而且喜欢画画，在我那个不大的房间的墙壁上，贴满了我画的各种人物素描和花鸟，那时我只是一名美术爱好者，我一直梦想有一天也背着自己心爱的画夹，走进大自然中，画那些山水、花鸟、树木。

我完全没有想到，细心的张波还是在与我时间不长的交往中，捕捉到我的兴趣爱好，满足了我的一个小小心愿，在一个普通的晚上，带给了我一个大大的惊喜！张波还告诉我，他刚买了儿盘有关李玲玉的磁带，不妨现在就到他家里去听一下。也许是还依旧沉浸在刚才的感动中，也许李玲玉是自己太喜欢的歌手，我想也没想就对他说：“好呀，好呀！”我最喜欢李玲玉那如同玉女般的甜美嗓音，在家里我经常听着录音机跟唱。就这样，我到了张波的家里，把几盘磁带听完后，夜已经很深了，当我提出要回家时（其实我们两家相隔并不太远，坐出租也就四五分钟的车程），张波一下子拉住了我，一切我都明白了：他想留我在他家过夜。

我没有再坚持，那个原本在我眼里普通得不能再普通的男孩，在那样的夜晚竟然是那样的美！那是我第一次在一个异性家里过夜，可能还是缘于感动，也就在那一天，我把自己的一切托付给了自认为可以托付一生的人，尽管后来证明当初是那样的轻率。

张波紧紧拥着我的时候，我竟然泪流满面，不知道是为自己失去最宝贵的第一次而流泪，还是为别的，但我分明能够感到一个男人臂膀的力度与身体的热度，真的能够融化一颗心灵！

那一天，距我们第一次见面仅仅才 3 个多月。当时我没有一丝一毫的后悔，只是觉得我情感的荒漠太需要温暖，哪怕它并不那样炽烈。

张波的那份爱与温存，是我的家庭所不能给予我的。

奶奶的爱伴我和弟弟长大

我和弟弟是在缺少父母的爱，在奶奶的爱与叮咛中长大的。

记忆中，家在我的心灵中刻下深深印记的是父母永远都有吵不完的话题，不仅白天吵，而且晚上也吵，吵到最后，他们自动解除了婚约，也许他们都觉得那是最好的归宿，对彼此是一种解脱。

父母没有离婚前，一直做着贩菜的生意。那是一个辛苦活，得早起，一是上货得早，去晚了新鲜蔬菜和好卖的菜都走货走光了；另外摆摊得早；再一个就是还得晚归，好多顾客都是等下班后顺便到菜市场买菜的。可以说是顶着星星出门披着月亮回家，非常辛苦。父母早出晚归贩菜，根本没有时间照看我们，也很少管我们。每天，都是在我们都睡了后，父母才回来，早晨我们起来时，父母都已经上货去了。

每天早上，在家里的桌子上，都只能看到父母留给我们姐弟俩的早点钱，起初是奶奶带我们去吃，后来随着我们一天天长大了，都是我们姐弟俩结伴自己去吃。

桌子上的早点钱，是记忆中父母留给我和弟弟的爱。每天早上家里那张木桌子上的几元钱，是承载和联系着我们姐弟与父母之间残存的一条情感纽带。现在想来，只是觉得父母太过功利，缺少一些温情，是一种机械的、完成任务式的付出。

由于整日忙于生计，父母他们只能做到这些。

父母争吵的话题在今天看来都是些鸡毛蒜皮的小事，无非就是今天上的菜没卖完，昨天上的菜比别人上的菜贵 5 分钱，给某某顾客少算了 3 毛钱，等等。很多时候都是在我半夜里上厕所时，听到父母在大声争吵，谁都没有让谁的意思，吓得我赶快上完厕所钻进被窝里；有时候干脆是父母争吵打斗后，母亲的啼哭声把我从睡梦中吵醒……

第二天，父母还是照常去上菜，好像昨天什么事也没有发生，也许两个孩子、一个母亲一家五口生活的压力，不允许他们奔波忙碌的脚步停留下来。

父母都忙于他们的生意，而把教育我们姐弟的任务就扔给了奶奶。

在成长的过程中，都是奶奶一手带大我们。虽说奶奶没多少文化，但她的善良和细心，把我和弟弟的生活照顾得无微不至，我一直觉得自己和弟弟身体上的健康得益于奶奶数年的照顾。虽说奶奶在物质和生活上能够给予我和弟弟，毕竟她已经是一位六十多岁的老人，我和弟弟在精神方面和成长过程中青春期上的困惑，奶奶却无法给予我们及时的疏导。正是家庭爱的缺失和教育的不完整，导致了我和弟弟最后都染上了毒品，走上了一条害人害己的道路。

这些都是后话。

无论是父母离婚前还是离婚后，父亲对我和弟弟都很好，非常疼爱我们，从小到大都是父亲给我买新衣服，有时候父亲对我甚至比对弟弟还要好，这主要是因为我那时学习成绩很好，不大的家里，墙壁上都贴满了我得的各类奖状，而且我还能歌善舞，是学校里的文艺骨干，整天像一只快乐的精灵。

每每看到我从学校拿回奖状，或者当众给爷爷奶奶唱一首动听的歌曲，跳一段优美的舞蹈，左邻右舍的邻居都会纷纷夸奖我，这种对我的赞美最终传到了父亲的耳朵里，我能够理解那不仅极大地满足了他的虚荣心，更多的恐怕是当不幸的婚姻一直困扰着他时，企望我和弟弟能够成才变成了父亲唯一的精神支柱和生活的全部。

在奶奶的爱中，我和弟弟一天天长大。

我始终觉得对不起奶奶，她不仅在晚年承担了本不属于她应该担负的养育我和弟弟的重任，而且现在还要在风烛残年，去咀嚼她自己一手带大的孙儿、孙女双双不争气所带给她的精神上的摧残与折磨。

我一直在心底里骂自己是一个无情的人，我一再用行为证明着自己的残忍：吸毒、戒毒、劳教、感染艾滋病病毒以及这次接受强制隔离戒毒。

奶奶今年已经80多岁了，她是一个传统的老人，现在，她和父亲与后妈住在一起，一生的劳碌、苦难与打击并没有击垮奶奶的身体，虽说她现在已经80多岁了，但依然身板硬朗、耳聪目明。入所后，我打给家里的电话有时候是她接的，从父亲那里，她已经知道了我的全部，包括被感染了艾滋病病毒。传统、正直而又善良的奶奶在电话里告诉我，是党和政府在救我，是他们在帮我治病，要我在这里好好听党的话，奶奶还在电话里跟我说，她晚上做梦都在想我……

每次接到奶奶的电话，我都会痛哭一场，我与奶奶的那份感情已经超越了血缘，跨越了时空。我真的想早点回去，尽点孝道，毕竟她已经80多岁了，我不想在我和奶奶之间再留下终生的遗憾，我只想好好挣点钱，多孝敬一下养育我、牵挂我的奶奶。

父亲跪求警察别关我

一份轻率的爱，注定是短暂的，而且有可能是悲剧。

很快我发现张波的行迹和表现令人匪夷所思：要么给他打电话时通了但很长时间无人接，要么一起到外面吃饭或娱乐时，往往一个多小时后他就哈欠连天，好像头天晚上根本没有睡觉，接着他就一定会找借口打电话或上厕所外出约半个多小时，等他再回来时已经像换了个人似的精神焕发。

终于有一天，在我们朋友聚会时，张波告诉我他要去趟厕所，谁知一去就是40多分钟，我有些不放心，怕他喝醉了倒到哪里去了，就到厕所里找（厕所是不分男女的那种），我挨个敲门，只有一个门在里面插着，很显然，里面有人！我在外面喊张波的名字，里面竟然一点动静也没有。

我决定就在厕所外面等，故意喊了声："你不出来就永远在里面呆着，我走了！"喊完后，我轻手轻脚地等在厕所外，大约10分钟，张波果然从厕所里出来了，为了探个究竟，我不顾他的阻拦，一下子冲进厕所，拉开刚才那个一直插着门的厕所一看，放废纸的筐子里，赫然有一根被丢弃的带血的针管！直觉告诉我：张波在吸毒，并且刚扎完针！

我只觉一阵眩晕，眼前有一种天旋地转的感觉。

张波见再也瞒不住了，就一五一十地把吸毒成瘾的经过告诉了我。张波说他吸毒已经有两年了，原来是单位的一位工友在他们等着装运化肥时太困了，就拿出海洛因说这东西提神，他还说在他们那个搬运车间，好多人都尝过。后来张波就上瘾了，现在已经发展到了注射。

当一下子把你推到一种令你始料不及的艰难的境地时，除了去面对和接受，别无选择，更何况张波已经是我生命中最重要的一个人。

不久，在张波一遍又一遍的怂恿下，我沾了第一口，并且很快无力自拔。

张波吸毒的事很快被父亲知道了，50多年的人生阅历告诉父亲，如果自己的女儿将来与他生活在一起，意味着一生将永无安宁。没有丝毫的犹豫，父亲坚决让我与张波分手，口气强硬得容不得半点商量。

在父亲的强压下，我只得选择屈服。屈指算了一下，与张波相处、相恋只有半年。

为了那段逝去的爱情，我两天两夜茶饭不思，把自己关在屋子里，写下了上万字的“爱情备忘录”，从我们相识、相恋，一直写到最终我把一切都给了这个第一次在我心中刻下爱的痕迹的男人的整个过程。我边写边哭，在那个时候，我觉得自己的心灵是在与笔触对话，唯有倾诉是最好的宣泄。写完后，我把“万言书”点火烧了，只是为了纪念那段感情的消亡。

张波的离去，让我的情感又陷于一片荒漠。

2001年，我在一家歌厅里吸毒时，被公安机关当场抓获，在公安局禁毒大队做完口供、笔录时，鉴于事实清楚、证据确凿，他们决定对我进行强制隔离戒毒。那是我第一次被强制隔离戒毒，也是我的家人第一次跟公安局的人打交道。戒毒决定书送达到家里时，一连好几天一直不见我回家正为我的安危而担忧的父亲和奶奶都惊呆了，他们不明白，一向乖巧的我怎么会去吸毒呢？这次还有公安局的人到家里来，并且严肃地宣布对我的处罚，一定是我在外面做了什么违法犯罪的事。当得知我要被关进去6个月时，他们更是显得异常恐慌，在他们看来，坐牢6个月（他们一直把戒毒看作是坐牢），是一个不短的刑期。

“扑通”一声，父亲一下子在警察的面前跪下了，声泪俱下：“求你们放了她吧！她还小，不懂事，回头我好好教育她，你们这样把她关进去，让她将来出来后如何做人呀?”然而法律是无情的，我还是被送进了戒毒所。当从我家里回到所里的警察跟我说由于我的过错，我父亲都向他们跪下了，求他们放了我时，我一脸麻木的表情，好像他在讲一个跟我一点关系都没有的故事。

在戒毒所关了 7 天后，我被放了出来，后来才知道是父亲花了 5000 多元钱把我保出来的，当时想起来无所谓，好像那是他应该做的，现在觉得自己那时真的好没良心。出所的一瞬间，我发现父亲一副焦急的神情，我只是被关了短短的 7 天，对于父亲却仿佛经历了整整 7 年甚至更长的时间，他看起来好像一下子苍老了许多。

出所后，为了防止我再到外面去跟不三不四的人混在一起，父亲放弃了做了 10 多年的贩菜生意，整天在家守着我，寸步不离，然而在一个星期后，我还是找了个机会偷偷溜出了家门，复吸了……

就是那一次逃走，在我看来，家从此对我如同樊篱，束缚着我的自由，并且变得可有可无。我错误地认为，只有逃离，逃到家以外的世界里，才能寻找到属于自己的快乐。

在无聊中不断沉沦

我的生活中从来不缺乏男人。

细算下来，和我打过交道的男人的确不少，但真正有过真感情的不多，算上张波应该只有两个人。

命运注定我这辈子与姓张的有缘，我的第二个男人也姓张，人家都叫他张总，是一家旅游公司的老板，由于我们市靠近长江，来自国内外的游客络绎不绝，张总经营轮渡旅游的生意异常红火。

与张波分手后，我的情感处于真空期，百无聊赖，更多的时候我只有到酒吧喝酒、歌厅唱歌来打发空虚的时光。一次，几个要好的姐妹相邀到一家夜总会去看演出，演出以歌舞为主，就是常见的一曲终了有人鼓掌有人献花的那种，接着就是富豪大亨点歌一掷千金的轮番斗富。

与张总的相识完全充满戏剧性，可以说众多姐妹把我“推到了他的怀抱”，事后，我一直这样跟姐妹们开玩笑说。

当时张总也在现场看演出，在一个与观众互动的环节中，他是被自己单位的员工鼓噪到台上的，张总上台后，非常绅士地说：“我希望台下的哪位女嘉宾上来与我对唱一首湖南民歌《龙船调》。”台下没有动静，这时，我的那帮人来疯姐妹纷纷喊叫起来，让我上去，见实在拗不过，我只好走上台去。张总的唱功说不上好也说不上坏，是属于那种一般水平。也许因为他是公司的老总，在调动观众的气氛方面，他确实有一手，虽说我们是首次合作，但由于配合得比较默契，还是赢得了观众热烈的掌声。

一来二往中，我与张总熟识了，当张总得知我不仅歌唱得好，而且舞蹈也跳得相当了得时，每次他们公司组织活动，他都会邀请我过去参加。我每一次的精彩表现，都极大地满足了张总的虚荣心，每一次他在向朋友介绍我时，都会说：“这是我的好朋友莉莉。”

当张总向我发起猛烈的攻势时，我没有拒绝，毕竟吸毒上瘾的我每天的毒资都是一笔不小的开支，在一次聚餐后的晚上，张总开车把我拉到一家豪华的宾馆，在那里，他已经为我们开了一个豪包……

第二天一早，张总打电话让秘书送来20万，他把一大包用黑色塑料袋包裹好还没有拆封的20叠人民币丢在我面前，说了这样一句话：“20万，我包你一年，唯一的要求是这一年里你不能允许别的男人碰你。”很快，我在外面租了一套房子，同时我还辞去了在锅炉厂的工作，花了七八万元买了辆小汽车，一来为了显阔；二来为了方便与张总约会。从此，我当起了张总的“全职情人”。

一年后，张总来我这里过夜的时间越来越少，我已经明显感觉到他对我腻了，我知道像他这种男人历来是喜新厌旧，与其等他明说，还不如自己知趣地离开他，我主动与他联系的次数越来越少，最终我们和平地分手了。

张总给我的20万元也很快被我花光了，为了满足日益增大的毒瘾，我只好当起“小姐”。由于我长得还算不错，加之又年轻，我的“生意”出奇地好，那时候就只想着多挣钱，很多时候没有采取安全措施，我想肯定有人被感染了……

可以肯定地说，我就是那时候被感染上艾滋病病毒的，一定是被别人感染的。

我希望早点出去，我会跳舞，民族舞、现代舞都会，虽说我只读过职高，但并没有经过专业的训练，我主要是自学，通过放光盘，从电视上学。我最大的愿望是出去后能当一名幼师，教小孩子跳舞、唱歌，只是当我被感染的消息传播出去后，不知道有没有这样的机会。我们老乡从这里走出去的有好几个，其中有人告诉了我的生母，说我被感染了艾滋病病毒，母亲现在不理我，像她都那样，何况别人呢……

采访手记

晓莉很少在我面前谈起她的生母，整个采访下来，这一直是我心中一个大大的疑惑，当我合上采访本时，晓莉才稍显轻松。“我的母亲因为我得了这个病而没有与我联系，来所后她从来没有给我打过一个电话。”说完这句话，晓莉显得异常伤感。她还告诉我，母亲与父亲离婚后，她又重新组建了家庭，对方也是二婚。“她过得并不幸福，男方的两个孩子始终不肯接纳她，连声阿姨都没有喊过一声。”但晓莉始终认为，作为母亲，从情感上一定要接纳她这个女儿，在这个世界上，她已经没有几个亲人了……

晓莉说，这是她最不能容忍和接受的，也是她慢慢把母亲遗忘的理由。

我看到晓莉在说这话时，眼角里噙满了泪花……

我希望晓莉出所后，尽情地用舞蹈和歌声宽慰年迈的奶奶，还有尽管已经离异的生父、生母。

感染后活着比死了更难

当我的手伸过去的时候，张利有些迟疑与犹豫，面部掠过几丝复杂的表情，最终，他的手和我的手紧紧握在了一起。“从外面来的人，好多不敢跟我们握手，就是跟我们说话时，也是站得很远很远，生怕我们身上的病毒会通过空气传播到他们身上。其实这说明他们对这种病的无知，因为正常的接触是根本不可能传播疾病的。”张利对我这个看起来再正常不过的礼节性的握手动作心存感激。

张利说，其实他们越是这样，我们越是觉得难受，因为从他们心里就没有放下歧视和偏见，他们内心的这种真实的想法通过行为最直接地反映了出来。对于我们这些人，本身就非常敏感，你们一个不经意的举动，也许对我们就是一种伤害。

现在，由于表现突出，张利不仅被戒毒学员选举为专管大队民管会的副主任，与管教民警一起参与到学员的日常管理工作中，而且还将提前结束强制隔离戒毒生活，回归社会。谁会想到，就是这样一个在所里表现优异的戒毒人员，入所之前却是一个人见人怕，唯恐避之不及，还是被全副武装押解到戒毒所的艾滋病病毒感染者，入所时企图在所里“闹出点大动静”的刺头兵，他的成功蜕变，究竟经历了怎样一段特殊的心路历程?

得知我是感染者，戒毒所马上把我放了

那时，我觉得自己的天空一下子全暗了：我看不到一丝光亮，呼吸的空

气也是令人窒息的……

当时虽说奥运会正在北京如火如荼地进行着，然而对于我来说，奥运健儿在赛场上斩金夺银，跟我没有一丝一毫的关系，在这个世界里，我根本就是一个局外人，一个显得那样多余的人。

因为我在2008年8月被查出感染上了艾滋病病毒，8月，对我来说是个黑色的记忆。

当时我在吸毒时被县公安局民警当场抓获，随后被送到了市公安局的强制隔离戒毒所，当我被告知感染上艾滋病病毒时，我根本不敢相信自己的耳朵，因为我一直感到自己的身体很健康，肌体上没有任何症状，我一遍又一遍地质问那位告诉我已经被感染的民警，问他们能不能确诊，我至今都能够想象得到，当时由于心情急切不安，样子一定非常可怕，最终我得到了确诊的回答。

从进入戒毒所到走出戒毒所，我在里面只呆了29天。在以前的戒毒经历中，我清楚地知道最短也必须接受3个月的戒毒期，在民警告诉我被感染的第二天，我就被戒毒所放出来了。走出戒毒所时，我没有一丝一毫的出所时的喜悦与轻松，相反脚步却显得异常沉重。当时戒毒所的管教民警告诉我，让我出所后好好治病。事后才知道，由于我这个艾滋病病毒携带者的特殊身份（我们市戒毒所不收治艾滋病患者），我得以提前走出戒毒所。

容不得再有一丝一毫的等待，我必须亲自去求证，否则我的心永不安宁。出所后的第一件事，我就到市疾控中心去复查，在做完一切身体检查后，我开始了漫长的等待，我真的希望那一切都不是真的。

一个电话最终还是击碎了我所有的幻想，不幸最终还是被证实。我不敢去市疾控中心取结果单，只是通过他们留给我的电话打过去询问，因为我不知道一旦结果证实了自己已经被感染，是否还有勇气和力量去面对现场一张张工作人员的脸，是否还有足够的能够自己走回家的气力……仅存的一丝侥幸荡然无存，残酷的事实把我彻底击倒。

我的情绪变得异常低落，因为恐惧，大脑中想的全是不知道自己今天活了明天还是不是能活。整整一个月，我没有走出过家门一次，我都是把自己关在房间里，终日以泪洗面。父母也被我的这一举动搞得莫名其妙，他们不知道究竟发生了什么。以前每次从戒毒所里出来后，我都会向他们要钱，立马到外面去买“药”，买回来后扎完针才会安安静静地在屋子里睡一天，每天都会重复相同的事情。他们不敢问，也不想问，只是觉得我变好后，他们乐见其成，再也不用过以前那种提心吊胆的日子。

一个月后，我想明白了，与其在家里等死，还不如好好出去快活几天，人生苦短，特别是现在自己已经这样了，何不让自己在走之前不留任何遗憾!

我告诉父母，我感染了艾滋病病毒，也活不了几天，你们把家里的钱该拿出来就拿出来，我死了后你们也解脱了。吸毒这些年，其实父母那里也基本上被我搜刮光了，可以说已经一贫如洗，他们听我说出自己感染上了这个不治之症后，起初也非常害怕，他们是知道我火爆的脾气的，根本不敢说什么，急忙到处去借钱。

父母还真以为我马上就会死，他们从亲戚那里为我借来了不少钱，他们只想让我临死前好好快活一下，不要做一个“饿死鬼”。

对于那些原来需要百倍努力才能获得的钱，我花起来一点都不心疼，我尽可能地去买那些纯度很高的“粉”。我最终死是没死成，却再一次栽在警察手里了：在和几个“粉友”一起扎针时，我被警察当场抓获。因为我在公安局里留有感染了艾滋病病毒的“案底”，他们决定把我送到专门收戒艾滋病病毒感染者的戒毒所。

他们很害怕，我被全副武装押到戒毒所

我清楚地记得那天我和市里的 4 个被确诊的艾滋病病毒感染者一起被全副武装的公安民警押解到邻近的那家省级强制隔离戒毒所的场景：由于他们害怕自己被我们抓伤，那些民警不仅分别把我们铐起来，而且还带着枪和警棍，一副戒备森严、如临大敌的架势。其实我一看到那个场面和阵势，就心里一阵发笑，有那个必要吗？我们还会去闹什么事呀？怕被感染也不至于怕成这个样子，我们又能做出什么过激的事情来呢？

来到戒毒所后，当天，戒毒所专门为我们这些新入所的学员举行了一个

欢迎仪式，我心想，一路上你们荷枪实弹地这样对我们，现在还假惺惺地搞个花架子，要杀要剐就来点痛快的，别搞得那么虚伪的，到时候不都是一个样，把我们当犯人看死看牢。因此，我们几个从市里一起来的戒毒人员就想先把事情闹大点再说，别以为我们是好欺负的，以免今后在戒毒所里成为挨别人欺负的对象。我们 5 个就用眼神一交流，决定先控制几个先进来的戒毒学员，这样他们以后就不敢欺负我们了，我们在戒毒所里的日子就会好过一些。想到这里，我使了个眼色，我们率先动了手，没有想到的是，我们刚一动手，那些参加仪式的戒毒学员一哄而上，把我和其他 4 名戒毒人员死死地按在地上，动弹不得。

当时我只是想，先把那些戒毒学员劫几个作为人质，然后跟管教民警谈我们的条件，要让戒毒所不仅能让我们吃好饭，睡好觉，而且还要给我们进行相应的治疗，等等，并想让戒毒所不要把我们等同于一般的戒毒人员，如果他们不答应我们的条件，我甚至都想好了事态一旦闹大了，请记者和新闻媒体介入，不然我让他们没法收场……其实后来一想起当时的情景，我都会觉得不好意思，只是觉得当时好天真哟，也许自己是警匪片看多了。

事情没有成功，我心里一凉，心想这下完了，今后有我们好果子吃，然而事态的发展大大出乎我们的意料。让我没有想到的是，我不仅没有被那些先来的学员教训一顿，而且管教民警当时也没有对我们进行任何指责，开了一半的欢迎仪式照常进行，只是我们的胳膊在整个仪式过程中，被其他学员牢牢地控制住。

还在装，我看你们能装到什么时候。我对他们的表现依然充满着怀疑。我知道，按照我们以前在其他戒毒所的经验，出了这么大的事，不仅我会被关禁闭，而且会被多关一段时间，至少是“死罪可免，活罪难逃”。

当时当着那么多人的面他们不会动手，私底下一顿狠揍肯定是难免的。欢迎仪式结束后，我等待着一场即将来临的“暴风雨”，并想好了，一旦他们动手，自己就什么也不做，也尽可能地不反抗，因为一旦那样做将可能面临着更严厉的惩罚。然而，我想错了，不仅管教民警没有动我们一根指头，就连同住一室的老队友也没有谁对我们动过粗。管教民警把我们分别找过去谈心，我当时就想，他们找我们谈心一定是想从精神上把我们摧垮，因此去之前就想，要抱着左耳朵进右耳朵出的心态，任他说什么，我只是不往心底里留。

没有想到，戒毒所的管教民警对我们这些“刺儿头”学员，并没有按套路出牌，而且他们的话语是和风细雨的那种，一听就觉得心里特别舒坦，并不是装出来的。

跟我谈心的是那位叫刘海的大队长，我开始还以为这种谈心无外乎是首先跟你讲纪律、定规矩，等等，最终我发现他们是讲如何做人，如何尽家族的责任和社会担当。

虽说听着让人眼前一亮，但我觉得还是在给我“洗脑”，觉得跟以前那些管教民警说的话也差不多，无外乎是新瓶装老酒，并且我偏执地认为，他说的这些都是虚伪的，只是一些空洞的大道理。

刘大队长当时在跟我谈心的时候，我什么也不想说，只想活一天算一天，哪一天眼睛一闭死了就拉倒。就这样，一连好几天，每次在他们找我谈心时自己都是“徐庶进曹营——一言不发”，但管教民警始终没有放弃，在他们第5次找我谈心时，我才开口讲了入所7天后的第一句话……

心门打开后，我像变了个人似的，不仅学习积极主动，而且还帮助民警做其他戒毒学员的思想安抚工作。通过在戒毒所的学习，我还了解到人感染了艾滋病病毒后，并不一定马上就会死亡，病毒在人体内有一定的潜伏期，只有等它发病后，人体的免疫机能才会下降，人才会发病。管教民警还告诉我，一般的人在感染了艾滋病病毒后，会在5年至8年左右后发作，最长的感染者活了10多年。而且加之以前从事过经商，有一定的管理能力和文化水平，很快我被选为民管会副主任，协助管教民警管理戒毒学员。

民管会副主任是在所有戒毒学员中职务最高的，可以说是学员中的“第一把手”，主任由管教民警担任，用我们内部的话说叫混得最好的“红毛”，分管戒毒学员的教育和学习。

现在，我不仅自己改好了，那4个与我一同进来的老乡也经过我的不懈努力，通过扎实细致的说服工作，成为了戒毒所里思想上最稳定、最配合管教民警工作的班组骨干。

父母得知我感染后，一度让我搬出去

戒毒所相对比较规律、平静的生活，暂时让我忘记了毒品带给我的伤害以及感染艾滋病病毒带给我的不安和精神上的折磨。

我害怕让自己静下来，让自己闲下来后我就会想毒品，觉得只有忙碌才可以让我忘掉所有的不快。我明确地告诉管教民警，让他们尽可能给我们安排更多的工作，我不想让自己的思想哪怕有一刻的空闲。

可是夜晚躺在床上，我还是会想起自己的女儿，只要一想到她的未来，我的心就会如同痉挛一样，一阵疼痛，我觉得对不起女儿，女儿那么小，更何况这些年她妈妈已经远离了她。

在我吸毒上瘾后的第 3 年，老婆在我实在无法戒掉毒瘾后，一咬牙与我离了婚，由于她不具备抚养孩子的经济能力，加之我极力主张孩子的抚养权，孩子被判给了我，由于我吸毒后大多数时间在戒毒所，根本无暇照顾女儿，实际上女儿完全是由父母照看。我被感染了艾滋病病毒后，来这里的事家里人都瞒着她，只说我到外地打工去了，要很长时间才能回来，女儿始终是将信将疑。

我的经历与众多吸毒人员一样，走过了一段不平常的路：开过养殖场，就是养那种长毛兔，主要是卖兔毛，还开过沙石场、歌厅，总体来讲生意还是不错的，最多的时候手中有流动资金 500 多万元，后来吸毒上瘾后，家当都被我全部吸光了。我生意做得最大时手下有 60 多名员工，最终我还是栽在了开歌厅上。

当时歌厅在我们那个市才刚刚兴起，都觉得开歌厅能挣大钱，因此开歌厅的人可谓趋之若鹜，我也是在这股狂刮的歌厅风中动心的。我把开养殖场、沙石场赚的钱全部投入到歌厅中，不仅在市里一个繁华路段租下了一处有着 30 多个包厢的房子，并与房东一下子签订了 5 年的租房协议，而且对歌厅进行了精心装修，我没有想到的是，全部的辛苦钱投入到歌厅后，最终我不仅没有赚到钱，所有的家当全部赔进去不算，而且还掉进了吸毒的陷阱，并最终落到如今的这种地步。

歌厅刚开张时，由于地理位置好，装修豪华上档次，生意也确实不错，我原来在开养殖场、沙石场的一些生意场上的朋友常来捧场，另外他们也不断带来一些新朋友，就这样，歌厅里的人流如同滚雪球似的越滚越大，我也对新投入的生意项目充满了信心。

没有想到的是，一位好友一个看似特别好的建议，最终不仅把歌厅推向了万劫不复的深渊，而且还在别人精心设计的陷阱里，我一步步地吸毒成瘾，并最终自毁前程。一天，我的一位好友带着他的几位生意上的朋友来我这里玩，听说好友来玩，我自然要过去陪几杯酒。见面后好友对我红火的生意表示祝贺，还开玩笑地说没想到如今我的生意都做得这么大了，在推杯换盏中，那位好友对我说，生意是不错，但要想上台阶，上档次，还得来点新鲜刺激的花样，那样你的生意会越来越好。我一听，就催他赶快把他的好建议说出来，他咬着我的耳朵说，现在大家在玩的时候都爱来点“粉”，更何况你这是歌厅，如果没有助兴的东西，时间长了就没有生命力，玩的人就不会再来了。其实他说的“粉”我是知道的，我也知道一些同行在歌厅里暗中卖“粉”还有摇头丸什么的，但更知道那是“高压线”，踩不得。好友见我有些犹豫，进一步开导我说，现在都兴玩这个，至于货源你不用担心，我来组织，人员也由我来安排，我只是借你这块地，到时我还给你一定的提成比例，你不用担任何风险，出了什么事你把责任都推给我，一下子全推干净，说一点都不知情。见话已至此，我也就不好再说什么了。

没有想到的是，自从我的那位好友把“粉”引过来后，歌厅的生意确实好得不得了，包厢预定晚了，就订不上了。好多人也就是冲着这个来的，我心中暗自一阵窃喜，不禁夸我的这位好友有前瞻和战略眼光。因为有“生意”在我的歌厅里，我的这位好友也比平常来得更勤了，一次他让我单独开了一个包厢，把我和他带来的另外两位美女叫到了一起，特意叮嘱服务生不要让任何人进来。当时我一看那阵势，心中好像有一种预感，但人往往就是那样，总觉得越是冒险越是刺激的越应该尝试一下，当他告诉我这两位美女是来“陪嗨”的时候，我一下子明白了，当时这个名词才刚刚流行……

所有吸毒的过程都是一样的，我一下子掉进了白色烟雾的温柔陷阱。

我开始离不开它了，就像我的歌厅里常来这里买“药”的那些青年男女一样。

好景并不太长，“红火”的生意还没有维持半年，我的歌厅就在当地公安机关组织开展的一次“闪电”行动中彻底关张了。当天的行动中，公安机关一下子在我的歌厅里查获了23名吸毒人员，这些吸毒人员在随后的尿检中均呈阳性，与此同时，还当场抓获贩毒人员两名，由于歌厅容忍贩毒吸毒，最后歌厅被文化部门和工商部门强行关闭。

歌厅没有了，我先后投入的近百万元的装修费不仅打了水漂，而且我还在开办歌厅中染上了毒品，后来我听说那位鼓动我扩大卖“粉”业务的好友被公安机关顺藤摸瓜抓获了，最终查证他是一名先后贩卖毒品数十千克的大毒枭，他最终被处以极刑。

虽说损失了一百多万元，但我不禁在心中暗自庆幸，如果当时任由毒品在歌厅里泛滥，说不定我现在会发展到什么地步，有可能早已经不在人世了，真的说不清楚。

其实吸毒群体是一个非常悲惨的人群，尤其是我们这些被感染上艾滋病病毒的人。当时父母知道我得了这个病后，也是谈病色变。他们没什么文化，不懂得艾滋病病毒是如何传播的，一直怕我把病传染给他们，一度让我搬出去住，说我在外面租房子的钱哪怕他们砸锅卖铁也要帮我出。不仅如此，他们还不跟我在一个桌子上吃饭，我的饭菜都是他们单独做，碗筷都不和他们合在一块儿，都是单独放。所有的生活用品他们都把我的与他们的分开，亲情的冷漠让我感到寒心，但我打内心里从来没有恨过他们，也从来都不会计较这些，一想到自己毕竟是一个将要死的人，还会在乎那些吗？当我想到自己在这个世界上的时日不多了时，就把自己的后事都交代好了，我主要最担心女儿的事，父母我倒是不怎么担心，一旦我不在人世后，毕竟我的两个姐姐还可以养他们。

父母对我的这个病一直不放心，他们还是在问了一个在医院工作的亲戚后，才知道这个病平常正常的接触并不传染，他们才放下心来，但依然惦记着让我尽快离开家到外面去住。他们给出的理由是：他们两个老的倒也无所谓，就怕我把病传染给才8岁的女儿。

我从来不怪他们，也不怨恨他们，毕竟他们是农民，没有读过什么书，对这方面的知识了解得不多，对这种病有一种偏见是正常的。其实何止是他们，有好多国家公职人员对这种病还不能正确理解，他们到戒毒所里来后，在与我们打交道时的那个谨慎样子，真的能够感到他们内心的那种恐惧，那才叫悲哀呢。我最对不起的是我妈，我和她一起生活的时间最长，那时父亲在外地工作，所有的生活都靠母亲照顾，可自从我吸毒后，她老人家就再也没有过过一天安稳的日子。

在戒毒所里温暖的日子会冲淡我对家的思念，对亲人的思念。然而总觉得这种日子是短暂的。

我记得特别清楚的是刘大队长对我讲过这样一句话，他说人活着比死了更难，有死的勇气，就更应该有活下去的信心。在戒毒所里，管教民警们不仅在向戒毒学员传递着一种如何认识生命的意义，鼓励我们一定要坚定活下去的信心，更多的是用大情大义在捂热着我们每一颗心如死灰的灵魂……

管教民警的每一个举动，都会让我和其他戒毒学员心存感激。我感受特别深，也记得特别清楚的是，对那些“三无人员”（无亲人会见、无换洗的衣服包裹、无亲人往来信件），管教民警不仅亲自给这些人的家里打电话，介绍我们在戒毒所里的表现，让我们的家人尽可能地多来电话和书信鼓励我们，让我们在戒毒所里安心戒毒，管教民警在看到有些戒毒学员没有换洗的衣服时，还把他们的衣服捐给我们。

我来专管大队已经一年多了，身体长胖了，人也有劲了，在与其他学员聊天时，有人说他们不想出去，说在这里面没有歧视，大家都是平等的，出去后怕家人不管，感觉这里就像一个温暖的家……

其实，他们也说出了我的心里话，我也想在这里面呆一辈子，可是这既不现实，法律上也是不允许的呀，我只是在担心我出所后的日子。我能够去做些什么？我最害怕出去后复吸了再进来，那样我真的无脸见对我如同亲人的管教，可是在这里面我有信心说自己不复吸，但出去后我不敢保证，因为底气一点都不足……

采访手记

“我记得特别清楚的是刘大队长对我讲过这样一句话，他说人活着比死了更难，有死的勇气，就更应该有活下去的信心。”这是张利在接受采访中说得最多的一句话，张利也是我在采访过程中把更多的“话语”放在戒毒所人性化的管理上，放在那些可亲可敬的管教民警身上的戒毒学员，我无意刻意为那些管教民警“树碑立传”，但能让这些被人视为洪水猛兽的人回归正常人的思维，并且学会了感恩和回报，的确，这些“人类灵魂的工程师”是最可爱的人，值得我们尊重。

张利还告诉我，如果他出去后，他还会再回来，想成为一名所外辅导员，帮助管教民警做那些戒毒学员的思想工作。能在自身都过得异常艰难的情况下去帮助别人，他的这一想法是我乐见的，毕竟在激励他人的同时，自己的心理防线也将会变得更加坚固。

一个艾滋病感染者的凄苦人生

2010年5月22日，来自西部某省的艾滋病病毒感染者刘志涵，在北京一家茶馆里表情平静地对我说："如果问我一生中最大的错误，那么我会说自己不该轻信别人的谎言而沾上第一口。我常想，如果时光真的可以倒流，我会用自己全部的生命去爱父母和女友，但现在，我必须狠心地逃离亲情和爱情，逃离那个生我养我、遍布着亲情和爱情的地方，只能一个人躲在属于自己的空间里，等待死神的来临……"

话还没说完，刘志涵欲言又止，我从他的表情上明显能够看得出，他是觉得这种假设太不现实，他知道机会越来越少，甚至没有，表情中是一脸的悔恨和遗憾。

他们骂我，说我还是早点死了干净

消息传播速度之快，让我始料不及。

得知自己感染上艾滋病病毒的那天，不知为何，也就几乎是在同一天，我所在的单位、居民小区的同事和居民都知道了这个消息。仿佛在一夜之间，我所在的6层小楼的住户几乎全搬走了，包括平常对我挺友善、见面常打招呼的邻居。从那天晚上开始，我家的防盗门上贴满了"瘟神，请你滚开""你还是早点死了干净""滚吧，不要再去害别人"等字条。头一天刚撕掉，第二天又会准时被人贴上，我家的窗户玻璃半夜里会莫名地被人用石块砸碎，更可怕的还在后面，县疾控中心通知我已经被感染后的第5天，单位竟以健康为由为我办理了病休，所幸的是保留了基本工资……

10多年来一直准时出门骑车到单位上班，已经成了习惯，现在我一下子变得无事可做了，心中有一种莫名的空寂，而这种空寂，让我有一种浑身都不自在的难受，对于我无异于是慢性自杀。何况对我这种感染上艾滋病病毒的人来说，只有让自己的心灵忙碌和充实起来，才会不至于老想着死亡之剑已经悬在自己的头顶上。

没有去上班大约有3个多月，我决定自己拯救自己，最终在多方的帮助下，我开了家饭馆，我知道自己的身体状况肯定不可能拿到健康合格证，最后还是以弟弟的名义拿的相关执照等。

当时我只是想多挣点钱，这样无论我什么时候离开人世，至少饭店的收益还能够养活父母，在饭店的一切都步入正轨后，我就从幕后彻底隐退了，主要是害怕那些顾客最终知道饭店是由我这样一个感染了艾滋病病毒的人开的，就没有人会来饭店吃饭了。

我也曾经想过自杀，良心未泯的我觉得在自己吸毒的10多年里亏欠父母的太多了，为了不让父母再为我担惊受怕，我到外地一个自愿戒毒所参加自愿戒毒，在戒毒期满后的一个夜晚，我仅带了一些换洗的衣服和家里的大部分钱离家出走了，走时我没有告诉任何人。那天，我能够感受到自己脚步的沉重，因为我不知道自己还能不能再回来，这熟悉的街道、熟悉的乡邻、熟悉的一切，都有可能在我的记忆深处变得越来越模糊，我心中有一种诀别似的悲壮。

决定出走的那天，在火车站里，我心中好茫然，我不知道自己的下一站究竟该驶向哪里，脑海中一片空白，最后我还是决定买到北京的车票，没有别的想法，我只想到北京看看天安门，到长城去玩一下。北京是我国的首都，至少在生命终结前自己还有值得骄傲的地方：我到过北京天安门，到过举世无双的万里长城，到过伟大的首都，就算我的病毒发作了，死在了北京，我也觉得自己比其他的感染者要高贵一些，毕竟北京是皇城，北京的人是天子脚下的人。

拿定主意后，我没有丝毫的犹豫，人也变得越发决绝。

北京的天空没有我想象得那么蓝，北京的街道却比我想象得要宽很多，北京的高楼很漂亮，但一切对于我这样一个生命行将结束的人来说，都变得那样没有意义，我只是想让此生不留遗憾。天安门、长城、故宫等旅游景点，都留下了我的身影，我像是在完成一项宏伟的工程，只是当时我在游玩的时候，内心却没有一丝一毫的快乐，相反心情却有一种莫名的沉重，因此，在那个时候我能够想到之所以一些罪犯在即将处以极刑时，为什么连魂都吓得没有了，人的意志和精神都是可以摧残的，我想这无论对任何人都是一样的，可能我的这种看法有些片面。

我把该玩的地方走遍了后，决定就在北京住下来，哪怕是自己晚上出去捡点破烂，我也要坚持下去，死也要死在北京，至少这里很大，而且包容性很强，没有谁会知道我是一名艾滋病病毒感染者，没有人对我会有歧视的眼神、歧视的举动，因为根本没有人认识我。我最感欣慰的是，我不跟家人住在一起，也不会有人去为难我的家人，我的家人至少不会再生活在巨大的舆论压力中，精神上饱受折磨与摧残。

为了节省开支，我在北京一个近郊区县的农村租了一间民房，因为我把工资卡带在了身上，单位每个月都会往我的卡上把工资打过来，那些钱尽管不多，但还是够我在北京的生活和租房等相关费用的。

现在基本上丧失劳动能力的我每天都会去买彩票，我最大的希望就是买彩票能中个头奖，尽管我知道这个希望很渺茫，几乎不可能，但至少我觉得有了这个梦想后，自己就活在希望中，自己的生活从此有了希望。虽说中头彩只是我的梦想，但我却已经把如果中头彩后奖金的分配方案都计划好了：奖金给父母一部分，因为吸毒后，我把父母差不多一生的积蓄吸得一贫如洗。再就是给曾经的恋人梅玲一部分。梅玲在市里一家通信公司上班，深爱着我的她在得知我已经吸毒成瘾后，为了把我从毒潭里解救出来，几乎是倾其所有，各种戒毒药，各家知名的戒毒场所，她都尝试过，也差不多都带我去戒过毒，但都未能奏效，最终她只得流着泪离我而去，走时她还一步三回头地说："我等你，等你戒断毒瘾的那一天。"

后来我得知，在她离开我的 3 年里，她一直未嫁，甚至没有再谈过男朋友……

因为在她的心里，我的位置无人替代。可是我知道，自己已经没有资格再去爱她，也没有资格再获得她的爱。我唯一最大的安慰是，在我的一再要求下，梅玲做了艾滋病病毒检测，最终她是安全的。

有时候，我为自己天真的想法感到好笑，觉得如同阿Q的精神胜利法。

我每天都会喝酒，醉了就不会想自己的病

我一直在用酒精麻醉自己。

只要一想到毒品的时候我就喝酒，醉了我就什么也不想了。还有一个不得不说的理由，我之所以在北京租房子住，就是想到这里人生地不熟，不仅可以远离毒友，而且还可以远离原来的毒圈，我不可能马上会获得毒品，这对我来说是一件好事，因为我只想多活几天，再也不想重复那种吸毒后被抓，又要进去呆两年的日子，对于我这样一个有病的人来说，我的每一天都显得非常宝贵，我不愿意也不可能等到自己发病后死在戒毒所里。

从去年9月开始，我就在这间约30平方米的租住房里过着隐居的生活。平时，我除了出门买菜和去网吧上网外，剩下的时间大多都会呆在房间里，因为只有在一个人的时候，我才不会看到马路上、大街上那一对对幸福的情侣而感到心里难受，因为只要一看到那种场面，我就想到了梅玲，想到了我们在一起幸福的日子。我一直觉得自己是一个被情感抛弃的人，不是因为别人，而是因为自己。

一年多来，在这里坚持的理由除了我不想再重复以前的生活，最重要的是知道在我租住房子的附近，还居住着一位和我一样感染了艾滋病病毒的朋友老杨，老杨的经历与我极其相似，他也来自外省市，家人容忍不了他，社会容忍不了他，他也不想重复昨天的生活，正是因为我们有这样诸多相同的际遇，我们成了无话不谈的朋友。

老杨的故事比我的经历还要惨得多，他不仅自己因为吸毒感染上了艾滋病病毒，而且还把艾滋病病毒传染给了自己的妻子，最不幸的是，他们在不知情的情况下，又共同生下了一对患有艾滋病的儿女，当最终全家人都知道被他感染上了艾滋病病毒后，他成了众矢之的，他被整个家族的人赶出了

家门。

不仅如此，老杨的爱人也因为是感染者，变得没有地方可去，本来老杨想把爱人一起带走，他们一家四口人一起出来，但爱人一直非常恨他，恨他把艾滋病病毒传染给了全家，说一辈子都不会原谅他。他们的两个孩子也没地方呆，学校起初还愿意让他们在那里就读，但在知道他们姐弟俩感染了艾滋病病毒后，好多学生的家长不愿意，就集体联名让学校把他们俩开除。学生家长们给出的理由非常简单，他们认为学生们都在一起，本来孩子们属于爱玩的年龄，平常喜欢打闹，万一不小心打闹过程中流了血，那不就把自家孩子感染了吗？他们害怕自家的孩子被无意中感染。民意不可违，最终学校只得让他们姐弟俩转学，可是，他们又能转到哪里去呢？辗转问了多所学校后，一听说孩子患了这种病，所有被咨询的学校都以学校生源名额已经满了为由不愿意接收，最终孩子只得辍学在家，无书可读，无学可上。

万般无奈之下，老杨的妻子只得带着一双儿女到她娘家去住，好在她娘家是在一个很偏远的山村，住的是单门独院，他们的生活才相对平静一些，但即使这样，妻子娘家的几个哥哥和妹妹在知道他们一家都得了这个病后，就再也不跟他们来往了，也不回去看父母了，唯恐避之不及，他们还责怪父母不该收留他们，亲情在这个时候也被艾滋病病毒吓着了，变得那样冷漠与残酷。

还是杨妻已经 70 多岁的老母亲懂得人情世故，她说："孩子，不管你们得了什么病，娘都不会嫌弃你们，你们永远都是我的孩子，我不让你们走，看谁敢让你们走。这儿永远都是你们的家，我有啥吃的，就不会饿着你们。"

同病相怜的两个人走到了一起，我们能够感受到彼此身上散发的温暖。我们还想过，下一步我们就合租在一起，这样可以省一点房租钱，老杨的日子过得比我要艰难得多，因为我至少每月还有工资，而他却没有任何经济来源。现在老杨每天靠捡破烂生活，没事的时候，我就过去给他帮忙整理他捡回来的东西，帮着他分类，帮他拉到废品收购站卖。

在老杨不出去捡破烂的时候，我和他就可以在一起说说话，喝点酒什么的，为了省钱，我们都到批发市场买那种大壶的白酒。老杨和我一样，特别喜欢喝酒，喝醉了的时候他就像个孩子似的大哭，说对不起自己的妻子，对不起自己的一双儿女，他觉得一家人都被自己害了。

老杨要是晚上出去捡破烂，我就自己一个人在租住房里喝，因为只有喝醉了酒，就可以不再去想自己的病，而且我还希望酒能够以毒攻毒，希望酒能治好我的病。另外，我还狠命地抽烟，渴望着烟里的尼古丁能够杀死我体内的艾滋病病毒。

我骗女友说自己爱上了别的女人

对于那段感情，我最终还是选择了放弃。

我今年已经32岁了，饭馆刚开张时，生意还相当不错，但很快我就又复吸了，并被抓进了戒毒所，饭馆只好让弟弟帮我打理着生意，其实这些都不是重要的，之所以让弟弟打理，就是我前面讲的那些理由：不想让人知道饭馆是由身患艾滋病的人开的。2008年9月，我从家里出来，自费到云南某戒毒所戒毒，但在戒毒所里的一次例行艾滋病病毒检测时，我才知道自己因为静脉注射已经感染了艾滋病病毒，见我感染了艾滋病病毒，戒毒所也不让我呆了，给了一个让我到别的地方治疗的理由，我只好离开戒毒所，那时自己已经在戒毒所呆了5个多月，生理上已经完全戒掉了毒瘾。走出戒毒所后，我专门到了昆明的石林玩了玩，我知道也许此次离开后，可能再也没机会来了，石林的自然风光深深地吸引了我，在感叹大自然的美丽的同时，我也深深地为自己的生命已经时日不多而遗憾。

从昆明回来后，我就直接回了家，我是想最后一次看看家人，看一眼梅玲，然后就彻底离开，离开那个伤心之地。我记得在5个月前从家里出来戒毒时，小区的物业已经到我家里去过好多次，物业的人对我说，楼内的居民已经集体到他们那里告我的状了，说如果物业不把我赶走，他们的物业费就不交了，因为他们的人身安全已经严重受到威胁了……

我威胁到了别人吗？我不知道该问谁。我家的玻璃碎了，房门上被贴上了辱骂性的语言，我报过警，警察也来过，他们都知道我的情况，也根本没有去查，最后都不了了之。就算是我在那里呆着，也已经没法生活了：家里的防盗门锁眼常常莫名地被人用胶水封上了，门上也经常被人涂抹上粪便，家里人早已搬出去住了，那种眼神、那种无休无止的骚扰，已经让家里人的神经近乎崩溃，最终他们只好搬走了，我不想跟着他们，也不愿意再连累他们，因为我知道，一旦我跟着家人到了新的地方，只要有人知道我感染了艾滋病病毒，我能够想象到自己的家人又将跟着我陷入新一轮恐怖之中，因此也只有我一个人住在那里。

我曾经有一种想把我住的那一整栋楼都毁掉的冲动，甚至都想好了行动方案：去买几十升汽油泼洒在楼道里，然后点一把火把整栋楼都烧掉，那么多人恨我，不想让我有好日子过，既然这样，我也不想让他们好过，但最终理智还是让我放弃了。

我最大的心愿就是想去看看梅玲，因为她是我的初恋，也是我生命中唯一爱过的女人。我最感动的是，我们分手了 3 年多，她一直单身，再也没有恋爱，我知道她也一直放不下这段感情。我只想在离开生我养我的故土之前，见她最后一面，那样即使我死在外面也不留遗憾。

当梅玲的电话打通以后，她一听到是我的声音，那边是一阵沉默，随后是一阵抽泣的声音，当我说出想见她一面时，她没有丝毫的犹豫，马上同意了。

为了不给她制造更多的麻烦，毕竟我感染的事县城好多人都知道，因此我特意把见面的时间选在晚上，其实我们两家都在一个县城，很快我们就在彼此约定的地点见面了，见面后，彼此沉默了足足有四五分钟左右，当时我只是觉得心中有好多话想跟她说，但就是不知道从哪里说起，最后还是我的一句“你还好吗?”打破了那种令人难以忍受的沉默。后来，她一直抱着我哭，她让我一定要好好照顾自己的身体，当我告诉她我马上就要到外地去戒毒时，我当时是善意的欺骗，不敢告诉她真相，怕她受不了，她哭得更伤心了，我都不知道如何去安慰她，只知道一个劲地拿纸巾给她擦眼泪。

那个晚上，我们就在公园的排椅上，一直相依相拥坐到第二天凌晨四点多才分开，也许凭她与我相恋 5 年对我性格的了解，她已经预感到我可能将永远都不会再回来。

梅玲对我的痴情让我非常难受，我知道，自己必须尽快从梅玲的情感中走出来，让她重新生活。我再也不能因为自己而耽误她美好的青春，到北京的当天，我就给她打了一个电话，在电话里我告诉她，我爱上了一个有钱的女人，现在我已经和这个女人住在一起了，希望梅玲能忘记我，找一个真心爱她的男人结婚，不管我如何说，梅玲都在电话里对我说那都是用来骗她的谎言，说的都是假话……

打完电话，我就蹲在那个电话亭外失声痛哭，我心里难受极了，但我不能再耽误她了，她为了等我已经快30岁了……

到北京后很长一段时间，我才给家里去了一个电话，因为我一直都不知道该跟家里人说点什么，电话里我谎称想去内地走走，他们都不知道我已经在北京，家里人早就想让我远离那些吸毒的朋友了，所以他们根本没怀疑我说的是谎言。

其实，在离开家之前，我已经在家里进行抗艾滋病病毒的治疗，因为费用，我决定放弃治疗。我开了几年饭馆，手头上还有一些积蓄，但我不想把这些钱全部用在治病上，我希望自己死了之后，能留给父母一点钱，父母都是本分的农民，受了一辈子苦，加之我吸毒的这些年，随着我不停地戒毒复吸，把他们连累惨了，我不想让他们的晚年也不能过上好日子。我不会再将痛苦延续给他们，祸是我自己闯的，没有理由让父母来承受这一切。

我已经体会到了别人可能要花上一辈子才能体会的人间沧桑，只是这种代价有些过于沉重。我现在没有能力给父母和女友留下更多的东西，但我一直坚持购买福利彩票，我天天在心中祈祷，我真的希望老天能帮助我中上500万元大奖，如果中了奖，奖金我将留给父母一部分，给曾经的恋人梅玲一部分，剩下的，全部送给那些和我一样感染了艾滋病病毒的人……

因为我知道，他们和我一样活得很艰难，活得没有尊严。

采访手记

我一直在想，刘志涵是如何知道我的电话号码的，因为对他的采访是他主动打电话告诉我，我们才相约见面的。见面后他告诉我，我的联系方式是一位曾经接受过我采访的“粉友”告诉他的，他还说那位“粉友”曾在一家戒毒所接受过强制隔离戒毒，我曾在一年前对他进行过面对面的采访，刘志涵还说出了那家戒毒所的名字，这时我才想起在一年前曾经在那家戒毒所的办公室里采访过这样一位戒毒学员，出于礼节，采访结束后，我还给了对方一张印有我联系方式的名片，并告诉对方有什么困难可以与我联系。

从茶馆出来后，刘志涵把我带到他在北京市朝阳区租住的一间屋子里，当我打开他的房门的时候，一股煤气味几近让人窒息。小屋里家具很少，一张双人席梦思床上扔着一本《知音》杂志，一台彩色电视机里，正播放着一部古装电视剧，铁炉中炉火通红。老刘告诉我，炉火既可以做饭，又可以取暖。其实那时已是5月了，北京早已停止集中供暖。我提醒他一定要小心煤气中毒。小屋的一角堆放着很多空酒瓶，多是产自北京的一种二锅头白酒。他低声说："昨晚又喝多了。不好意思啊，房子很乱。"

我对刘志涵唯一的忠告是，当自己孤独时，应该更多想想亲人，他们或许活得更艰难，作为男人，应负起责任与担当，不仅物质上应多给亲人一些帮助，而且精神上也要多给亲人一些鼓励与安慰，哪怕是一个电话或者是一封信。

采访结束时，我与他握手告别，他说："谢谢你，你竟然还敢和我握手……"说这话时，他的目光中充满着感激。

下篇

青春之殇

青春，一个激情而又充满朝气的词汇，在青春的岁月里，充满着纯真与浪漫的气息。但青春同样属于好奇、兴奋、恐惧、犹豫，叛逆、冲动、尝试、冒险往往让青春的少男少女们陷入迷惑、恐惧、焦虑之中。

他们敏感、偏执，顽固到底地故作坚强；他们轻易地伤害别人，也轻易地被别人所伤，他们追逐颓废的快乐，陶醉于寂寞的美丽；坚信自己与众不同，坚信世界会因自我而改变……

心理学家克里斯特尔和拉斯金曾经这样说："在自我不足的人格中，毒品被用来逃避他们面临的、也许对别人来说并不构成潜在损害的精神创伤……通过使用毒品，虽然现实被逃避开来，但这只是暂时的，当化学反应消退时，充满邪恶的现实世界又重新回到眼前，他们不得不再次从毒品中获得安慰，从而形成对毒品的依赖。"

吸毒者普遍存在人格弱点：敌意性、进攻性、叛逆性、不负责任、嬉戏性、冲动性，因此，他们对吸毒行为、非安全性行为的后果置若罔闻，只求片刻的满足。如何加强青少年精神素养和适应能力的培养，重视孩子健全的人格教育和遵纪守法的教育？如何告诉他们不要生活中稍不如意就自暴自弃，而让他们明白所有的消极、放弃、逃避人生的态度，只能使自己更痛苦，而且毁掉了自己和亲人的幸福的道理，是摆在我们家长、学校、社会面前的一道难题。

他提前写好“他死于白粉”的墓志铭

小磊（化名）是我见过的不多见的才思敏捷的感染者之一，也是我采访过的感染者中学历较高者之一。

他不仅写得一手漂亮的钢笔字，而且写得一手好文章，在所内出版的内部报纸上，每期都有他写的各类文章，他坦言自己一直有一个梦想，即出所后写一部反映吸毒艾滋病病毒感染者生存现状的报告文学，呼吁全社会真正来关爱和接纳他们这些感染者，这个想法当初竟与我手头上正在进行的工作不谋而合，我不禁佩服他的眼光，这也更加拉近了我们彼此之间的距离。

小磊并不是那种愤世嫉俗的青年，但不幸的遭遇让他始终对社会造成他目前的境遇有一种愤愤不平。而小磊感染艾滋病病毒的原因却与众不同：他因为一次输血事故不幸感染，感染后各种不幸的遭遇让他无处排遣内心的苦闷，导致他最终染上毒品。

小磊在叙述自己遭遇的整个过程中，谈到自己的种种不幸时，依然难掩内心的悲愤。

黑色的暑假，天之骄子折翅

我的人生与命运的改变缘于两次转折：一是一次不经意的打架斗殴改变了自己的人生，另一次是输血感染上了艾滋病病毒。第一次转折是一次冲动后付出的代价，至今想起来都觉得有些荒唐。1994 年，正在上大一的我对未来踌躇满志，酷爱文学的我梦想着毕业后进一家报社成为一名记者，实现自己通过笔触来达到彰显公平正义的目的。

在当年的一次寒假同学聚会上，久别的相聚让大家迸发出强烈的兴奋与冲动，谈到别后半年多及上大学后的各种新鲜事情，大家似有好多好多的话无法释怀，正可谓酒逢知己千杯少，一杯一杯白酒下肚，最后大家喝得都有些胡言乱语了，嗓门也越来越大。这时，邻桌的一群小青年嫌我们说话的声音太大，一个人过来交涉，话语中骂骂咧咧，正喝在兴头上的我们自然也没有好脸色和好言语，就回骂了几句。那小伙子见言语上吃了亏，就招呼他的那些同伴，对方也喝了不少，一见有人“欺负”他们，哗地一下子都冲过来，先是对骂，紧接着就拳脚相加，两伙人大打出手，桌上的碗盘等，都成了彼此的武器。自然，还没有走出校门的学生军不是对方的对手，结果我们这些书呆子被他们打得很惨。我的一个同学一看这样下去肯定还要吃大亏，他就冲进酒店后厨，抢过一把菜刀，冲着对方的一群人一通乱砍，结果当场砍死了一个……

见出了人命，我的那个同学也吓坏了，顾不上与我们打招呼，就跑了。旁边的围观者一看出了人命，纷纷打电话报警，就这样，我因聚众打架斗殴，一审被判流氓罪获刑7年。

我的入狱也彻底把半年前还在为儿子考上高等学府而高兴的父母拉回到现实，双亲欲哭无泪。在他们眼中，我是一个比较听话令他们省心的好孩子，从小学到高中，家里贴满墙壁的一张张奖状记录着我的品学兼优，也预示着我将替父辈们去实现光宗耀祖的重任。我的意外入狱，已经间接地告诉他们，那个梦已破碎，至少将变得遥遥无期。

与父母的心情不同，天之骄子梦的破灭，加之7年的刑期，无异于是对我人生的一次死亡宣判，作为一名在读的大学生，我明白7年的牢狱之灾将意味着什么，这让我的意志变得越发消沉。

监狱不仅能消磨人的意志，更多的能够让人大彻大悟：像我这种罪犯，不可能有什么余罪可以交代，另外也不可能去检举揭发其他的犯罪，而要想早点结束这种牢狱生活，唯有参加自学考试。因为自己是在校大学生入狱，监狱方面也特别鼓励我参加自学考试，就这样我把自己的全部心血都用到了自学考试上，通过自己的不懈努力，我先后通过自考拿下了10门单科结业证书，监狱方面规定，拿一门得一个表扬，折合刑期 3 个月，这样我共减刑两年，最终提前两年出狱。

外面的阳光真的清新舒适，最重要的是有自由，这是我走出监狱大门后最真切的感受。

遭遇车祸，输血感染被逼上绝路

“不是我不明白，这世界真的变化太快……”正如一首歌里唱的那样，走出监狱的那一刻，我知道自己从此获得了自由，我的生活也必将掀开新的一页。

现实并不像我想象得那么美好，由于我曾经是服刑人员，没有单位愿意接纳一个“两劳”刑释解教人员，但我并没有放弃，依然不懈地奔波在各个用人单位之间。因为我始终坚信，社会不会抛弃我们这样一群人。

工夫不负有心人，终于，有一家单位愿意接纳我，由于我的勤奋，我很快就成为这家单位的骨干。但幸福总是那样的短暂，在我到这家单位工作了 3 个月左右，我突然发现有一些人在背后莫名其妙地对我指指点点，甚至有时候当我进到一个地方时，先前热热闹闹正在议论的气氛会突然一下子变得冷清，那种针对我的寂静的气氛让人窒息。后来我才知道，厂子里的工友们不知道从哪里得知了我曾被判刑 7 年，最终导致了他们这种异样的目光。

家乡世俗的偏见让我实在呆不下去了，我只好选择南下广东，当时听朋友说，那里遍地都是黄金。

正如朋友说的那样，当时广东的经济发展正如火如荼，只要有点经济头脑的人，做什么都能赚钱。监狱 5 年的历练，加之受过高等教育，我很快就从广州上空弥漫着的人民币的气息中嗅得了一丝商机：做盗版光盘。

做盗版光盘、工程软件，这个行业在当时是一个来钱很快的行业，我决定自己做老板，说干就干，我很快招了几个伙计，租了一间房子，这里既是我们办公的地方，又是我们住宿的地方，由于对人民币有着近似疯狂的渴求，我们白天到外面去推销，晚上则在租住房里近乎通宵达旦地加工。经营规模做得大时，甚至把业务扩大到了海南，高峰时期，我们的市场份额占到了全广州同类业务量的8%左右，一年能够轻易地挣个七八十万元，也就是在做生意的第二年，我买了一辆30多万元的小轿车。

今年在戒毒所里，我从新闻里知道了海南被中央批准成为国际旅游岛的消息，并且还知道了海南三亚的万豪酒店由于投资的炒房客大量涌入，现在连住都住不进去，而当年我们的办事处就设在那里，因为钱来得太容易，根本没有人在乎房价。

就在我的事业如日中天的时候，命运的转折在不经意间发生了：2001年8月，一场突如其来的车祸又一次把我推向了命运的深渊……

那天，在忙完一天的生意从客户那里开车回来后，我就径直把车开到了万豪酒店的停车场，车停稳后，下车后的我想起随身带的香烟还放在车里，就去开车门拿烟，就在我拉开车门站在驾驶室的左侧时，一个意外的情况发生了：一辆正往停车场驶来的小轿车以每小时60公里左右的速度驶来（后来据监控录像提供的资料），我一下子被撞倒在地，虽说当时公司员工和肇事司机紧急把我送到医院抢救，但却永远也改变不了我右小臂骨折、脑内出血的现实。因为失血过多，医院决定紧急为我输血。

因为我是AB型血，当时血库没有这种血，为此他们很快找到了医院建立起的一个“流动的血站”——血头组织的一大批流动输血者随时待命，就在事故发生的几个小时后，与我相匹配的AB型输血者很快找到了，就这样，我输完血并顺利地做完了手术，当时肇事司机积极地为我垫付医药费，前后花去了10多万元，并对我进行了一定的经济赔偿。

手术后不到两个月，我的身体恢复得很快，日子似乎又步入了正轨，我也慢慢地在淡忘那如梦魇般的一幕，试图努力去忘掉一切，继续把生意做大做强，然而一个无情的事实却在事故发生半年后彻底把我的精神击垮……

车祸不到半年，我发现自己的身体慢慢变得很差，经常感冒并伴着低烧，并且长时间不能痊愈。一次偶然的机会，从电视上看到一个科教频道的节目，节目里正在介绍有关艾滋病的相关知识，当我在不经意间把目光停留了几分钟后，我的心越来越紧，也越发感到后怕：艾滋病病毒感染者的症状为什么与自己的症状是如此相似？莫非……我当时真的不敢往下想，一种不祥的、死亡的恐惧感笼罩着我……

为了尽快求证自己是否被感染了艾滋病病毒，我偷偷去医院进行了有关艾滋病病毒的相关检测，当时，我在心底里千万遍地为自己祈祷：这样一种灭顶之灾不要降临到自己的头上。然而，半个月左右，一个从疾控中心打来的电话，彻底把我心存的幻想击得粉碎……

得知这样一个消息，我欲哭无泪，作为一名受过高等教育的人，我深知感染艾滋病病毒的几种途径，而我由于洁身自好，其他两种感染的方式都不可能感染我，而唯一有可能的就是血液感染！而在我生命的长河里，唯一的一次手术就是半年前的一场车祸，莫非……想到这里，我不禁一声长叹：天哪，我竟被输入了已经感染了艾滋病病毒的血液。

结果，通过我百般艰难的调查，那段时间与我前后做手术通过院外“血头”联系的输血者均感染了艾滋病病毒。毫无疑问，症结就出现在医院对血源的把关不严上，那些艾滋病病毒感染者的血被直接输入我们这些受血者身上。

然而，维权的道路远远超过了我的想象，单单是调查取证就已经搞得我精疲力竭，当我把那家为我做手术的医院告上法庭时，却发现个人的力量是那么微薄，那么力不从心。由于时间已经过去半年多，加之这是一家省级医院，并且在证据的搜集上受制于被告，当我坐上原告席的那一刻，几个月来一直为搜集证据而忙碌奔波的我几近崩溃，而现实竟是那样的残酷：法庭让我举证倒置，我却又无法举证。我聘请的律师告诉我，像这样的一个案子，你胜算的概率真的很小，一个是此次大规模感染事件无论是政治影响还是经济影响都是非常大的，况且这是一家省级医院，为了各方面的考量，医院会动用一切关系来确保他们的官司能够打赢，法庭在做出判决时都会慎重考虑的，这些年通过他打官司的经验来看，最好的办法只能是庭外和解。

此时，我是欲哭无泪，欲喊无声。作为一个渺小到极点的外来务工人员来讲，我还能说些什么？最终，我和那家医院在双方律师的主导下，进行了庭外和解，我拿回了医院赔偿给我的10多万医疗费，并且院方律师明确告诉我，这是一次性解决方案，如果不同意，只有通过法律途径。

拿着那10多万元所谓的赔偿款，我的心情没有丝毫的轻松与欣喜，相反却显得异常沉重。早知今日，何必当初？是救我还是害我？早知道是这样的一个结局，还不如车祸的当时无人施救让我死掉算了，为什么把我治成现在这样生不如死？老天呀！我一遍遍地问自己，一遍遍地呐喊，并任由泪水恣意流淌……

在一个夜深人静的夜晚，我独自来到所租住的万豪酒店顶楼，望着整座城市仿佛停泊在一条色彩斑斓的银河里，却无法唤起我内心哪怕一丁点活下去的希望，那星星点点的灯光，在我看来如同荒郊野地坟墓上闪烁的鬼火……我准备纵身一跳一了百了，然而就在我准备结束自己生命的时候，一场突如其来的大雨把我带回到现实中，我想起了自己的父母，想起了他们含辛茹苦供养我读大学，是他们在我入狱后对我朝思暮想，并且在每一次探监时充满深情的鼓励，唤醒了我仅存的生的希望，父母一年年期盼着我早日出狱，从青丝到白发……

我决定活下来，不为别的，只为自己的父母。

世道无情，毒品让我超脱

官司的失败对我的打击很大，车祸及官司打压的不仅是我的身体，更是摧毁了我的信心，我决心离开那个令自己身心俱疲的海南三亚，我早已经无心打理正如日中天的生意，从海南把办事处撤回了广州。

艾滋病病毒感染者像一个无形的影子，无论是在我清醒时还是在梦境中，总是会出现在我的脑海中，我甚至梦到了在艾滋病病毒发作时，浑身开始溃烂，烂到最后，身上的肌肉大块大块地往下掉……

那时，我是整夜整夜地睡不着，好像梦中的那一幕很快就要来临了。由于整天满脑子里尽是恐怖的画面，我的头发开始大把大把地掉，最后掉成了现在这样几近秃顶。由于没有心情，我的盗版生意最终也做不下去了，我把所有的员工都做了遣散，公司也彻底关张了。人就是这样一个奇怪的动物，一旦失去追求，会变得毫无斗志。因为再也用不着去上班，加之近年来开公司挣了几百万元，我开始整日泡吧，借酒浇愁，只想着活一天算一天。一次，我邀上曾经生意上的一个伙伴一起到酒吧喝酒，言语间我唉声叹气，那位朋友见此就问我何以变得如此萎靡不振，我没敢告诉他自己感染了艾滋病病毒的事，只是说最近生意不顺，心情很烦……

他当时只是笑了笑，没有作答。第二天，那位朋友给我来电话，说是带我到一个地方去玩，并且说那个地方能让我从现实中解脱出来，结果我鬼使神差地跟着他去了。他带我到远离广州市区的一独栋别墅里，当时屋子里有四五个人，正在旁若无人地扎针的扎针，“吃药”的“吃药”，每个人做完手中的一切后，脸上都十分满足。我的那个朋友拿出一小袋白色粉末状的东西对我说：“磊兄弟，这个东西可以帮你解脱烦恼，不信你可以试试。”说真的，无论是从书本上还是从电视里，我已经隐隐约约地知道眼前的一切可能与毒品有关，也知道一旦染毒成瘾后将犹如给自己套上一副枷锁，但一想到自己是一个已经感染上艾滋病病毒的人，迟一天早一天总归要死，还不如更现实一点，及时行乐。我没有犹豫，一把接过来就吸上了，真的，我只想让毒品把自己麻醉，让毒品带我超脱残酷的现实。

和大多数吸毒者一样，很快我就上瘾了并且不能自拔，几年之后，做生意积攒下来的几百万元很快就抽光了，我也由最初的烫吸发展到现在的注射。

手头的钱越来越少，但毒瘾却越来越大，没有办法，我只好卖掉了自己的爱车，来满足越来越贪婪的毒瘾，最终在身无分文后，我一贫如洗地回到了自贡的老家。

没有钱，我只好编造各种借口向亲朋借，好多亲友只是在几年前看到我荣归故里的风光，以为我只是生意上资金周转缺钱，根本没想到我如今的落魄，借给我的钱大多在血本无归后才明白如今的我已经没有尊严，没有廉耻，是一个彻头彻尾的骗子。没有办法，父母只有想尽一切办法用他们的退休金来偿还，但那只能是杯水车薪。

说真的，作为我们这些吸毒人员，我们也想好好做人，永远不沾毒品，永远告别那种人不人鬼不鬼的日子，但是，就算我不想站起来，只想爬着或匍匐前进，可社会上有些人就是不给我机会。

我是四川省自贡市人，就在最近的一次从戒毒所出去后，我户籍所在地的社区组织了一个劳动技能培训，主要针对下岗人员、“两劳”释放人员等弱势群体，当时整个街道有将近一二百人，最后参加培训的人中唯独没有我，当我找到负责此项培训工作的一个街道办主任时，他的话差点把我气得半死："你得了这个病还想找工作？太吓人了，谁敢用身患艾滋病的人？你能到哪个地方去上班？还是识点时务吧……"当时气愤的我真想一口浓痰吐到他的脸上，或上去抽他几个耳光，我扭头就走，因为他作为一名国家公职人员，连艾滋病病毒的几个传播途径都不知道，真的是愚昧无知，可悲可叹！

怒火发泄出去后，当时的快感还是被无情的现实击得粉碎：社会不愿接纳我们，至少他们中间有人对我们这种人有偏见。回到家里，我抱头痛哭，我真的好想工作，再也不去沾染毒品，让工作把自己的时间填充得满满的，让自己活得充实和快乐起来，可他们连这样的机会都不给我，老天呀，你真的对我们这些感染者不公呀！我不禁捶胸顿足，欲哭无泪。

我只有一个念头，那就是把自己的钱吸光，然后尽快了断自己，我甚至想好了自己死后的事，想好了自己的墓志铭，我只想死后让家人在我的坟墓上写下这样5个字：他死于白粉！

也就是自己的再一次放纵，在一次聚众吸毒时，我被当场抓获。

我常想，从戒毒所里走出去的人活得为什么这么难？我们都不想拓展生命的长度，只想拓展生命的厚度，却没有人愿意给我们这些人这样的机会！

我真诚地希望，社会能给我们一个活下去的机会。

采访手记

小磊是我在他之前以及以后的一系列对吸毒艾滋病病毒感染者采访中学历最高者之一，也是一个文笔比起一般的记者来也毫不逊色的文学青年。采访过程中对文学的敬畏让我们的心灵很自然地聚合在一起，这给了他对我毫不设防一吐为快的资本。他是一个异常本真的人，也许是因为那种病，也许是因为他所遭遇的种种不公，让他的眼睛乃至心灵始终蒙着一层阴影，而这种阴影如影随形，让他挥之不去。小磊曾经做过挣扎，他很想像一个正常人一样活着，哪怕艰难而清苦，哪怕孤独而无助，甚至无关尊严，然而现实却充满着崎岖，让他一次次摔倒，肉体与灵魂一次又一次受到伤害。他说他只想和普通人一样获得阳光和雨露，而不应该永远呆在潮湿阴暗的角落里……

在这本书即将付梓之时，我得知出所后的小磊到了一个不为人知的地方去做志愿者，教那里的孩子学知识，他在给所里的管教民警的短信里这样说，他想在不多的日子里，做点对社会、对他人有意义的事。

毒品——悲剧的始作俑者

毛小强一米八五的个子在社会上绝对称得上是一个标准的帅哥，不仅个子高挑，而且长着一副俊朗的外表，在接受采访的两个多小时里，他始终坐姿端正，身板笔挺。我断定，他一定是一个意志力非常坚定的人。

一个帅哥，如果没有对社会的责任感，而是利用这与生俱来的外表去“泡妞”，不知道将有多少纯情的女孩在不知不觉中被感染，毕竟他是一名艾滋病病毒感染者。我在看到他的第一眼后，内心不禁充满着担忧，因为他终将回归社会。

对于10多年前如何走上吸毒的道路，毛小强没有把责任推给其他人或者社会，称还是应该从自身找原因，对此，他已经没有多少印象，只是说也不是朋友引诱，也不是好奇，只是“身边的大多数朋友都在吸”，让他自然而然地就沾上了……

在他的自述中，毛小强一直秉承他的这种理性的责任与担当，述说相当客观，一直很“江湖”的他，甚至在说到激动处时还振振有词。

我帮“开堂子”的朋友看场子挣毒资

我不会去偷，这些年我从来都没有干过那种事，我打心眼儿里看不起这种人。

我挣钱都是凭“本事”，一不偷二不抢，钱都来得正大光明，何况自己还是个男人呢！10多年里你说我花了多少钱，应该差不多有100多万元吧，父母都是在单位上班，这些年的积蓄都被我吸光了，没办法，“吃药”这个东西本身就是“烧”钱，凡是有“烟鬼”的家庭，家产百分之百会败掉。

从父母那里实在榨不出钱后，我就自己想办法，我刚才说过，去偷去抢不仅犯法，而且不符合我做人的准则，特别是对那些普通的老百姓，他们是无辜的，一旦被偷被抢无论是从物质上还是精神上都是一种噩梦。

我是从2000年开始碰这个东西的，当时我身边的小青年都在搞这个东西，“药”也特别好买，价格也便宜，当时可能只是觉得好玩，也没有往更深的地方去想，只是觉得烧这个东西很潇洒也很时尚，请人吸也特别有面子。

家里的钱很快就花完了，我也因为碰这个东西先后被关进去过多次，我们县上就有一家戒毒所，说实话那不是人呆的地方，在那里面不仅打骂体罚严重，而且真正叫“坐监狱”，每天好多人都关在一间屋子里，吃喝拉撒睡都在里面，铁门上有一个窗口，这不仅是那些管教民警来巡视的观察口，而且还是我们一日三餐的送餐口。每天，我们的班组长把脸贴在窗口边，眼睛从那个窗口里向外窥视，一见有管教民警走过来，他都会提醒其他人要坐好，让正在进行着的诸如打架斗殴嬉闹的人赶快停下来，巡视的管教民警一走，里面马上又恢复刚才的所有活动，那个口同时也是了解戒毒所每天大致活动的“信息口”。在那里面，戒毒人员打戒毒人员、以强凌弱的事太普遍了。我们每个人在被收戒到戒毒所后，是要交生活费的，由于有的家庭一贫如洗，甚至一些家庭由于家人吸毒而伤透了心，根本对进来的亲人不闻不问，因此一些人的戒毒费就收不上来，整体的伙食就很差，有的戒毒人员的家里人单独给他打到卡上的戒毒费，他本人根本都吃不进自己嘴里，单独订的菜都用于“请客”了——请其他的戒毒人员，他也怕打呀。暴力完全可以摧毁一个人的意志，我原来还不相信，但现在信了。

进去过一次就有一种恐惧感，好多有关系的人就尽可能托人把自己尽早地捞出来，另外有的戒毒所明确规定：只要你交足全额的戒毒费就可以立马走人……

那些都是很多年前一些小型戒毒所里发生的事，现在戒毒所要好一些，各方面的管理要相对规范和严格一些，更人性化一些。

在我的家乡，赌场特别多。我帮一个老板看场子，在一次械斗中，老板眼见要吃亏，我舍命相救，受了重伤，老板并没有亏待我，不仅承担了我的所有医疗费用，并且将我送到省里最好的医院治疗，出院后还给我了 20000 元的误工费、营养费，真正做到了仁至义尽。

可能是年轻，也可能是骨头没有受到伤害，在静养了几个月后手臂与受伤前无异。再就是客人之间相互下赌的，有时也是由于种种原因动起了拳脚，像这种客人之间的事我们尽可能去息事宁人，毕竟没有涉及老板的利益，他们结清台费就行了，另外都是一个县城里的，“低头不见抬头见”，乡里乡亲的，没必要撕破脸皮，我们能做的就是把事态平息下来。

帮老板看场子收入还不错，我们有固定的收入，另外就是看老板的经营效益，好时还有一些分红或奖金，像我这种当头的，比其他人要相对高一些。

女友连年终奖都拿出来让我戒毒

女人是我们男人的衣服，穿破了、穿久了就要换。这个比喻可能不恰当，只是我个人的观点。这些年我交了不少女朋友，大多只是逢场作戏，现在的女孩子很现实，物欲心很强，我最看不惯她们这个，但有一个女孩我是对她付出了真心的，只是我伤她的心太深、太深，我用余生都无法去回报她在我身上投入的爱与无私的付出。

我初中没读完就到社会上去混了，不知不觉地就走进了这样一个群体。在我吸毒的第 3 年，我认识了自己一生都为之自豪的女友，她是一个非常漂亮的女孩，在我们县银行工作，她跟我的性格有些相似，是特别“姐们儿”的一个人，特别讲义气，朋友间不管谁有困难，她都会尽全力去帮忙。我们相识还真有些巧合：一次我去银行打一笔款，当时是不能说的，但现在我可以告诉你，我是向一个“上家”买“药”，往对方个人银行卡上打钱。当时，她的细致、热情还有浑身所散发的自然美深深地吸引了我，可能是我也给她留下了好印象（这也是和她相恋后她才告诉我的），从她看我的眼神里我发现了一种异样的东西，就这样我们相识了。

那个时候我还没有一个相对固定的工作，收入自然也不稳定，更何况那时已经“上拷”了，自己买“药”的钱都难筹措，就更谈不上与她交往时为她花钱。由于在银行工作，她的工资很高，她从来没有因为我没有稳定的工作而嫌弃我，每次出去玩都是她主动“买单”。

交往的过程中，她慢慢知道了我“吃药”，她没有和我大吵大闹，而是很理性地与我长谈了一夜，有些话过去了这么多年我至今都记得。她的理性，她的知书达理，让我感知到她内心的博大，对于如此善良和知性的女孩，我却没有这个福气与她携手走进婚姻的殿堂，现在想起来都觉得遗憾。

她对我太痴情，为了让我戒毒，她不仅让我参加了社区美沙酮药物维持治疗，而且负担了我服用美沙酮每天10元钱的费用，当她听说有个地方自愿戒毒效果不错时，她还把刚拿到手的5000元年终奖拿出来，让我去戒毒。在拿到钱后，我却拿着这5000元和家里给的戒毒费，一再不让父母前来陪伴，独自坐车到西昌去买毒品。为了让她和家人相信我在外地戒毒，我在西昌找了个小旅馆住了10多天，天天买了毒品扎完针后就睡觉。

近1万元钱很快就花完了，见在西昌再也呆不下去了，我就回到了家里。也许她对我太痴情了，在我走后的10多天里，当我说这些天一直在服用美沙酮及其他药物接受戒毒时，她竟然相信了，不知道她是真不知道还是被爱情迷惑住了双眼，她对我太信任了，竟然没有半点怀疑，她的痴情近乎痴得有些傻。

我们一起玩的时候，如果她身上有100元钱，只要我要，她就会毫不犹豫地把那100元钱掏出来，全部给我，就连回家坐车的路费都不留，可以说她在这方面一点心眼儿都没有，就是因为她的这种善良，她先后一次又一次被我骗得体无完肤，但她每次上当后依然相信我编造的各种理由，再次把钱给我。

人都是有良心的，每次当我没有犯瘾时，我的良知在那瞬间就会被发现，感到她太可怜了，觉得她的痴情并不是她应该付出代价的借口。我曾无数次在良知发现后决心戒毒，最长的一次曾经戒过9个月。9个月没有沾一点毒品，当她和家人都以为我从此将告别毒品，过上正常人的生活时，一次在大街上我不经意地与一个昔日的毒友相遇，并且当时没有任何亲友在身边，我再一次像被他牵引似的跟着他到了一个不为人知的角落，没有任何语言，其实在我们这种人眼里，彼此都心知肚明，眼神已经告诉我一切，他递给我一根针管和一小包海洛因……9个月的努力从此付诸东流。

在努力了3年后，我带给她的不仅是身心俱疲，更多的是对爱情的绝望，对爱情可以挽救一切幻想的破灭……

她离我而去的时候，她把父母和自己买的金银首饰全部变卖了，把那些钱都留给了我，她说虽说不能一直陪我走下去，但还是希望我能用这些钱去戒断毒瘾……

那一天，我哭得很伤心，这些年来，毒品已经把我折磨得没有人性，没有亲情，为了找到购买毒品的钱，我几乎是不择手段在骗。

吸毒的人一犯瘾就什么也不管不顾了，明知他是艾滋病病毒感染者，但只要有“药”有针管，我同样会不顾一切冲上去，找他要，然后一针扎下去，内心也明知会感染，在那个时候，什么也顾不上了，人一旦犯瘾后，只有毒品能解决问题。在吸毒人员看来，死亡都是迟早的事，结果都是一样的。

我常去买“药”的那个人，本身就是一名吸毒者，而每次我去买“药”时，都是犯了瘾扛不住时才过去，拿到“药”后我就会马上在那里注射，有时他会递给我一个拆了封的针管，至于这根针管是不是被别人用过，我根本不会去想，当时也没有那方面的知识。也许就是在那个时候我被感染上艾滋病病毒的，因为后来我知道他是一名感染者。自己什么时候被感染的，真的不知道，我用过的针管别人也用过，应该别人也会被我感染。

家人知道我感染艾滋病病毒后，以为我很快就会死，对艾滋病病毒知识并不了解的他们再也没有像以前那样对我死盯死守了，他们把家里的钱都拿出来给我，让我该干什么就干什么，死之前快活一下，反正时间已经不多了。母亲天天哭，因为全家就我这么一个儿子。我刚“吃药”上瘾时，他们还心存幻想，总感到或许还有可能在某一天戒断，而在确诊我被感染后，在他们看来，所有的梦想都破灭了，我得的还是不治之症，生命随时可能终止……

采访手记

在采访的过程中，毛小强不时地转过身子，用手在嘴巴处做半掩状，不停地咳嗽，说明他的身体已经很差……一个能在两个多小时的采访中始终保持一种姿势的人，在10多年里却不能戒断毒瘾，让我不禁对毒品有了更深的理解：这种东西的确可怕。而毛小强在接受采访时始终强调，自己是一个在朋友眼里非常耿直、老实的人，他也一直表示做人要厚道，他从来都是“按套路出牌”，然而，他却在帮人看场子时，明知道那些赌场的老板没有按套路出牌——有的是“抽老千”，有的是暗中搞鬼，在牌中做假，等等，他却照样“该出手时就出手”，做了老板的帮凶和打手，从这个意义上讲，他的“忠”，是愚忠，这种愚忠可以让他迎着劈来的砍刀挺身而出，说白了只是为了满足自己的一己私欲——毒品。

一个思想和行为始终充满着矛盾的人，其人生的悲剧注定不可避免，而毒品是这个悲剧的始作俑者！

父母的放纵与溺爱让他走上迷途

李明英俊帅气的面容稚气未脱，如果他没有告诉你真实的年龄，你绝不会想到他其实即将步入而立之年。

近两个小时的采访他几乎始终保持着一种姿势，这种良好的表现不仅让我刮目相看，而且对他的经历充满着好奇，尽管在采访之前我已经对他的情况有了大致的了解。

李明的眸子依然清澈，这在吸毒感染者里并不多见。他的自述充满着少有的淡定，而那份淡定却让我陷入了深深的沉思。

在疾控中心任职的父亲，没有防控好我染毒

人生注定是一幕悲喜剧。

我的父亲在县疾控中心是做流行性病学研究和防治工作的，具有讽刺意味的是，一个从事大半辈子疾病防控工作的父亲没有把我管好，我不仅成了一名“瘾君子”，而且还感染上了艾滋病病毒。

连我都没有想到自己的人生会是这样的一种畸形：我是家里的独生子，在物质上，父母尽全力去满足我，可以说对我百依百顺，在我初中毕业后，父亲又通过他的关系把我送到警校。在警校读书的日子，我走上了吸毒的道路，并最终感染上艾滋病病毒。如果我把自己的人生定义为一幕悲剧，那我无疑是这幕悲剧的主角，我的父母则是这幕悲剧的导演。

1999 年，我进入某省市级警校，2001 年顺利毕业，我上的是那种自费

生，不包分配。警校毕业后，父亲通过关系把我送到县公安局交警大队实习，实习期结束后，我成功留下来成为了事业编制工人。如果按照此轨迹生活下去，我的人生必将是另一种版本。

父母的放纵与溺爱让我走上了迷途。

由于父亲在县疾控中心任负责人，可以说他的8小时之外全用在各种应酬上。从小学到初中，他基本上没有问过我的学习情况，只要听我妈跟他说我考得不好或逃学打架了，他非打即骂，从来不问青红皂白。对于我的学习，举一个例子就足以说明他粗心到什么程度，有一年学校开家长会，由于妈妈当天上班请不了假，妈妈就让父亲去开会，本来我已经上六年级了，他却挨个在四年级班里找，在他的印象里还以为我在读四年级。在物质上只要我要什么，他就给什么，要多少给多少，这养成了我自小就大手大脚花钱的坏习惯。如果说父亲对我是专横，那么母亲对我则是溺爱，那份溺爱让我人性的天平失去了原则。每一次父亲打我时，母亲都护着我，等父亲发泄完了，她会把我拉到另一个房间，心疼地说，宝贝呀，被打疼了吧，真是个遭千刀剐遭雷劈的，下手那么狠，等等。母亲的这一番话无形中加重了我对父亲的仇恨。而父亲每次打完我后，从来没有考虑过我的感受，也从来没有想到要告诉他的儿子，我到底错在哪里？我为什么惹父母生那么大的气？

是与非、对与错的混淆，让我的人生观与世界观出现错位。家里没有爱或者说是没有真正的爱，让我开始变得学会了说谎，一方面去取悦自己的父亲，从他那里获得我想要的物质方面的东西，一方面去骗自己的母亲，获得更多的溺爱，开始变得当面一套背后一套。畸形的爱让我丝毫感受不到家的温暖，我变得不爱回家，在小学五年级就开始用从父母那里骗来的钱和几个朋友去县上的宾馆开房过夜，为了让父母相信我的话，我常常打通父亲的电话后，找一个社会上的朋友在电话里来冒充我的同学，对我父亲说我们要补习一下功课，今晚我到他家里休息等谎言。有时候考试考得不好，老师让我把试卷拿回家让家长签字，我就找其他同学模仿父亲的笔迹签字，因为我真的害怕那粗大的巴掌和坚硬的皮鞋……

如果说上小学和初中时，我顶多只是逃学与打架，那么当我进入警校后，离家更远了，加之父母认为我在警校上学，学校自然会管得很严，无形中也就放松了对我的管教，所以之前身上已经形成的种种劣迹就更是显露无遗。

说真的，如果父母不把我送到警校，尤其是那个毒情特别严重的地市的警校，或许我不会走到今天这个地步。我从小学到初中就开始逃学、撒谎，这一直让父母头痛，那时他们就想着最好把我送到部队当兵或者上警校，希望通过严格正规的管理来矫正我身上的坏毛病。不料想，最终我违背了他们的意愿，走到了今天这一步，也许对父亲是一个绝妙的讽刺：疾控中心主任的儿子不仅吸毒，而且还感染上了艾滋病病毒。

学校的管理并不像我想象中的那样严格，尤其对于我们这些自费生。在学校里我就显得很“江湖”，同学之间有什么事常常请我出面摆平，“哥们儿”之间有什么事也喜欢向我求助。我第一次吸毒说起来让人伤心，那是睡我上铺的一个同学向我借打火机烧锡纸，当着我的面吸，其实在此之前我也见过同学吸毒，但如此近距离我还是第一次，在来警校前要朋友、打架、赌博等我都干过，一种想把人世间所有刺激的事情都经历一下的心理，让我想也没想就对那位同学说让我也尝尝，就这样，我抽了第一口。后来，那位同学常向我借钱，我也是 50 元、100 元地借给他，当年在那里 10 元、20 元都能拿到“货”，很是便宜，我也从他那里获得了“免费”的“毒餐”，自然，借出去的那些钱他也从来没有还过，其实我也根本没有想到他会还。

还没毕业，我已经上了毒瘾，只是并不是很大，因此学校还不知道。

花光毒资，挪用罚款收入购毒

回到县公安局交警队上班，父母都非常高兴，在他们看来，我终于有了一个正式的工作，通过警校几年的学习，我那颗放荡不羁的心也应该收回来了，他们只是希望我好好上几年班，然后成个家，这样他们就能安心地颐养天年了。刚到交警队实习的那段日子，我表现出很强的勤奋敬业精神，并很快赢得单位领导和同事们的一致赞誉，实习期一过，我就正式到县交警队上班。

看到我毕业后的表现，父母打心眼儿里感到高兴，他们以为那个整天只知道打架贪玩的李明已经一去不复返了，父母依然对我物质上的要求有求必应，其实父母哪里知道，在我实习期间，我也曾偷偷吸过，购买毒品的钱也是他们给我的，因为毒瘾小，加之做得很隐蔽，家里和单位都没有发觉而已。对于我每个月数千元的开销，他们一点都不觉得奇怪，一直认为，我刚参加工作，工资本来就低，加之日常的开销和交朋友，我的工资肯定是不够的，每个月父母都是几千几千地给我钱，他们只是想，只要我不再给他们惹是生非，没有人告到家里来，他们就非常安心了。

随着自己毒瘾的不断增大，用于吸毒方面的开销也越来越大，我就开始打上了挪用罚没款的主意，动起了靠山吃山的歪脑筋。不说大家也知道，那些事无外乎收对方的钱后不给开罚款单据或者少开金额，再就是干脆不开，但这种事一般情况下难以避开同事，因为上路一组最少也有三四人。没办法，手头紧时，我就只好挪用罚款，开始时还直接跟队上的领导说我有别的事借了几百元用了，第二天就想办法找父母要钱来把这个窟窿给堵上。但并不是每一次挪用罚款后第二天都能把钱给还上，后来，我一旦挪用后就开始往后拖，有时候是 3 天，有时候是一周才还上，最长时是一个多月，而随着毒瘾的不断加大，我挪用的金额也越来越大，当时只是想，反正到时候我告诉父母，父母会帮忙还上的。慢慢地，我欠队上的款越来越多，在我告诉父母后父母也没有把那个窟窿给填上，无奈之下我就想到了逃，当时只是荒唐地想，一旦我逃到老家去躲一阵子，最后交警队会找到我的家里，父母自然会帮我把挪用的钱还上的，果然如我所料，最后单位见我没有去上班，就找到了我的家里，家里人只得把钱给还上了。

工作中出现挪用公款这样的大事，我的处境可想而知，因为父亲与单位领导的关系很好，单位领导就跟我父亲讲让我自己辞职，说这样更体面些，就这样，我被单位变相开除了，那一年我还不到 20 岁。此时，父母也知道了我染上了毒品的事实，作为县疾控中心的医生，父亲当然知道毒品的危害，他苦口婆心地对我讲毒品的危害性，但此时为时已晚，我根本听不进去。

控毒瘾服用安眠药，交通肇事后逃逸

交警队呆不下去了，父亲就又托关系把我搞到路征队上班，从事当时叫养路费的征稽工作。应该讲交警队的教训已经够深刻的，我应该从哪里跌倒就从哪里爬起来，然而毒瘾已经牢牢地控制住我的思想与躯体，所有的规劝我根本听不进去，满脑子只有毒品，所有的工作都为我从事吸毒提供最好的掩护。

工作的变动并没有让我的毒瘾减弱，相反，特别是离开交警队的那段日子，当时还没有到路征队上班，出了那个事后父亲虽说没有像小时候那样狠狠地打我一顿，但我觉得那一句句恶毒的话语比棍棒更伤人，深深地刺痛着我的心，每一天，我都用毒品来麻醉自己。

到新单位上班大约一个多月左右，一次我的毒瘾又犯了，当时身上没有毒品，毒瘾让我容不得半刻的耽误，我就找了个借口心急火燎地去找那个卖“药”的，然而当我赶到他那儿时，正巧他手头断货，无奈之下，我只好服用安眠药，当时只想把毒瘾顶过去，以前我在犯瘾时也曾这样做过。

服用安眠药只是权宜之计，得尽快去购买毒品，为了尽快购买到毒品，我就开着一辆公车往市里赶，就在我把车开到通往市里的国道时，我发觉双眼越来越睁不开，我知道那是安眠药起了作用，为了让自己控制住方向盘，我使劲地把头往车内左侧上撞，并尽可能让自己清醒些，与此同时，我加快了车速，只想尽快获得毒品。但药物的作用越来越厉害，人也变得神志不清，精神恍惚，车像喝醉了酒似的在国道上左摇右晃，突然，我发现车就要撞上前面的一辆客运班车，此时采取措施显然已经来不及了，双眼已经变得有些模糊，恍惚中，车辆猛地撞到前面的客运班车上。

由于车速过快，前挡风玻璃被撞得粉碎，车体前半部也严重变形，所幸的是，我捡了一条命，只是一下子被撞昏过去。真的是我命大，也就是几分钟的时间，我清醒了过来，使劲挣脱由于高速撞击变形的挤压住我的车体，从车里爬了出来。我顾不上过问对方车辆的受损情况，也没有及时报警，从车里爬出来后就翻越出国道，下到辅路后，我顾不上满面的血迹，打电话叫来一辆出租车，打车到市里拿“药”，到了“药老板”那里，我顾不上去擦洗身上的血迹，买完“药”就在他那里借了根针管一下子扎下去，此时经对方提醒，照完镜子我才发现巨大的撞击，已经把我的下巴撞出了一条大口子，正在流血。当时，扎完针满足了毒瘾后，先前的疲劳与紧张的情绪得到了舒缓，在“药老板”那里呆了约有半个小时，那段时间我一直在想着下一步该如何办。

家肯定是不能回了，如果父亲知道我把人撞了，还不顾对方死活弃车而逃，说不定拿刀把我杀了的心都有了，我知道他的脾气，一个月左右的时间出了两件这么大的事，说什么也不能回家了，还是先到乡下去躲一段时间，避开这个风头再说。在买够一阵时间用的“药”后，我迅速打车到了乡下的老家，找了个亲戚家住下了，我一再要求他们不要把我的行踪告诉父母。

到了乡下，为了不让父母和单位找到我，我把手机也关机了。一周后，我自感没事后，才悄悄地溜回家。事后才知道，那天交通肇事后，半小时左右交警队赶到事故现场，到达后才发现肇事司机已经逃离现场，交警通过以车找单位，再到以单位找人，很快，单位知道我出事了，并且出事后逃离了事故现场。单位在打我手机打不通后，无奈之下只好赶紧与我的父亲取得了联系，在简单了解了事情的原委后，父亲也赶紧放下手头上的事，与我所在单位的领导一起赶到事故现场。到达现场后，现场的惨状也让父亲大吃一惊，再加上活不见人死不见尸，当时，父亲也不知道我的死活，他一下子也吓傻了。没过几分钟，父亲很快从悲伤中醒悟过来，他意识到，当务之急应该替儿子处理好一切善后事宜，抢救伤员、理赔，把单位损坏的车辆送到修理厂，等等，父亲当天一直忙到深夜。等忙完一切事情后，不知是劳累过度还是又气又急，父亲大口大口地吐血。

在亲戚家呆了约一周后，我溜回了家。母亲一见到我，一下子失声痛哭：“儿呀，这些天你都到哪里去了？你知道吗？我们天天提心吊胆……”

当我从母亲那里知道父亲为我的事气得直吐血时，一周不见父母，他们仿佛一下子老了10多岁，看到他们凄凉、无助、憔悴的模样，我第一次不是因为挨打而流下了眼泪……

后来我还了解到，由于涉嫌交通肇事逃逸，县公安交警部门曾准备对我进行通缉，还是父亲动用了他的关系网，并花费了10多万元的经济赔偿后，才没有追究我的刑事责任，出了这么大的事，路征队肯定是呆不下去了，在我仅仅干了一个月零三天后，我又一次失业了。

自戒所里根本无能为力

经历了两轮这样的事，两次都是父亲出面替我“摆平”，劳心、劳力、劳财，可以说我的所作所为已经让父母身心俱疲。父亲似乎已经彻底对我失去了信心，他再也不愿意为我去托关系、走后门找工作。他说他真的不知道我上班后还会给他惹出什么样的麻烦，可以说我的两次上班经历让父母有些害怕，他们宁愿这样养着我，也不愿再让我去上班，家里也不差我上班的那几个钱。

两次被单位辞退后，我再也没有去上班，也不愿意再受什么束缚。生活又回到了常态，作为一个吸毒者，每天的日子就是筹钱、买毒品、扎针，虽说父亲是疾控中心的大夫，但面对毒瘾缠身的儿子，他显得那样无助，以前爱说爱笑的他变得越来越沉默了，呆在家里的时间也越来越少了，虽说他与我沟通的时间越来越少了，但对我的救治却从来都没有放弃过，一直做着各种努力。

为了让我戒断毒瘾，父亲变得越来越爱看报和上网，只要是有关于戒毒所脱毒率高、戒毒效果明显的药物，父亲就记下他们的联系方式和单位名称。自从染上毒品的这些年里，我先后多次参加自愿戒毒，但都没有什么效果。基本上都是头天在家打完针，第二天就送到自愿戒毒所，头天在戒毒所里没什么事，第二天就挨不过去了，只要毒瘾一犯，我就会翻墙出去找“药”，在自愿戒毒所里戒毒期间，到外面去购买毒品然后带到所里吸基本上是没有什么人去管的。

那是2008年，父母从相关媒体上看到南方一家戒毒所戒毒效果不错，就专门请年假陪我去戒毒，那是国内一家比较大的自愿戒毒所，戒毒所里的各种软硬件设施都比较好，父亲到了那儿后很高兴，毕竟他经历了太多的失败，他希望这次我能够在这样的地方得到重生。我们在戒毒所既可以穿从家里带来的衣服，也可以穿戒毒所为我们提供的服装，就餐是戒毒所为我们订制的，每顿想吃什么菜提前报上菜名，到时厨房就会把菜做好，我们既可以在所内餐厅就餐，也可以把菜端到宿舍里。在这里，家人可以陪戒，只是所里得收床铺费。

我清楚地记得，有一次自己头一天进所前用“药”后，当天我把一切都扛过去了，第二天就不行了，一上瘾就心慌得很，那种心慌是常人所难以理解的，虽说那天是妈妈陪着我，但在一个让毒品完全控制了大脑和躯体的人面前，戒毒所的高墙、母亲的死盯死守都是那样易于征服与摆脱，我找了个机会，翻墙去找毒品了，虽说家里交了3740元的戒毒费，但只要交了钱，戒毒所是不可能退的。

我是家里的独生子，得到的爱最多，受到的伤害也最多。父亲老早就是一名国家干部，并且是一家单位的领导，他的日常应酬比较多，经常在外面吃请或请吃，很少顾得上家。而每当我做错了事时，父亲都是不问青红皂白地把我暴打一顿，打完后也不告诉我错在哪里，如何改。在物质上父亲尽量满足我，或许在他看来，让我吃好穿好有大把大把的零花钱就是对我最好的爱；加之母亲护短，做错事怕父亲打我，就极力替我去掩饰，我有什么想法从来不敢与父亲沟通，我平常总是极力去躲避他，对于母亲我则极力去亲近她，向她要钱，她也是尽全力来满足我……每当想到这些，我就恨父亲。一次在戒毒所里戒毒时，我对到戒毒所里看我的父亲说过这样一句话：“你只知道打我，从来不知道如何教我，我恨你!”

采访手记

合上采访本我陷入了沉思：李明的悲剧不是他个人的悲剧，至少在我看来是这样的。李明在接受采访过程中不止一次跟我讲过，他的父母在他成长过程中对他教育的失败：一个过于简单粗暴，过于武断专横；另一个过于偏袒护短，百般宠爱。一直信奉“棍棒底下出孝子”的李父的拳脚的确从肉体上制服了李明，同时也过早地关闭了与儿子思想、情感、心灵沟通的大门。当柔弱的李明转而把求助的目光投向母亲时，李母没能很好地疏导那对于对错尚不能正确分辨与把握的情绪，而是对丈夫的行为一味地指责，同时试图以过分的宠爱来安抚儿子，结果导致在儿子的心中播下了对父亲的仇恨、对家庭冷漠的种子，转而他在向社会追求温暖时，从而误入歧途，这或许是他走上歧途的根源。

为逃避打击，她不惜怀孕

齐眉的短发，一米七多的身高，壮壮实实如同一名运动员，走起路来“咚咚”作响，从她走路的姿势看，我断定这是一个心直口快的人，而在随后与她一个多小时的交流中，刘燕的坦率与真诚告诉我直觉是对的。

两次不幸的婚姻、父亲英年早逝、怀孕流产、感染艾滋病病毒等众多的苦难并没有压垮她，乐观的笑容始终洋溢在她的脸上，只有在谈到她的母亲时，内心汹涌的愧疚让她一时无语。

我只把怀上孩子当作逃避打击的一个工具

她们担心我受不了，但事实上我把一切都看开了，包括生死。

那天管教民警把我叫到办公室，问这问那说了一个多小时，但好像主题都很散，并不似平常找我谈心做思想工作那样直奔主题，当时我就在心里犯嘀咕：今天管教是怎么啦？磨磨蹭蹭的，好像有什么事，但又不明说。正在纳闷之时，管教民警告诉我被感染了艾滋病病毒，当时我只是愣了一下，随即什么事也没有，这种事可能是我见得多了，光我认识的感染者就有几十个，他们有的突然发病一夜之间就走了，在我看来如同正常的生老病死。

事后，管教民警告诉我，她们当时是怕我接受不了这一残酷事实的打击，才那样绕了一下圈子，因为在她们眼里，我是一个性格活泼开朗的女孩。其实我是一个心中不存事的人，就是人们常说的那种没心没肺的人。

我是如何被感染的，连我自己都搞不清楚。因为我现在的爱人也“吃药”，加上我又与别人共用过针具，来这里接受相关教育后我觉得性与共用针具这两种感染途径都有可能，因此在所里发的问卷调查表上，这两栏我都打了对号。

因为在我们那个州艾滋病病毒感染者众多在全国是有名的，因此在市里很早就开设了“关爱之家”，在那里可以很方便地交换到免费针具，但大家都不愿意去，因为我们这些“烟民”总是觉得那里有人在盯着我们，事实上也确实如此。公安常把那里当作“经营”的重点，好像他们每年的缴毒数和打击数都有任务，而一旦任务完不成时就到那里“守株待兔”，因为再笨的人也知道，到那里换针具的人肯定是“吃药”的，很简单，从他那里就能顺藤摸瓜找到他从哪里拿的“药”，顺理成章地就能找到他的“上家”。

刚开始时我是常到那里去换的，后来就不去了，因为一次意外情况把我吓着了。

那次，我还是像往常一样把一包用过的针管包好送到“关爱之家”，到了那后，工作人员很利索地把同样一包没有开封的一次性针具交给我，我正从他们的办公室往外走，刚走出“关爱之家”没多远，突然眼前的一幕着实吓了我一大跳：两个壮年男子一下子将我面前正在行走的一个人扑倒了，那个人是刚才在我前面换完针具的，把人扑倒后，两个男人顺势用手铐把他的双手铐牢，同时掀起他的外衣，把他的整个脑袋包起来，一左一右连押带拖把他押到不远处停着的一辆外地牌照的车上。那阵势让我一下子明白他们是便衣警察，我知道他们办案时很少开警车，有时候为了迷惑人还把车牌换成外地号牌。当时我不仅“吃药”，而且还在以贩养吸，看到他“遭”了时的那个惨样，我心里一阵害怕，主要是怕哪天我的那些“顾客”被抓后供出了我，就算是我的那些“顾客”不供出我，我也害怕他们把我抓了从我身上“深挖”。

那样的一次意外遭遇，让我始终心有余悸，就再也不敢到“关爱之家”去换针具了，宁愿自己花钱到医疗点或黑市上去买。

我们家在邛海边开了一家餐馆，刚开始时主要是我和母亲在那里打理，因为地理位置比较好，生意异常红火，由于我吸毒成瘾后心思根本不在经营上，母亲只好请人帮忙。那段时间，我主要是以贩养吸，在家贩零包，餐馆就是我“办公”的地方，由于有来自全国各地的游客，顾客往来比较频繁，很多时候那些来买零包的人扮成食客，也没多少人注意。

我母亲是一个很厉害的人，她的嘴巴特别厉害，我老公为了逃避打击，总是在他的老家昭觉和西昌我家两地跑，刚结婚时他一到我家整天足不出户，吃喝在我家，还让我妈拿钱给他去买“药”。等我妈把他看穿后，不仅再也不让他在我家呆了，同时把家里的钱看得很紧，一分钱都不给他。母亲那张嘴像刀子似的，说得他根本在家里呆不下去，我母亲块头跟我一样也很大，长得很壮，如果动起手来我老公未必是我老妈的对手，吸毒的这些年老公身子都被抽空了。没办法每天他只好自己出去找钱，找钱在我们这里就叫偷，因为他自己要过日子呀，不可能一个大男人让我们这对孤儿寡母来养活他。

天底下没有不透风的墙，尽管在我们的餐馆贩零包相对比较隐蔽，但只要有一个到我这里来买“药”的“遭”了，这里就不安全了。就有这么一次，一个来买零包的一次买了好几包后，他又在里面加了些止痛药，又分成若干包卖给那些吃“烂药”的（即那些抽光了家产又没有办法找到更多钱的，他们买“药”只图便宜），结果被警察获取了线索，他们正在交易时被抓了个正着，他自然供出了“药”是从我这里拿的。那天，一下子来了七八个警察，当时都是穿的便服，我妈还以为是来吃饭的，忙不迭地招呼着他们，谁知道等他们把现场的人都控制住让别动时，我才知道他们是警察。

还好，那天家里的“货”刚刚出手，他们在搜遍所有的地方后一无所获，虽说他们在现场没有搜到东西，但他们还是把我带走了，罪名就是我贩零包（但我当时无论是在家还是到了公安局，始终没有承认，因为我知道对这种没有抓“现行”的，你不承认他们也没办法），最后他们只好让我交了点罚款，把我给放了。

我已经走上了吸毒这条路，不可能再有其他的路可走。但我想让这条路走得更顺畅，也着实想了不少办法，有的办法是向别人学的，包括让自己怀孕去贩零包。为了让自己怀孕，我特意送丈夫到戒毒所接受自愿戒毒半年，我想让他把身体恢复好。在“吃药”的时候，他基本上不怎么碰我，好像丧失了性功能似的，每次就算在我的强烈要求下，也只是应付一下草草了事。

半年戒毒的效果真的很明显，他的身体恢复得不错，他出所不久，我很快就怀孕了，随着小腹的一天天隆起，母亲非常高兴，母爱的天性让她盼着我早日回归正常的家庭生活，也希望有了孩子后，孩子能把我拉回到生活的正轨上来。

而她哪里知道，我怀孕只是想逃避打击，腹中的孩子只是我贩毒时一个可怜的工具，随着胎动一天天地加剧，我没有一丝一毫做母亲的幸福感，有时候还想着如果有一天孩子真的降临到这个世界上，或许是我的一个累赘。

真的是在一个错误的时间，他到了一个错误的地方，孩子在我肚子里 7 个多月大的时候，我意外地流产了。

流产时我一点都不心痛

一个各器官基本发育成熟的男婴，甚至剖腹产生下来就可以养活的男婴，竟然夭折了！

那个甚至还没有起名字的小生命的离世，竟然让母亲哭得比我都要伤心，是那种伤心欲绝的悲痛。

看着那个从自己身上掉下来的已经陪伴着自己 7 个多月曾经无数次在我的小腹中彰显生命活力的骨肉，现在变成了一具一动不动的冰冷的躯体，我没有一丝一毫的怜悯，就像那具尸体跟我一点关系都没有。

现在想起来，我就是一个罪犯，一个扼杀生命的罪犯，而这个生命却是自己的亲骨肉，这看起来让人觉得更残忍。当天我毒瘾犯了，正在二楼的我没有犹豫，就往自己身上扎针，也许是毒品的作用，我竟然顺着楼梯滚了下来，等母亲他们发现我时，我已经昏死过去，身下的地面上有一摊血迹。在母亲和饭馆伙计的帮助下，我被紧急送到了医院，尽管发现及时，但婴儿还是胎死腹中。

那是 2007 年的一天，当我醒过来母亲哭喊着孩子走了时，我没有一丁点儿的眼泪，尽管他已经陪伴着我度过了 7 个多月，当时只是觉得孩子是个包袱，只是想把他当作自己逃避打击的一个工具，没想到最终他还是走了。

还没满月，我就从家里搬了出来，也许是外孙的不幸流产，母亲受到了沉重的打击，加之我们夫妻俩吸毒后都没有正当工作，又没有正当收入，不仅如此，我还在饭馆里贩毒，搞得母亲生意都没法做，母亲把我们赶出了家门。老公回到了他的老家居住，我则在西昌租了个旅馆，从事以贩养吸工作。对于母亲的这一绝情的举动，我没有埋怨，只是觉得我伤透了母亲的心，也许远离她的视线，她的内心会稍微得到一丝安宁，毕竟她是一个苦命的人。

在我的记忆中，父亲是一个不怎么爱说话的人。1998 年父亲在又气又悲的情况下，含恨离世。那一年，我们家先后死了 3 个人，可以想象这一系列的打击对于母亲是何等的沉重。

当时我们家承包了一座水库，父亲带着几个伙计一起搞养殖业，那一年家里注定不平静，年初奶奶第一个去世了，爷爷在父亲很小的时候就去世了，是奶奶一手把父亲和叔叔拉扯大的，父亲是一个公认的孝子，奶奶生病的那段时间，父亲就不吃不喝，把水库托付给伙计照看，整日守护在她的床前。像我这样隔辈体会不到父亲当时内心的伤痛，但从奶奶出葬的那天，父亲那撕心裂肺的哭声里，我还是能感受到生他养他的母亲的离世所带给他的那种悲痛欲绝："妈呀，子欲孝而娘不在，现在我的日子刚有点起色，您为什么不享几年福再走呀……"质朴无华的话语、悲怆的声音，让在场的人无不为之动容。

料理完奶奶的丧事，父亲在相当长的一段时间里，仍无法从失去亲人的悲伤中走出来，然而生活还要继续，父亲也知道自己不可能一直这样消沉下去。考虑到夏天汛期即将到来，父亲决定对水库进行防汛加固。因为奶奶的离世，正在外地务工的叔叔辞掉了工作赶回家筹办奶奶的丧事，丧事结束后叔叔就没有再出门，在家闲着，父亲就对叔叔说，在家闲着也是闲着，我的水库现在也正缺人手，还不如到我的水库做点活计，帮忙干些加固堤坝的活，这样也有些收入。就这样，叔叔就到父亲承包的水库上帮着干活。

不料想，叔叔到父亲的水库上班还不到半个月，就在从家里开车到水库的路上出了车祸，车祸夺走了叔叔的生命。叔叔是家中的顶梁柱，叔叔家里还有两个未成年的儿女，婶婶没有工作，一直在家照看两个孩子，现在叔叔的不幸离世，一下子打乱了这个原本平静的家庭，残酷的现实一下子把婶婶一家推向了绝境，婶婶开始埋怨是父亲让叔叔到水库上班，是父亲变相夺走了叔叔的生命，加之全家族的人都怪父亲，所有的矛头都指向了父亲，这让本来因亲兄弟的离世已经够悲伤的父亲连一个倾诉的对象都没有，父亲变得更加沉默与孤独，在强忍悲痛料理完叔叔的丧事后，父亲在一个月后也含恨离世。没有人知道，奶奶、叔叔这两个与他有着血缘关系的人不幸离世，在他最后的弥留之际，给他的精神与情感带来了怎样无以复加的折磨。

我无法明白，一向坚强的父亲在那段时间里，走过了一段怎样的心路历程，以至于让那种无法释怀的痛苦夺走了他的生命，只是那时我还太小，无法去帮他分担与承受。

这是我心中永远的痛。

在父亲的丧事现场，母亲一直在流泪，十五六岁少不更事的我在一年内经历了3场这样的人间悲剧，本身不知道情为何物，加之情感与内心的麻木让我无法去解读母亲内心的伤痛。在我人生的记忆中，由于一直忙于自己的生意，父母都顾不上照顾我，我一直觉得，父亲是一个沉默寡言的人，而母亲显得稍微强势一些，很多时候，对于家庭琐事引发的种种矛盾，面对母亲的指责，父亲总是以沉默来应对。童年留给我最深的记忆，是父母的争吵声。

另外还有一个重要的原因，就是母亲一辈子只生了我这么一个女儿，这对于相对传统寄希望于传宗接代、养儿防老、光宗耀祖的父亲也不得不说是一个遗憾。母亲也一直为这在我们整个家族里抬不起头，以至于她看到我夭折的是一个男孩时，她的悲痛竟然甚于我，她是多么希望自己未完成的任务由自己的女儿来完成。我能够理解她心中那种情结，只是我竟然让她失望了。

想着母亲的不易，今年春节时，在戒毒所里组织的“打一次亲情电话”的活动中，我第一个电话就想到打给母亲，然而当我打通了家里那个既熟悉又有些陌生的电话号码时，没等到家里人接我就又挂了，我不知道该跟母亲说些什么。或许在我看来，让母亲想念是一种很美很美的事情，一旦让那种撕心裂肺的思念破裂时，那种悲痛的情绪将弥漫母亲的整个春节，挥之不去。我只能选择放弃与母亲通话，让她陷于无边的思念中，尽管那看起来有些残忍。

我见到他，如同见到毒品

父亲的离世让我们这个原本富裕的家庭急速衰落，加之叔叔离世时，当时还健在的父亲一下子将水库转让并拿出数十万元补偿给婶婶，家里的日子从此如西下的落日。

母亲选择了做点小本生意，带着我孤儿寡母地艰难度日。18 岁那年，我认识了自己生命中的第一个男人，没有爱，只有功利充斥着彼此的心灵。他是一个小包工头，比我大 8 岁，18 岁的年龄根本不懂世事，一切都是由我母亲做主，对方曾经有过一段婚姻，不知什么原因离婚了。当时他常来我们在邛海边开的小餐馆吃饭，一来二往就与母亲熟识了，见我们孤儿寡母生活诸多不易，他经常用他工地上的小车帮我们进点菜，进点啤酒饮料的，有时候还带着他的客户、工地上的民工来我们这里吃饭。那时我刚中学毕业不到两年，还很害羞，除了端菜时偶尔和他们说句话，其他时候很少与他们说话，对于他直到我们结婚时总共加到一起我还没有主动与他说上十句话，基本上都是他问我答，很简单的那种。

婚后我才知道，正是我的这种羞涩激起了他内心强大的占有欲望。

他是一个心理上并不健康的人，新婚之夜他拿出一大块白布铺在我的屁股底下，当鲜血浸染了白布时，那鲜红的血渍让他神经般地痛哭，同时动作变得越发疯狂……

事后他告诉我，他的内心一直有挥之不去的处女情结，那种情结一直让他很纠结。后来他告诉我，他的前妻长得很漂亮，新婚之夜时，他没有见到他所期待的处女红，在他的一再逼问下，他的前妻告诉他早在她上中学时第一次就给了她班上的一个帅哥，而且那段感情他们一直维持了 3 年……从那以后，每次同房时，他总是变着法子去折磨她，他始终偏执地认为，哪怕在她还没有与他确定恋爱关系时，她与其他男人的事情都是令他无法容忍的，是对他情感上的欺骗。

也就是在那一年，他所承包的工地接二连三地发生了民工坠地摔亡的事故，他把这一切都归结于他没有经历“开门红”。

家从此只是他脑海中的一个符号，后来他干脆吃住都在工地，他的前妻也在被他冷落后与她初中的恋人重归于好，过起了半地下、半公开的夫妻生活。那段婚姻在前后维持了不到两年后，他们平静地分手了。

在他们分手后不久，他认识了我——一个把自己内心一直包裹得很紧，总是用一种紧张、羞涩的眼睛去打量世界的女孩。

他说，从他见到我的第一眼起，直觉告诉他我一定是一个纯洁的女孩，是一个能给他和他的生意带来好运的人，从那时起，他开始了他所谓的“征服之旅”。

他从母亲那里打听到了我的所有情况，还不失时机地利用我母亲小女人爱贪小便宜的心理，隔三差五地送一些水果、饮料等到我们的小店来，甚至有时在他们就餐后故意多付一些餐费。

对于那些小利，母亲都一一地接纳，并且每次在他来就餐时，母亲都故意指使我去招待他们，我能够感到母亲明白他的真实用意，也许她真的乐见其成，或许在她世俗的眼光看来，没有什么比嫁给这样一个有钱人能给我带来一个好的归宿。

而我却异常害怕那双在我身上扫来扫去不怀好意的眼睛，那双眼睛把我盯得浑身上下都不舒服，我只能刻意地逃避，有时候只要听到他进店后与母亲的说话声，我就有一种本能的紧张与害怕。

从母亲一有空加上整夜整夜给我洗脑的过程中，我能够感受到他加快了对我“征服”的进度，母亲的喋喋不休最终让我屈服，我同意嫁给他。也许当时我年龄太小，根本不懂爱情，再就是受不了母亲整夜整夜的唠叨。

我们结婚后，母亲收到了他一次性给的彩礼钱、嫁妆费等共计 5 万元，婚后我变得异常麻木，总是觉得自己是一件商品，被母亲错误地卖给了一个并不需要的顾客。

只是这段婚姻仅仅维持了 4 年多，在他的生意做得一年比一年大时，他回家的次数却越来越少，而他公开花数万元去“买处”变态的做法更是让我无法容忍，甚至恶心。他的逻辑是，只有那样他的生意才会越来越红火，他说那种猩红的血是繁荣昌盛的象征。

在他疯狂地寻找处女的过程中，被他冷落的我在一个姐妹的引诱下吸毒成瘾，那时我错误地认为，他靠处女来刺激和麻醉他的神经，而我却能在白色烟雾中找到属于自己的快乐。我偏执地认为，“烧”他的钱对他也是一种惩罚。

2004年，我们在一起生活了不到5年后分手了，好在我们没有孩子上的牵挂。

第一段情感带给我的只有痛苦的回忆：在他需要时，疯狂地占有我的肉体。在他到外面寻找女人时，他把更深的孤独和担心丢给了我。

没有情感上的篱笆，我更加肆无忌惮地用白色粉末来麻醉自己。

第二任老公是在戒毒所认识的，那时，我和他都是由于吸毒被抓到了戒毒所，我和他都是戒毒所里生产小组的小组长，我们常一起到管教民警那里接受当天的工作任务，私底下交流工作心得体会，我们在所里生活了一年，一起出工，一起收工，彼此间有了感情。我比他早出所5天，他出所的那天我去接他。我们没有拿证，就办了几桌酒席，这在我们那里很普遍，只是办几桌酒席乡邻就认可，法律上的手续反而显得并不重要。

两个“吃药”的在一起，注定是一个悲剧。当时在所里由于有外在的强制力与约束力，不会去想那个东西，觉得想也没有用。而一旦走出戒毒所，没有了外在的强制约束力后，没有任何理由和借口，很快我们就复吸了。我是在昭觉被抓的，他比我晚抓9个多月。我清楚地记得那天是2008年12月11日，当时是在四川省昭觉县贩毒。当我被送到州公安局强制隔离戒毒所，在入所检测时被查出感染上了艾滋病病毒，后转到四川省资中女子强制隔离戒毒所。

被告知感染的那一天，我也记得特别清楚：2009年10月27日。别看我是一个大大咧咧的人，一些重要的日子我都在本子上或是在脑海里记下了，当时管教民警一直跟我讲别的问题，讲了一会儿就问我如果被感染了你怕不怕？我说不怕，只是问了句：“窗口期是多长时间？”我们进所后学过，特别是到了专管大队后，对这方面的知识有一定的了解，进来后进行过专门的学习。

为了躲避毒品，我远赴新疆打工

我打心眼儿里憎恨毒品。

2006年，我与第二任老公从戒毒所出来不久就又复吸了，为了逃避打击，我让自己怀孕，在怀孕7个多月时，一次在注射毒品时发生了意外，孩子不慎夭折，对于孩子的离去丈夫跟我一样没有流下半滴眼泪，就是在我“坐月子”期间，他也没有照顾过我一天，甚至到医院里趁母亲不备，把母亲为我准备的交住院医药费的3000元钱偷走了……在他的心中，已经没有比毒品更重要的东西。

还没有静养够一个月，我就从家里搬了出来，租了个旅馆从事贩零包，之所以从家里搬出来，是不愿意看到母亲连生意都不做整天照顾我，自己心里觉得愧疚，长这么大没有让母亲过上一天安稳的日子；我也根本不想回到昭觉的那个家，在我看来那个家如同冰窖般寒冷得令人可怕，老公的父母知道我们俩都“吃药”，做什么事都防着我们，我们什么时候离家，什么时候回家，他们从来都不闻不问。

贩零包的日子同样提心吊胆，没过多久在全市范围内开展的一场“严打整治”行动打得我连旅馆也不敢再住了。刚回到母亲那里没几天，我就被再一次收戒进去了。6个月后，我走出了戒毒所。

这样吸了戒戒了吸，何时是个头呀？从戒毒所走出来后，我决定尝试着努力去改变这种生活。时间到了2008年，我决定远离现在生活的地方，远离他，因为我知道，在这样一个到处都是自己熟悉的毒友，充满诱惑的环境，加之还有一个吸毒成瘾的老公，仅凭自己的毅力，根本就不可能摆脱毒品的控制。我选择了去新疆打工，当时只有一个想法，去戒毒。在新疆乌鲁木齐市，我不仅到餐馆里打过工，端过盘子洗过碗，也去摘过棉花，由于整日劳累地工作，加之就算是想吸毒也觉得不可能马上得到，心瘾逐渐减轻，因为在那里我人生地不熟，毒品似乎一天天离我远去。

毒品终归是毒品，它的危害是无穷的。而一旦成瘾后，那种念想将陪伴你一生。当年10月，我实在受不了身处异乡孤独的折磨，更忍受不了对“白粉”的渴望，我决定回家。从乌鲁木齐到成都的火车上，随着距成都越来越近，火车上说四川话的人越来越多，一听到车上的乘客有人说四川话，我就兴奋。车到成都后，我像一只被关得太久的饿狼，急匆匆下车到成都买了100元的“药”躲在厕所里吸了，就像给自己开了个生日派对，觉得在新疆8个多月的打工生活实在太辛苦。

从成都到西昌，我没有回到母亲那里，直接回了在昭觉县老公的家，果然，回家的第一眼我看到了摆在桌子上的毒品……

再过几个月我就要出所回家了，从内心里讲我最想见我妈，但实际上我更想见我老公，并不是说他能给我更多的温暖和爱，我也知道如果见到老公意味着什么：海洛因会放在我面前，我会毫不犹豫地拿起来就吸，说得更直白一些还是想那个东西，想“吃药”。没必要欺骗自己，这是我内心最真实的想法。上周五我给家里打电话（第二次结婚后就没有和我妈住在一起，大多数时间住到他家里，只是在我怀孕后的那段日子里，母亲让我在西昌住，她说那样方便孕检），电话是他父亲接的，他父亲说他到西昌去了，直觉告诉我，他一定是复吸了，他到西昌拿“药”去了。

虽说我有两个家，但两个都不敢回，一个是害怕无法面对亲情，一个是明知回去就意味着复吸。

我真的不知道自己究竟该回哪里。

采访手记

这是我在女所采访到的第一名女性感染者，采访之前，当我把自己的采访意图告诉所领导、专管大队的民警时，他们表示不知道有没有人会愿意主动站出来接受采访。我请所领导和民警转告那些姐妹，我不会在报道中写她们的真名，也不会写她们家里的地址。最后在我等了一个多小时后，大队民警欣喜地告诉我，有几个戒毒学员愿意接受我的采访，而刘燕就是第一个愿意接受采访的人。对于她，我要感谢的不仅是她的勇气，更重要的是她在接受完采访后，当我把想要继续采访的类型告诉她并希望她帮我做工作后，她果然说服了她的一些姐妹来接受我的采访。她的性格像个男孩子，不仅是那个高高壮壮的个子，而且表现在说话时的透明和不设防上。

不知道她一再受伤，是不是同样因为她这种性格使然以及这种透明和心理上的不设防？我只能从心里祝福她做一只快乐的小燕子，能够自由地飞翔与栖息。

“第三者”害了她

在南方某收戒艾滋病病毒感染者的强制隔离戒毒所，娇美如同她的名字一样有着一副讨人喜爱的面孔，她被管教民警带进来时怯生生地喊了声：“报告。”在获得允许后，她低着头进了所长的办公室。为详细了解艾滋病病毒感染者的吸毒动机和背景，我专门安排了这次采访，为了让采访对象畅所欲言，采访地点选在所长的办公室，并且特意告诉戒毒所的管教民警不用在现场陪同。

一下子没有了管教民警的陪同，娇美好像有些不适应，她不时地向已经关上的办公室的门口张望，总有一种有管教民警会突然进来似的感觉，当我告诉她在采访期间不会有人进来打扰时，她紧张的情绪才稍微平静下来。

开始时，娇美始终低着头，在经过一段时间的随意性聊天后，我不经意的一句“想家吗?”击中了她的要害。她慢慢地抬起头，强忍着眼中的泪水，使劲地点了点头，如果不是在这种场合还有她身上穿着的那身特殊的有些宽大的囚服，走在大街上，她一定会吸引住一些异性的目光……

后妈只比我大五六岁

我没有想到，自己的家庭会因为一个女人而改变。

我的父母都是老师，一个教中学，一个教小学。正是由于良好的家庭教育，让我从小学到初中都是一个品学兼优的好学生，如果不是家庭突遭变故，我的人生也许不会像现在如此灰暗而是充满了七彩的颜色。

那是我刚进入高中一年级的时候，父母的感情出现了问题。家里从此开始了一种让人无法忍受的痛苦，争吵总是从饭桌上开始，因为每天一早，父母都分别出门去上班了，只有晚上一家三口才团聚，吃上一顿团圆饭，一家人高高兴兴地在一起，本应是一件开心的事情，然而，父母他们在那时开始发泄彼此心中的不满和猜忌，母亲总是在那个时候率先找茬儿，含沙射影，开始父亲可能觉得自己做得有些过分，或者是有把柄在母亲手中捏着，没有吭声，可母亲是那种不依不饶的人，她依然在那里说个没完，在那样的一种氛围下，父亲往往把还没有吃完的饭碗一推，筷子一丢，一脸沉默地回到他的房间，母亲并没有就此罢手，而是冲着父亲的背影喊："嫌我做得不好吃，那你就不要回来，到那个骚女人家去，让她天天做给你吃……"

在那种连空气都充满着火药味的气氛中，我也没有一点吃饭的心情，饭吃到一半，就再也吃不下去了，我也默默地回到了自己的房间。即使在周末全家休息的时候，只要母亲看到电视里有关第三者或警法新闻里关于婚外恋的报道时，她就会老话重提："这女的该死，那男的该杀。"一边说还一边咬牙切齿，本来兴致很高在一旁观看的父亲一看到这种情景，只得无奈地离开客厅。我能够看得出父亲内心隐忍的痛苦、强压的怒火，我一看那阵势，只得默默地离开客厅，我不知道从哪里着手去化解和拆除已经根植于他们内心那堵无形的墙，对于他们的每一次争吵，我是显得那样的无奈和惶恐不安，一看到他们冷战，我都不知道如何去劝双方，特别是那种男女私情方面的事，我一个少不更事的女孩子更是束手无策。

我内心总有一种不祥的预感，家庭的大厦终归有一天会分崩离析。

在经过半年多的争吵和打斗后，父母他们彻底地分道扬镳了。母亲从家里搬走她的东西时，她的态度是那样的决绝，没有一滴眼泪，可能是怕我看见了伤心，她专门趁我上学不在家的时候，搬走了她个人的物品。在父亲和母亲办完手续的第一个周末，也就是母亲将个人物品全部搬出去后的第四天，母亲约我在外面一起吃了顿饭，一见面的一瞬间，母亲抱着我哭了起来，身子随着她的抽泣不停地颤抖，依我对母亲的了解，她一定是自感不能完全尽到做母亲的责任而自责，因为在父亲的争取下，我被判给了父亲。

那天，我和母亲从吃饭到后来喝茶一直呆到晚上 10 点多，她才送我到家门口，看着我将要进去时，她头也不回地走了，真的不知道对这个她进出了近20年的家，她难道没有一丝一毫的留恋？也许是内心的那种伤痛太深了，让她无法接受，也就在那天，母亲告诉我，她3次将父亲和那个夺走她男人的女人堵在床上，她一定是实在接受不了在婚姻上一错再错并誓言错下去的父亲。

我知道，父母的婚姻没有一点挽救的余地。

我只能目送母亲的背影消失在夜色中，那时我觉得自己好孤独，母亲离开后家里巨大的情感真空让我无法适应。

仅仅过了不到两个月，父亲与那个曾经的“第三者”——父亲所在学校的一位音乐老师结婚了，考虑到刚离婚不久，父亲办了一场相对简单的婚礼，主要是请了一些他们学校的领导和同事，那天我刻意早早地就从家里出去了，本来头天晚上父亲都跟我讲好了让我到现场，作为唯一的女儿，我知道父亲是想让我见证他新生活的开始，见证他又一个特殊的时刻。

而我一大早就离家出走了，到妈妈的新家——她和父亲离婚后又买了套面积相对较小的房子。我不知道自己究竟为什么不参加父亲的婚礼，只是觉得自己受不了那种刺激，害怕一看到那种场面就想起母亲，想起她现在正一个人孤零零的样子，而一想到这，我心里就会有一种莫名的难受，因为同样作为老师的她，知道今天是父亲再婚的日子。我觉得在这个时候，自己应该守候在她身边，至少这样她心里会好受一些。

父亲结婚的当天晚上，我留在母亲那里过夜，我知道此时母亲最需要我。另外，我无法面对父亲的新婚之夜，无法面对夺走母亲幸福的那个女人，在我们曾经充满欢笑的家里欢愉。我无法接受。

我之前曾经在父亲的学校里见到过这个自己将称她为后妈的女人，只是自从父亲与母亲离婚的那一刻起，这个女人的面容渐渐在我的大脑中变得狰狞起来。

那是一位长相姣好的女子，也就比我大五六岁的样子。从进入我家的那天起，我就恨透了这个让自己原本幸福的家庭变得支离破碎的女人。我的性格也随着后妈的进入而改变，每次放学或节假日在家休息，我总是把自己锁在房间里，就是在吃饭时，我也会在碗里夹上一些菜后，把碗端到自己房间里吃。

我最看不得父亲和那个女人有说有笑的样子，一看到那种场面，我就觉得有一种莫名的恶心感。

由于我基本上不叫她“后妈”，一是心中对她充满着仇恨，因为是她夺走了我的母爱；二是她实在比我大不了几岁，我喊不出口。父亲只好几次在私底下来做我的工作，让我喊她阿姨，但我从来没有喊过一句。

正是在这种心理下，造成了我与后妈的相互不理睬。

由于与后妈的关系搞得很僵，我和父亲之间也变得越发陌生，我开始不回家，总是找各种理由，要么说到母亲那边去过夜，要么说到要好的同学家借宿，父亲从来也不过问，也许在他看来，我不在家，家里再也不会充斥着令人窒息的紧张气氛。我的学习成绩也开始退步。

男友的背叛惊呆了我

除了母亲的肩膀和怀抱可以依偎，我觉得自己一无所有，好孤单。而母亲的肩膀也在半年后，开始在更多的时候属于另外一个男人。因为半年后，母亲学校的一位同样离异的青年教师，对她展开了近似疯狂的追求，后来，母亲也被感动了，答应了对方的要求，与对方建立了恋爱关系，由于母亲常和男友约会，以及她的那位男友常到她那里去过夜，我再也不方便常到母亲那里去留宿。

我觉得自己在母亲那里也显得多余，我开始渴望有一个属于自己的空间，有一个永远爱我的人。

小梁就是在这个时候走进了我的精神世界。小梁是一个高高帅帅的小伙子，比我高一年级，是一个十足的“小混混”。在一次学校举办的文艺晚会上，我演唱了一首《真的好想你》，也许是自己家庭并不幸福，内心渴望获得一份亲情，还有一种朦胧的对情感的渴望，正是由于内心的那种渴望，我把那首《真的好想你》唱得凄美动人，我动听的歌喉和美丽的面容吸引了小梁的注意（后来小梁告诉我，那一刻他着实被我的美貌和歌声所吸引）。

很快，小梁对我展开了猛烈攻势，为了赢得我对他的爱，他不仅每天给我写一封信，而且每次都在校门口等着我，虽说我也是骑自行车回家，但他都会一直陪着我，骑着车一直把我送到家门口，看着我进去后他才转身离开。也许我太需要爱了，这时候小梁的每一句关爱的话语都让我倍感温暖，他无微不至的爱，让我无法拒绝。很快，我们俩坠入了爱河，在我和小梁认识的当年，在暑期我们相约出去郊游时，我们偷尝了禁果。有了第一次，我们从此一发不可收拾，开始找各种理由在一起，为了方便约会，小梁专门为我们租了一间房子，我们像所有的小夫妻那样，过起了两人世界的生活，其间，我先后为小梁做了两次人流手术。然而，当痴情的我把全部感情都投到小梁身上时，一次意外的发现让我的心彻底死了。

我没有想到，自己一直深爱的人竟然背叛了我。

那是一次“五一”长假，父亲为了缓和他还有后妈与我的紧张关系，决定组织我和后妈一家 3 人到南方某城市进行一次旅游，我也一直想借这个机会缓和一下与父亲和后妈的紧张关系，所以当父亲与我商量的时候，我就愉快地答应了。

我没有想到，旅游没有去成，却让我重新认识了自己的那段感情，看清了小梁丑陋的嘴脸。

一次意外竟让这次旅游最终“流产”，而导致这次旅游“流产”的原因是我后妈流产了。那天，我、父亲以及后妈兴冲冲地准备出发时，没有想到，意外就在这时候发生了：后妈在下楼时，可能是由于手里拿着旅行袋，一下子跌倒了，从四楼的楼梯一下子滚到了三楼，并且下身渗出了鲜红的血，后来我从父亲那里知道，后妈流产了。

因为后妈的流产，这次旅游最终只有放弃。

我没有想到会出现这样的一个结果，本来我和小梁都想好了在暑假期间到外地去旅游，由于父亲想带我和后妈出去，最终我只好放弃了和小梁的假期旅游计划，而后妈的这次意外，让生性好玩的我百般失望，我感觉就像天意，天意注定我们这个新家不可能有一次愉快的旅行，或者说一次愉快的旅行不可能成全我的家。

那天，当父亲把后妈送到医院，安顿好一切，回家跟我说出那句“小美，看来我们出去不成了”时，先前我在准备个人旅游物品时的那股兴致一下子被浇灭了。

极度沮丧的我心情灰暗到了极点，看着父亲从家里拿钱准备再去陪后妈的背影，我好想此时也有人来陪陪我，哪怕是说一会儿话，毕竟自己当时还只是一个 16 岁的孩子……

我拿着小梁为我们俩租下的房间的钥匙，准备好好休息一下。在定下出去旅游的计划时，我曾告诉小梁，我大约需要一个星期左右才回家。我当时只想到了房间后，再给小梁打电话，让他过来陪陪我，然而当我打开房间时，一幕刺痛我心肺的场面让我血泪俱流：小梁与学校另一个女孩子光着身子缠在一起……

也就是在那张床上，小梁和我曾经有过无数次的缠绵，在那上面，他也曾无数次对我说“我爱你”，而现在，他竟然在光天化日里公开和别的女人在一起……

我强忍着没有让自己倒下，转身夺路而逃，我永远也接受不了那刺痛人心的一幕。那一幕，像刀、像剑刺中我的心脏，又像一记重拳、一柄铁锤，将我击打得不省人事，等我醒来时人也变得呆傻……

悔恨一生的第一次尝试

一切爱情都是假的，都是骗人的。

我觉得自己与小梁的爱就像是一场闹剧，而我在这场闹剧里饰演的是一个不折不扣的悲剧角色。而小梁是一个彻头彻尾的大骗子，他不仅夺走了我的第一次，而且欺骗了我的感情，到头来把我伤得体无完肤。

小梁任何的解释，在我亲眼目睹了他那龌龊的行为面前都是那样的苍白无力，那样的虚假，如梦方醒的我在调查后了解到，小梁在与我保持着恋爱关系的同时，还与学校的另两名“交际花”保持着性关系。如遭雷击般的我精神有些恍惚，我跌跌撞撞沿着街道一路狂奔，也不知道走了多久，看着我满面泪痕、披头散发，路人都很好奇，就这样奔走了一个多小时之后，我有些累了，正在这时，我看到了路边有一家酒吧，就径直走了进去，我太想麻醉自己，让自己忘掉家庭和情感上的一切不快。

没有过多的犹豫，我让服务生给我来一瓶白酒，服务生看到我那个样子，有些吃惊，也许是被我的样子吓坏了，他在迟疑着，我一把掏出几张百元人民币，大吼一声："付得起你的钱，叫你拿你就拿，哪那么多毛病呀！"

服务生忙不迭地给我拿来一瓶白酒，一瓶白酒也就喝了一大半左右，我烂醉如泥，趴在酒吧的桌子上不省人事。当我醒来时，发现自己躺在一个陌生的房间里，浑身一丝不挂，身旁还躺着一个同样一丝不挂、体态有些肥胖的男人，我明白了昨晚发生的一切。

见我醒过来，中年男子把脸凑过来说："宝贝，醒来了?"说完还想接着要我，我想推开他，可能是昨晚喝得太多，浑身竟然一点力气都没有，我不再反抗，变得相当顺从，心中反而有一种莫名的痛快，像是报复小梁，又像是自甘堕落，心想：你能玩，我也能玩，你能找女人，我找两条腿的男人还不容易?

后来，我了解到，把我搀扶回家的这个中年男子姓刘，当天也在那家酒吧喝酒，等到酒吧快关门的时候，见我独自一个人喝得大醉趴在那里不省人事，就把我扶了回来，见我长得很漂亮，就见色起心，在我不省人事的时候，强行占有了我……

心已经彻底死了的我接受了眼前的一切，还有一年就要毕业的我再也无心读书，没有告诉家里人一声就与老刘住在一起了，并且相互间以"老婆""老公"相称，那一年，我17岁。

老刘足可以做我的父亲，因为无论是年龄还是外表看起来他都像我的父亲，但现在，我却要跟这样一个男人生活，我不知道这是不是命运的安排。也许是凭空获得了我这样一位娇小可爱的美女，老刘有一种"天上掉下个林妹妹"般的惊喜。老刘非常爱我，可以说对我是百依百顺，从他那里我还知道，他原来是做生意的，只是近两年没有做了，生意也关张了，我没有问他是因为什么原因关张的，只是每次说到他的生意这个话题时，他都有一些应付和含糊其词。

他对我的过去并不感兴趣，我也曾毫不隐讳地告诉他，我失恋了，我曾经百般相爱的男友背叛了我。

由于老刘没有事情可做，每天他大多数时间都会呆在屋子里，只是每天都在一个固定的时间出去，出去之前都会打一通电话，他从来不告诉我他要去哪里，他也从来不带着我出去，我也不想跟着一个岁数跟自己父亲差不多大的男人出去，我害怕遇上自己的同学或熟人，害怕他们看到后问起我那个人是谁，我真的丢不起这个人。

老刘的性欲让人称奇，有时候一晚上竟然要我 10 次。

我也发现了一些规律：每次做爱前，他都要在另外一个房间里呆上半个小时才出来要我，出来后就变得非常疯狂……后来我知道老刘在“溜冰”。老刘见我知道一切后，他告诉我，女人来这个也很厉害……在半推半就中，我开始了自己悔恨一生的第一次尝试……

很快，我们俩人“溜冰”都溜上瘾了，其间老刘还让我“吃药”，我又改注射了。两人同时吸毒的巨大开支让老刘那点积蓄很快花完了，吃到后来，我们连生活都难以为继，老刘开始逼我卖淫。

当一个人被毒品所控制的时候，廉耻、脸面、尊严都随之丧失了。

我的生活从起床上学放学，变成了起床吸毒卖淫。你问我难道不怕性病和艾滋病？那我当然怕了，但我还是内心中有一种侥幸心理，总觉得不可能吧，不会吧。

至于说我是如何感染艾滋病病毒的，我真的不知道，共用针管和性都有可能。我和老刘在一起的时候，他用过我的针管，我也用过他的针管，反正毒瘾犯了相互用，当时觉得都是两口子了，都在一起生活，平常碗筷不都是共用的吗？应该没什么，一犯瘾时就想不到那么多。性方面也有可能，因为好多时候有可能是被嫖客传染上的，不好说究竟是如何感染上的。

这次进来之前，我和老刘由于吸毒分别进去过好几次，我也习惯了，戒一段时间身体就会好一些，如果一直这样吸下去，可能早就不在人世，我最瘦的时候只有 70 多斤。

在一次吸毒被抓后，我和老刘同时被送进了强制隔离戒毒所，我被检查出患性病等多种妇科疾病，并且医生明确告诉我，我不仅失去了做母亲的资格，而且感染上了艾滋病病毒……

后来听说老刘也感染上了。

感染艾滋病病毒并被关进来后，父亲和母亲都分别来看过我好多次，有一次他们俩竟然在同一天来看我，父亲和母亲都说是他们俩害了我，他们说如果不离婚，如果家庭还像离婚前那么幸福，也许我现在已经上大学了，也一定不会落到吸毒成瘾并感染上艾滋病病毒的地步，看着他们那副自责的样子，我对他们说其实我谁都不怪，只怪自己的意志薄弱……

我不知道这是不是在安慰他们，或许是不想让他们太痛苦。另外这是我自己内心真正的忏悔。

采访手记

娇美到所长的办公室接受采访时，进来时喊了声“报告”，声音是那种怯生生的，在获得允许后，她进来后做了个习惯性的下蹲动作，后来我才知道，这个动作是她多次进出劳教所、戒毒所后养成的，在递给她一把椅子后，她迟疑了一下，才坐下。

娇美的美是那种冷艳的美，一眼就能让人生出一种怜悯之心。19 岁的年龄，本来是应该上大学的年龄，却因为毒品成为一名吸毒卖淫女，并最终感染上艾滋病病毒。娇美告诉我，读中学乃至读高一的时候，她的成绩在同年级还是佼佼者，由于父母感情不和，家庭温暖缺失，让她从不愿回家到厌恶回家，学业也一落千丈，后来由于在寻找爱与依靠的过程中，早恋失身，在识破花心男的真面孔后，悲痛欲绝委身于一个中年男子，最终染上毒品，感染上艾滋病病毒。

她说，如果她不落到今天这个地步，她一定会考上国内一流的大学，对此她深信不疑……这时候，她近乎失声，我却不知如何去安慰她。

一失足成千古恨——他后悔害了最重要的两个女人

“我还想活下去!”刘利伟一见面就跟我这样说，而在整个采访过程中，这句话是他说得最多的。在采访他之前，管教民警已经跟他进行了相关的沟通，他表示很乐意与媒体打交道，“至少能通过我们的故事教育更多的人不要沾染毒品，这也是我唯一能够为社会所作的贡献”，对此，刘利伟有着充分的认识，也许正是在这种思想意识的支配下，在他谈到自己的故事时显得非常痛快，好像有一种不吐不快的感觉。

而当他在谈到自己的家人，谈到自己的女友时，刘利伟的内心仿佛承受着难言的苦痛，无论是话语还是表情，都带着一种悲伤。

为治感冒不幸染毒

悲剧往往在不经意间降临。

我真不知道该不该说自己是罪有应得，因为自己染上毒品可以说是“思想防线”出了问题，是糊里糊涂就染上了的，可以说直到现在我都非常后悔。

那是 1995 年年底，当时我在一家集装箱公司当丝绳工，那时人比较年轻，可以说是身强力壮、年富力强，整天感到浑身有使不完的劲。当时的工资虽说不高，但工作相对稳定，收入也还不错，当丝绳工还是一个在市里挺受人羡慕的职业。问题就出在一个看似很平常的日子里，那天，我应一位非常要好的朋友相邀，到他家做客，当时我正在患感冒，人显得特别难受，表情很是痛苦。看到我的那种难受劲，我的朋友就问我怎么了？当得知我患感冒时，那位朋友拿出一颗大约只有小指头指尖大小的白色颗粒，递给我说："这个东西很神奇，可以说保证药到病除，吃了啥病都能治好的。"虽说我知道他是"吃药"的，脑袋中一下子掠过毒品的概念，但只是一闪而过，当时我根本没有过多地往别的地方想，总觉得对方是很要好的朋友，不至于害我吧。正是在这种思想下，我毫不犹豫地吃了，还别说，真的我的感冒像一下子全好了似的，而且那种小小的药丸特别有效，以至于过了很长时间我都没有把那个药丸与毒品联系起来，只是觉得好神奇，真的应验了那句老话：一失足成千古恨。

毒品就是这样，一旦沾染上了，你将很难挣脱，我也没有例外。

感冒很快就好了，但我开始对那个神奇的药丸充满向往，一天不吃就特别难受似的，我开始有意识地找我的那位好朋友，向他要药丸，朋友开始表现得相当够"哥们儿"，一连给了我好几次，当时我心里还特别感动，觉得他真不愧是好朋友，够"哥们儿"，后来我才知道，这一切都是他精心设计好的圈套，免费给了我几次后，当我再找他要的时候，他就以"我手头上也没有了，要到别人那里去买"来答复我，很明显，潜台词就是说没有办法，要吃的话只能自己花钱从他那里买，否则一切免谈。

那时我已经上瘾了，要想再吃"药丸"的话，没有别的渠道，只好掏钱从他那里买。

从感冒吃"药丸"开始，我从此一发不可收拾，并且剂量越来越大，慢慢地我知道了那位好友给我吃的药丸是他们精心制作的含有成瘾性成分的毒品，目的就是为了让我上瘾。后来在明白了一切的时候我也曾恨过他们，但同时也有几分不安，因为我也同样用过这种方式引诱别人"吃药"，等他们上瘾后，再卖"药"给他们。

"吃药"上瘾后，丝绳工的工作我再也干不下去了，因为吸毒后上班老是三天打鱼两天晒网，工作起来没有一点精神，原来那个身体棒棒的小伙子不见了，取而代之的是身体越来越差，连一些基本的工作都干不了。时间久了，单位的人也知道我吸毒的事情了，工组的人对我意见挺大的，因为好多工作都是他们帮我完成的，但对于我这样一个像"混混"的人，他们也不敢惹我，只好把不满放在心里。

我被单位开除是缘于一次吸毒时，被当地公安机关抓获了，公安民警把我送到了戒毒所，在里面呆了 6 个月后，我走出了戒毒所，而那时，单位正好借我被公安机关处理的名义，把我开除了。回来后见工作也丢了，我心中就有一股无名的怒火，决定去找单位领导问个明白。我单位的厂长姓张，张厂长一见我那副气势汹汹要找茬儿的样子，忙赔着笑脸，让我坐下，并热情地为我泡好茶，其实他是知道我此行的来意的，我一句也不想多跟他们这种人废话，张厂长的为人我是知道的，他这种人就是典型的“笑面虎”，当面对你笑，背地里下刀子。我就直奔主题：“为什么把我开了？”

“他们把你开了？这是谁干的？我一定要好好去查一下。”张厂长依然在那里装糊涂。

“别再装了，你说，想干什么？”我一怒之下，端起茶杯使劲往地上猛地一摔。

张厂长脸色一下子变得铁青，他气冲冲地说：“不要给你脸不要脸，把你当人看，你却自己不把自己当人看。”我一听，心头的怒火一下就蹿上来了，“好啊，你不让我活，我也不会让你好过。”说完就从怀里掏出一把水果刀，迎着张厂长就过去了，一刀捅进他的小腹，等我准备拔出来再捅第二刀时，外面冲过来几名保安，一下子把我按住了……

其实那天我是做了准备的，提前到一个小摊上买了一把水果刀，当时就想好了，一旦单位不恢复我的工作，我就把领导干掉，反正你不让我活，我也不会让你好过。后来我才知道，那天我与张厂长在办公室争吵时，他的秘书见现场的“火药味”很浓，就悄悄地把保安叫了上来，如果当天不是那些保安及时冲进来，我早就把张厂长干掉了。所幸的是张厂长中的那一刀并不是致命的，我最终被法院以故意伤人罪判了 6 年有期徒刑。

也许这就是青春冲动所付出的代价，刚出戒毒所，我又被送进了监狱。

轻狂的代价是一刀换来了 6 年，当我进入那个高墙铁网里面，冷静思考后，我才真正发现那一刀是多么不值得，而且那 6 年将是多么漫长，只是后来我走出监狱后，当一切又都回到生活必须有“白粉”的日子时，我心中又多了几分庆幸，毕竟在监狱里的近 6 年我没有碰过毒品，虽说代价过于沉重，是以失去人身自由而换来的。

共用针具感染艾滋病病毒

重新开始新生活是以我走出监狱，感到这世界变化太快开始的。

由于表现突出，我被减刑半年提前出来了，却依然在里面呆了五年半，我是2001年从里面出来的，出来后真的发现外面的世界变化太大了，让人眼花缭乱。

在适应了大约半年后，因为生活所逼我决定自主创业。

也就是在我出所的当年年底，我在市里开了一家童装批发铺，当时开这个也是跟我的一个远房侄女学的，不然我也不会入这行，我这个侄女做这行有好多年了，她见我在家闲着也没什么事，也担心我再次出什么事进去，就告诉我说做这行还比较省事，投资也不是太大，好多还是服装厂先铺货，卖完了后再结账，她说可以凭自己做生意几年来在商户那里取得的信誉，帮我选购服装的款式和进行货物担保，同时还将在她那里做了一年多的售货员安排给我帮忙。正是在侄女的全力帮助下，我的服装批发铺才开了起来，并且生意还相当不错，由于整日里想着批发铺的生意，忙着进货拉货，那段日子，我对“吃药”没有一点念想。

那段充实的日子，我要特别感谢侄女，我觉得眼前的新生活是她一手为我设计的。

就这样，服装生意做了三四年，我的手头上也有了7位数的存款。有了钱后，我决定买一辆小车，一来是方便拉货；二来是我想再做点其他的生意，因为我总觉得做服装生意是女人干的活，作为一个大男人，我要干点像模像样的事，有了车后出去谈生意就方便了很多，另外车辆也是身份的象征，约见客户，一些生意上的合作，对方往往选择那些有实力的。在那个时候，有一辆小汽车还是相当引人关注的，尤其在我们那个中小城市。

果然，当我把这些硬件配齐了后，有一些老板主动找过来跟我谈合作，有谈合伙开文化公司的，这个被我否了，因为我知道自己是一个粗人，这些文化人干的活，我知道自己干不了，倒是一个卖通讯器材的王总的提议引起了我的兴趣，王总想与我合伙在市里开一家大型的通讯器材专营公司，当时手机等作为新兴通讯工具，正以迅猛的速度发展，加之近年来服装批发生意正红火，一切让我明白要想发财，必须去做生意，搞销售。在与王总他们初步接触后，他们想让我出资一百万元，这样就能占百分之五十的股份，我当时手头上刚好有一百多万元，也就决定投进去，我们就约定第二天在一家酒楼里吃饭然后签合作协议。

那是我们市里很大的一家酒楼，很上档次，里面不仅有餐饮，而且还有洗浴和茶楼，吃完饭后，我们就决定边喝茶边把协议签了，我做梦都没有想到，也就是在我们酒足饭饱后，王总的一个举动再一次把我拉回到地狱里。

到了一个茶楼的包厢，王总把其他人都支开后，整个包厢里就只有我和他两人，王总对我说："以后就是一家人了，我们齐心协力，精诚团结，共同把我们的事业做大做强。"他在说完这些话后，可能是喝多了，还说了其他一些杂七杂八的不着边际的话，说了大约半个小时后，他让服务员拿了两瓶矿泉水，还有两根吸管，我当时心里就想，要矿泉水干吗，我们现在不正在喝上好的"大红袍"吗？正在我疑惑不解的时候，只见他很是熟练地把矿泉水瓶里的水倒出一大半，然后将吸管进行弯曲……只一会儿的工夫，一个简易的"冰壶"就在他手里做成了，在他做到一半的时候我已经明白了，当时我就想，王总"吃药"，并且什么"药"都吃，他一定是"溜冰"的人，光从他的手法就能看出来，当那个简易的"冰壶"放在我眼前时，我浑身都有些颤抖，我能够明显感觉得到，那是一种强烈的对毒品渴望而引起的本能的生理反应，也许王总当时并不知道我原来吸过毒，只是当时我们都是吸"粉"，而"溜冰"都只是后来才兴起的，王总从身上拿出一包结晶体，倒进矿泉水瓶里……我再也忍受不了万蚁噬咬的痛苦，一把把矿泉水瓶抢了过来……

原定在那一天签的合同已经被我们俩抛到脑外，等我们心满意足地离开的时候，我还和王总约定第二天再签。

可一旦吸毒后，所有的一切都将为"吃药"服务。第二天天一亮，我就想着到哪里去买"药"，早把昨天与王总约定的事忘得一干二净。

很快，服装摊的生意我也没有心思打理了，我把摊位低价做了转让，并把那些没卖完的服装该退货的退货，该处理的处理，这些钱也都先后化作了毒资。随着毒瘾的加大，我开始静脉注射，并且每天还要打两针才能满足毒瘾。自从我复吸后，几年来做生意赚下来的上百万元钱全部被我吸进去了，不仅如此，我还卖掉了车子。我以各种借口，到处去向亲戚、朋友借钱，当一切借钱的途径都被堵死了后，我不得不去偷，去干其他违法犯罪的事。2007 年，我在偷了 900 元钱后，被判入狱一年，可一出狱，我又一次复吸了。

2008 年年底，我在一次聚众吸毒时被公安机关当场抓获，也就是在这次接受戒毒的过程中，我才知道自己感染上了艾滋病病毒。因为进去没多久戒毒所就把我放了，给出的理由是让我到外面治病，当我一再询问是什么病时，管教民警只是告诉我是传染病，并让我到市疾控中心去复查一下。我出去后及时到县疾控中心复查，最终被确诊感染了艾滋病病毒。由于这些年来吸毒，原本非常壮实的身体现在虚弱得非常厉害，可以说变得不堪一击。不仅肝、肾、肺功能统统不好，肝功指数也严重超标，每个月吃保肝护肝的药都得花 400 多元钱，只能靠药物来维持。

感染就诊医院礼貌拒绝

我曾经连死的心都有了。

再一次吸毒被抓后，我被直接转到了专管大队，到了后才知道这里是专门收戒艾滋病病毒感染者的地方，转过来的第一堂课，管教民警给我们上的都是有关艾滋病防治方面的知识，教我们如何防范，艾滋病病毒的几种传播途径，等等。在一次问卷调查上，有 3 种感染途径让我填，当时我没有丝毫的犹豫，选择了共用针管，因为我们最多的时候有 10 多个人在一起吸毒，相互间也共用针管，都是用完后拿着针管到水龙头下冲一冲，有时就用随身带的矿泉水倒点冲一下，这就算是消毒了。当我确信自己感染了艾滋病病毒，在戒毒所接受了相关的教育后，心里一直在想我们那些在一起吸毒的人中，肯定百分之九十的人都感染上了。

说实话，自从我得知自己被感染后，我就有自杀的想法，真的觉得生活没有一点意义，还不如死了算了，像我们这种“吃药”的人，活着真是受罪，我先后自杀过好几次，为了让自己早点死，我故意加大剂量，注射过量毒品，甚至买来安眠药自杀，都被及时救了过来。几次自杀我觉得伤害最大的人是母亲，每次都是她首先发现我自杀，并及时把我送到医院，一直陪着我直到康复出院。

母亲生我的那一年，她已经是高龄产妇了，当时医学还不像现在这样发达，而且生孩子都是在自己家里。听母亲讲，接生的都是五六十岁的妇女，母亲迟迟都没有把我生下来，好在接生婆比较有经验，她见我头出来了一部分，整个身子还没出来，情急之下就用剪子把产道剪开了……

我虽说顺利地生下来了，但却让母亲付出了沉重的代价，整整过了3个多月母亲的身体才恢复过来。

母亲每次看到我自杀昏死过去，她都一直抱着我哭："儿呀，你为什么要这样？我那么困难的时候都要生下你，都没有放弃你，并把你养大成人，你为什么要轻贱自己的生命呢？你吸毒后，妈从来没有嫌弃你，你活着，至少妈还有希望，我一直把你当作一个婴儿，一个生病的婴儿，只要妈活着，我就不会让你死……"

母亲每次抢救我，我都能更深地理解母爱才真正是世界上最无私最伟大的感情，这也是我一直最想离开这个世界的理由，因为我能时时刻刻地感受到母亲那份深沉博大的爱，但我就是戒不掉毒瘾，我想尽快地让自己解脱，因为每一次清醒的时候，我都觉得最对不起母亲，但每一次戒不掉毒瘾我都觉得对她是一种伤害。

其实在我被判刑6年的时候，从监狱出来的那一年我就谈了一个女朋友，那时我在经营服装生意，认识她以后，我们就一起做生意，一直住在一起，在我复吸后，她很快也跟我一样吸上了毒。由于自从我们恋爱后，就一直住在一起，最让我感到不安的是，女朋友因为吸毒，也被感染上了艾滋病病毒。她感染后，我觉得有两种可能，一种是我传染给她的，一种就是与我还有其他的吸毒者共用针管。女朋友是我一生中最对不起的人，说起来我们俩相识还挺富有戏剧性，当时她拿着几件一个多月前从我这里进的货，要来退换，当时这批货都批发完了，已经断码了，我表示现在换不了，就这样，我们发生了争执，最终在市场管理部门的介入下，我还是把衣服给她退换了，通过这件事，我们相识了。

真可谓不打不相识。

尽管我们两人是由于其他原因分开的，但对她的愧疚我一辈子也无法忘记，因为她是见我吸毒戒不掉后，也跟着吸毒上瘾的，她一直认为，既然两个人相爱，就应该苦难同担，因此她就吸上了。

艾滋病就如同一个耻辱的标签，不仅让我生活在恐怖中，而且严重影响到了自己的生活。

记得有一年夏天，因为得了重感冒，一直吃感冒药都不见好，最后我只得到医院打点滴，考虑到这并不是一个很严重的病，就只到距家很近的诊所，结果诊所里的大夫好像知道我是感染者似的，在明白我的就医意向后，很委婉地拒绝了我，让我到别的医院去打点滴。就这样，一连走了好几家诊所，不知道是从我手臂上的针眼还是从哪里知道我是一名吸毒艾滋病病毒感染者，他们都不愿意为我打点滴，最终我只好回家，只能靠吃药硬撑着。

后来我想了想，可能是疾控中心把我感染的事告诉了我周边邻近的医院、诊所。

一个普通的感冒让我感到世态炎凉，也让我对生活异常失望。

服用美沙酮失败偷窃入狱

我曾经一直想摆脱这种没有希望的生活，但都没有成功。

自己做生意赚下的一百多万元被吸光后，而毒瘾却没有丝毫地减退，并且毒瘾每一天都在如催命鬼一样催着我尽快去找钱买“药”。正当我无计可施，想去偷去抢的时候，一个朋友对我说，市里有一家美沙酮药物维持治疗点，每天只需要花 10 元钱就能服用一杯美沙酮，吃了后可以像正常人一样上班工作，这位朋友让我也去试试。听了他的一席话，我就抱着试一试的想法，办完一切手续后，我开始服用美沙酮，正如那位朋友所说的，自从我吃了美沙酮以后，我每天就再也不用想着去吃海洛因。为了生计，我还到外面打了一份短工。在服用美沙酮大约两个多月后，我开始偷吸海洛因，结果中间再服用美沙酮，自然尿检通不过，尿检呈阳性，美沙酮药物维持治疗点再也不能去了。我又一次复吸了，生活又回到了从前，复吸后短工也没法干了。

毒资再一次把我逼上了绝路，我决定铤而走险。

一次，我在市里一家大型商场寻找目标，一个年轻的小伙子进入了我的视线：这个小伙子只有20岁出头的样子，从穿着上就能看出是个富二代的模样，买东西出手很大方。在盯好他放钱的口袋后，我决定动手了。在看到他挤到好几个正在挑衣服的顾客中间后，我紧走几步，跟了上去……

当我的手触摸到那一沓钱时，我的心一阵狂喜，仿佛我的手触到的是一包包白色粉末，得手后，我准备马上往商场外撤，钱还没在我的口袋里捂热，我就被两名商场的保安抓住了，并被带到他们的治安室，到了那以后我才发现在那间不大的保安室里，有好几台监控器，整个商场都处于监控之中，不一会儿，他们就调出了我偷窃时的画面，画面清清楚楚地显示我如何跟踪，如何下手，一同被保安带过来的还有那位被偷的小伙子，他看到我偷窃的画面时显得很愤怒，狠狠地瞪了我几眼。不一会儿，接到报警的公安民警赶了过来，我被他们带到了公安局。

录口供、证人指证，包括那段完整的商场监控录像，我偷窃的事可谓板上钉钉，最终查实我偷了对方900元钱，我被判刑入狱一年。

从监狱出来后不久，我又因为复吸被送到了艾滋病专管大队。

说真的，还是在这里面的日子相对安逸，感觉身体也好多了，通过在所里面的教育，我在自己的余生中，绝对不会刻意感染任何人，包括我的敌人、伤害过我的人，我会好好接受治疗，能多活一天就多活一天。我只想早点出所，出所后好好照顾已经七十多岁的母亲，如果再不报答，恐怕今生都没有机会了。

采访手记

刘利伟告诉我，一定要让我写上他最想转告给世人的一句话：远离毒品，不要轻易尝试任何一种毒品，一定要谨慎交友，把好交友圈和生活圈。他说，他是在用自己一生的幸福作为代价，才换回和明白一个道理，只是这种代价太过沉重。

刘利伟告诉我，他此生最对不起的有两个人，一个是他的母亲，是母亲一手把他拉扯大，但在儿子已经长大，享受儿子孝道的时候，他却吸毒成瘾，不仅让她提心吊胆地过日子，而且让她一遍又一遍地受到伤害。另一个就是他的女朋友，他不仅让女朋友吸毒成瘾，而且还让她也感染了艾滋病病毒。他说，对这两个他生命中最重要的女人，他将用余生和来世去偿还，不然他的灵魂将永世不得安宁……

青春之花在“毒海”中凋零

小艳是个苦命的孩子：在她一个多月大的时候，生母被人拐卖到河北，至今下落不明；8岁时，当包工头的父亲给她娶了个后妈，从此她的日子更不好过；14岁还在读初一时，与一个比她大10岁的男人早恋，并委身于他，相恋第二年，对方偷车被警察追赶，最后她的第一个男人把车开到了桥下坠亡；第二个男人是个“瘾君子”，为了吃到免费“药”，她用身体与对方交换。第二个男人给了她毒品，同时也把艾滋病病毒传染给了她。那一年，她21岁，一个如花季般的年龄……

然而，整整两个小时的采访过程中，小艳始终没有向我展露出她本应如花季般的同龄女孩那样灿烂的笑容，从她的话语里，你感受不到任何如花季般的女孩灿烂前程的信息，只能感受到她那任由毒魔蹂躏、渐行渐远的青春……

小艳的述说，如诉如泣，让人如同在听一曲悲凉的挽歌……

第一个男人偷车时被追，从大桥上坠亡

我从来都认为自己没有真正的童年。

还在我够不到灶台时（灶台其实就是将燃气灶放在一张桌子上），我就自己开始做饭，这些都是因为小时候我就没有感受到母爱。我妈在我出生一个多月的时候被人贩子拐到河北卖了，至今下落不明。除了家里她和父亲的结婚照片留给我的基本印象外，至今我都不知道她到底长得是什么模样，基本

上我是靠奶奶煮稀饭喂我和吃奶粉长大的。7岁那年，上二年级的我到校后一直呕吐，当时把老师吓坏了，送到医院才知道问题出在我眼神不好的奶奶身上，她在做饭时，将家里的桐油当成了食用油，结果造成我的中毒呕吐。一直在外忙碌的父亲怕惹出更大的事，只好对我说，孩子，你就自己试着做饭吧。就这样，我按照奶奶的口述，按步骤操作自己开始做饭。

小时候，我做得最拿手的是蛋炒饭，在我看来，那比较省事，而且也有营养还好吃。

父亲是一个小包工头，他很少在家里呆着，大部分时间在工地，就是偶尔回来一下，也是匆匆忙忙的，最多也呆不了几个小时，因此，在后妈到这个家前，一直是由奶奶照顾我的生活。

母亲被拐走最初的几年，父亲一直在寻找母亲，虽说他是包工头，并不缺钱，但父亲对母亲的感情很深，他始终没有放弃。长大后我才明白父亲的良苦用心，在他的心中，母亲的位置是谁也替代不了的。另外还有一个重要的原因，那就是他不愿意让那么小的我从小就失去母爱。为了找母亲，父亲3年多都没有打理他的生意，把全部精力都投入到找寻母亲的行动中，最终只是得知母亲被人骗到河北，到河北寻找却一点线索都没有，母亲从此没有下落。无奈之下，父亲只好放弃，只是心里从来都认为终究有一天会找到，这也是他那么多年来一直单身的原因。

在我八九岁的时候，在众多好朋友的极力相劝下，父亲终于决定重新组建家庭，就在那一年，后妈来到家里。

家里一下子平添了一个陌生的女人，一直与奶奶生活的我有太多的不适应：原来我每天可以无拘无束地看电视和动画片，现在很多时候电视机的遥控器是在后妈手里；原来自己房间的东西想怎么放就怎么放，现在经常被要求收拾整洁，摆放有序；原来我想吃什么就自己去做，现在都是后妈来做，饭菜种类是多了，但有些并不是我喜欢吃的……

后妈到家里后，我总感觉有一双眼睛在监视我。

我开始讨厌这个女人，并且有意识地逃避这个家。由于父亲很少在家，我的这些表现通过后妈的添油加醋传到父亲的耳朵里，父亲开始对我非打即骂，父亲的打骂从来没有激起我对他的不满，但内心我却对后妈充满着敌意，因为我觉得所有的一切都是她到来后造成的。

我经常在夜深人静的时候泪流满面，我好羡慕有父母经常陪着他们的那些同龄人，他们可以躺在父母怀里撒娇，遇到被人欺负的时候可以向父母述说，而我的童年却是在奶奶一年紧似一年的咳嗽声中度过的。

我觉得家越来越阴冷，回来的次数越来越少了，特别是读初中后，因为可以住校，我更是不愿意回家，只是在需要回家拿生活费时才匆匆回家一趟。

由于家里缺少温暖，我开始在家以外的地方寻找能带给我安全的港湾。为此，在周六日的时候，我就利用周末休息的时间到一些公共场所，一来是想打发内心的空虚；二来就是想寻找自己的运气，找到一个能给我依靠和安全感的人。

当时学校也有跟我一样学习成绩不好、单亲家庭或者逃学的女同学，时间一久，我们就经常一起结伴出去玩，抽烟、喝酒这些大多属于男孩子干的事，我和自己的那帮姐妹样样不比男孩子差，有时甚至比男孩子还凶，我曾经一口气喝过 12 瓶啤酒。

打架我们也干过，最后我们双方都被带到了派出所。

走进我生命中的第一个男人就是在那样的一个场合认识的，他给了我需要的那种温暖和幸福，但最后他也把我带上了吸毒这样一条不归路，并且他自己以那种有些悲壮和令人不齿的方式离开了我。

我的第一个男人叫李强，我们是在一次一起喝酒时认识的。那天我们这边是 5 个姐妹在一起喝酒，就是在路边的那种烧烤摊上认识的。当时李强他们就在我们这桌的边上，他们那一桌好像是 6 个人，比我们多一个人。我是那种比较耿直的人（后来李强对我说，他那天对我动心也是因为看中了我的耿直），心中从来不藏事，这种性格也会带到酒桌上，那天，我的心情不是太好，我的 4 个姐妹看到我心情不好时，就请我出来散散心，当时我到了那个地方后，心中充满着感激，就端起杯子每个人敬了一杯，是大口杯的那种，我端起来一口就喝下去了。正是我的这种豪爽，让李强很是敬佩，结果他就过来跟我说想认识我一下，后来他也明确地告诉我，从我们的对话中得知我们是学生妹后，他当时也有一种猎艳的欲望。在他们这些人眼里，他们就喜欢玩我们这种学生妹。

结果，我们两桌拼到了一起，11个人那天差不多都喝醉了，也就是那天晚上，我被李强带到了他的住处，我没有回学校，同一天没有回学校的还有另外两个女孩，她们俩是比我高一年级的同学，她们当晚跟另外两个帅哥走了。

当李强要我的时候，我没有反抗，反而觉得自己很幸运，这么快就找到了一个靠山。

他夺走我一切的时候，我才14岁，还在上初一。

在李强那里，我找到了当时自认为温暖且足够有力的臂膀，我知道李强没有正式工作，是那种在社会上耍的人，他有好多在道上的朋友，而这正是我需要的。

自从认识李强后，学校变得不再是我唯一的心灵停泊的港湾，没事或者心情烦不想上课的时候，我就会到他那里去，找他的那帮“哥们儿”玩，一起喝酒、唱歌，一起干我们想干的事。有时候李强有朋友聚会时，他也会给我打电话，让我出来陪他，每次他向别人介绍时都会说：“这是我的女人。”说完就一下子把我搂到他怀里。那时我长得很清秀，加之年纪又小，他的那些推崇以玩稚女为荣的“哥们儿”都很羡慕他，有的还让我在学校里帮着给他们介绍几个学生妹，后来我还真的给他们介绍了几个。现在想起来有些后悔，是我把那帮姐妹们给害了。

当我读初二时，已经知道了李强在吸毒，但那时我已经离不开他了，很多时候就连到家里拿生活费我都省了，家也不回了，没钱就找他要，反正觉得他的钱来路也不正当。当每次看到他吸的时候，我也会来两口，当时只是觉得好玩，根本没想到后果，就是在这种不知不觉中，我吸上了瘾。

一天，我正在上课时，老师把我叫到了校办公室，到那儿后，有两名警察在那里，他们是来向我调查李强的情况的，从他们那里，我才知道头天晚上，李强在盗窃了一辆尼桑车后，在被警车追赶的过程中，他慌不择路，把车直接从桥上开到桥下摔死了，警察是在他的手机里查到了我的名字……听到这里，我的眼泪一下子流出来了，觉得一个大活人怎么说没就没了呢。一年多里，我已经对他有着深深的依恋，那一年我还在读初二，恋爱的时候根本不懂感情，只是觉得他对我好，在他那里我能够获得家庭所不能给予的温暖。由于我涉及一宗刑事案子，闹得整个学校都知道了，加之我吸毒上瘾，最后虽说警察调查清楚我跟此案无关，但学校已经不大可能呆下去了，二年级还差一个多月结束时，我辍学了。

和他同居，只为吃免费“药”

从学校出来后，我真的成了无业游民，父亲和后妈也拿我没有办法，在他们眼里，在这个家里，我已经变成了一个可有可无的多余的人了。

社会成了我的家。

一年多与李强在一起的日子，我也认识了很多他那个圈子里的朋友，吸毒成瘾的我只想尽快找到一个能够为我提供海洛因和靠山的人，我的第二个男人大海就是在这个时候走进我生活的。

与李强一样，大海也是个“瘾君子”。李强活着的时候，在他的介绍下，我也与大海见过，并且还在一起吃过饭，应该是老相识了。李强去世后，大海还以朋友的身份到他家去参加他的葬礼，好多李强生前的朋友在他走后都没有去，毕竟他是以那种方式告别这个世界的，在这一点上我始终觉得大海是一个重情重义的人。因为人在顺的时候看不出一个朋友对你是否真心，而只有在你落难的时候，才能真正检验友情的质量。

大海当时在以贩养吸，贩零包的那种。平常他的话就不多，而我恰恰与他相反，是属于嘴比较能贫的那种，我们这两种互补的性格搭在一起，让我们在一起过了这么多年。刚开始时大海并不能完全接受我，觉得“朋友之妻不可欺”，在我明确地告诉他李强已经不在了，我也不是属于他个人的私有物品，我还这么小，我有选择爱的权利和追求爱的自由……就这样，他被我说服了。

说实话，那一套道理当时只是一个借口，我是冲着如果跟大海在一起，我能吃到免费“药”这个目标去的，其他的都是扯淡，都是鬼话。我也不知道当时只有十五六岁的我为什么会骗人，可能主要还是因为环境吧，环境真的能改变人，这一点你必须相信，为了生存，为了把自己需要的东西弄到手，你就得不择手段。像我这种当时还没有长大的女孩子，就得靠眼泪、靠撒娇、靠谎言。

就这样，我和大海同居了。理由在今天看起来有些荒唐：只为“吃药”不花钱。

一下子家里多了一张嘴，大海原来那种把一包加点止痛片分成几小包然后卖出去，自己赚点免费“药”的做法，差不多有些落伍，基本上吸毒的人都干过。我与大海同居后，我就告诉他得把生意做大点，不然这什么时候是个头呀?

我开始每周到省城去“上货”，为了逃避打击，我每次都只上不超过50克的毒品，去的时候我都是穿着校服，拿到“药”后，我就迅速找一个公用厕所，对货进行重新包装，藏在私密处，然后乘车返回市里。

由于当时我的个子不是太高，加之是南方女孩，长着只有十二三岁小女孩的娃娃脸，谁也不会想到我会贩毒，加之穿着校服，别人都会把我当作初中生，另外我的应变能力又很强，遇到情况时我又特别会伪装，有些时候会很快蒙混过关。

我就碰到过一桩特别惊险的事，如果不是反应快和会伪装，那我早就栽了。

当时我也是穿着校服去“上货”，那天我起得比较早，是坐的到省城的第一趟班车，一个多小时就到了省城，到省城时才早上7点多。那天自己的预感好像特别灵验，总感到有什么事情要发生，因此在交易的时候，我两次变换交易地点，最后我定在一所中学不远处的一个早点摊上进行，结果，我刚把毒品拿到手，钱交给对方不到一分钟，警察就冲过来了，把我和现场吃早点的人都控制住。我有一个特点，拿到“药”后会马上把它放在胸罩里，当天我也没有例外，一侧转身就把毒品藏在胸罩里了。我买的是海绵垫很厚的那种胸罩，胸罩买来后我就会把其中一只的海绵掏空，重新缝制一下，拿到毒品后，我迅速把毒品藏在那只被掏空海绵的胸罩里，这样即使其中一只藏有东西，但两个胸看起来还是差不多一样大。结果，刚交易完毒品的钱被当场搜出来了，但在现场所有人的身上都没有搜到毒品。我的“上家”是一个非常聪明的人，他明白只要没抓到“现行”，肯定不能承认，他知道一旦毒品被搜出来意味着什么，他一口咬定钱是他带出来准备去买东西的，其他什么都没干。警察知道那是交易毒品的钱，但就是苦于找不到毒品。因为两次变换交易地点，警察布控的警力没有及时到位，当时交易的这一幕他们也没有看清楚，加之我又是一个小姑娘，并不是他们怀疑的重点，只是把我的书包和身上简单地搜了一下。

没有找到毒品，他们当然不甘心，准备把现场所有人带回警局，继续搜查。我一看不好，知道如果进去了就有可能露出马脚，当时就像演戏似的哭了起来："叔叔，我还要考试呢，现在时间就有些晚了，不去考试爸妈知道会骂我的，呜呜……"我哭着装出一副很无辜的样子。这时一个老警察过来了，他问我："你是哪所学校的?"我指了指不远处的那所中学。"上几年级呀？几班呀?""二年级，二（四）班。""不对呀，你校服上的字怎么不是那所学校的名字?""我是才转校过来的。"就是对方这最后一句问话，把我吓出了一身冷汗，但我依然带着哭腔，很镇定地回答。

我无懈可击的回答让他们第一个把我放了，我飞快地逃离了那个恐怖之地。

后来我就长了个记性，本市中学的那套校服再也不敢穿了，我先后到省城各中学附近的商店里或通过各种渠道订制了好几套不同学校的校服，目的只是想把自己伪装得更像一名当地的在校学生，逃避打击。

其实这碗饭也并不是好吃的，不仅"上货"时充满着危险，而且跟那些"吃药"的人打交道依然有风险。

在卖"药"时，我先后被抢过两次，一次是到外地送"药"时被抢，当时我和他们约定在一铁路旁交货，我刚到那里，手机就响了（后来证明那个电话是他们精心设计故意干扰我，让我疏于防范），是那个买"药"的，他告诉我车坏在路上了，可能要晚一点到，正与他说着，有3个像是过路的男子一下子冲了过来，把我带的"药"和身上所有值钱的东西全部抢走了，那一次我敢肯定他们是经过精心策划的，因为对方头一天在电话里要求我多带点"药"过去，他要多买点……

另一次是我们在家里遭抢了，当时也是一个人假装买"药"先进去，随后一下子冲进来三四个人，把家里的货一抢而光。干这些的都是那些吃"烂药”的，由于他们手里没钱，就采取这种“黑吃黑”的方法，一般的情况下，他们不会伤害人，知道那样将是命案，公安机关不会放过他们的，他们知道本身我们这些卖“药”的干的又不是什么正当营生，就这样把你抢一下，知道你也不敢去报案。

寒冬的拘留所里，我用冲凉来去痛

吸毒与戒毒往往是孪生姐妹，我也未能幸免。

虽说我才 20 多岁，但被送去戒毒已经 6 次了，早已是戒毒所里的一名常客。

由于我们市对贩毒活动打击得很厉害，在与大海商量后，我们决定把“根据地”移到省城发展，想到那里毕竟人流、物流、信息流都比一个小城市要大得多，最重要的是那里更容易逃避打击。

4 年多来，省城里的生意可谓做得顺风顺水，只是后来我们还是栽了。

而这一次进来，就是在省城被当场抓获的，真的可谓“成也省城，败也省城”。

而最让我难忘的是这次进来时在拘留所里的遭遇，那是一种无法用言语和文字来形容的痛苦。在省城租住的房子里，我和大海在一起吸毒时，被警察当场抓获，刚被抓时，我和大海被分开关押在省城的男女拘留所里，在那里整整被关押了 9 天。对我来说，那 9 天如同下地狱一样，肉体上的折磨痛彻心扉，让人一生都难以忘记。

当时，我们一起被抓的有 10 多人，我和另外 8 个女的被关在一起，第二天，我的毒瘾就犯了，浑身难受得要命，到处疼痛，那是一种无以言状的痛楚。漆黑的夜里，我痛得只能在监室的地上翻滚，然而根本解决不了问题，最后我只好起来用凉水冲，打开水龙头，凉到心里的水浇到肌肤上，那种冷犹如一下子被投进冰窖里浸入骨髓，最终没有别的感觉，只有冷，我发觉这办法还挺管用，只要浑身一难受，我就用凉水冲。现在想起来，可能还是年轻，身体机能稍好一些，我还能扛得住。当时是 12 月份，正值隆冬，没有别的办法，我只想减轻身上的痛苦，全然顾不了许多，那 9 天我是整夜整夜没有合眼……

只要我浑身痛时就用凉水冲，就这样一遍又一遍，只有这样，我的身体才会好受一点，在监室里，除了用凉水，我别无选择……

在被转到女所时，我的体重只有 83 斤，现在有 100 多斤了，长胖了许多，主要是在戒毒所里摆脱了毒品的控制，加之生活又特别有规律。在外面吸毒的时候，我最长时有半个月没有吃一口饭，扎针后口渴得很厉害，只想吃水果、喝水，没有一点食欲……

在戒毒所里，春节前管教民警告诉我已经被感染了艾滋病病毒，尽管有一定的心理准备，但当管教民警告诉我时，自己还是一时接受不了，一想到自己今年才 22 岁，就感染上了艾滋病病毒，无形中就有一种凉透心底的悲悯。

在戒毒所里，我们每天都进行习艺劳动，我每个月都有超产分，在这里做工都是有一定收入的，所里还有商店，我们可以定期到商店里采购物品，我自从到这里以后，就没有让家里人往银行卡里打过钱，是我不愿意让家里人打。

我这次进来后，父亲先后来看过我 3 次，他已经知道我被感染了艾滋病病毒，相对于其他好多姐妹家里从来没有人来看望她们，我能理解父亲内心的那种愧疚。我记得父亲第一次来看我时，在亲情会见室，父亲抱着我失声痛哭。在记忆中，我曾见过父亲对着被拐母亲的照片悄然落泪，当时我非常恨他，觉得他生下我却没有照顾好我，教育好我，是家庭温暖的缺失、教育的缺失，让我一步步走到现在，最终步入深渊……

父亲有一句话我记得最清楚，那句话让我明确感到他对我的忏悔："艳子，爸爸对不起你，爸爸害了你，我有罪，你妈不在时我没能照顾好你……"

为了表达对我的愧疚，父亲不仅先后 3 次到戒毒所里来看我，而且每个月都往我的银行卡里打钱，每次都是好几千，那些钱我根本用不完，我能够明白，父亲是在用这种特殊的方式来弥补在我身上缺失的父爱，虽说我一再不让他往银行卡里打钱，但他乐此不疲。

再过几个月，我就戒毒期满，一想到这，我就有些害怕，害怕我又一次复吸。因为在我生活的那个圈子里，要想获得毒品是一件很容易的事，在省城火车南站、北站，只要你在那里稍作停留，那些怀抱孩子的妇女就会盯着你，悄悄地过来既像自言自语，又像跟别人说话似的，问你要不要，你如果反问多少钱，她们就会跟你讨价还价，就这样你们就有可能成交，如果你还嫌贵，扭头就走的话，她们会一直跟着你，主动跟你商量降价……

如果说真的能戒断的话，我唯一的希望就是这个世界上买不到毒品……

采访手记

小艳好像是一个在心理上对任何人都不设防的女孩，这一点远远超出了我的想象。讲她的第一次，讲那本来属于女孩子私密的事，甚至连一些细节她都没有遗漏，对我一吐为快，我不知道这是不是她屡屡受到伤害的根本原因。

她说，她恨那些伤害过她的人，那些帮助过她的人她会感恩一辈子，她还说，出去后肯定还会“吃药”，只是真的害怕再次被警察抓住，因为在拘留所 9 天的那段记忆，真的太过恐怖，始终挥之不去……

在为小艳深表惋惜的同时，我更多的是陷于了类似像小艳这样的单亲家庭，对家长在子女教育上有太多的盲区而担忧。

活着本身就是一种幸福

当李明东把两条裤腿分别提起来的时候，我看到了两条几乎已经被炭化过的腿：由于长期注射毒品，他的两条腿已经变得又黑又硬，有的地方已经开始流脓……他说起话来声音很轻，听起来没有多少气力，之前管教民警告诉我，他来的时候就已经发病了，已经从一名艾滋病病毒感染者成为一名艾滋病患者，刚来的时候差不多就像一个死人，当时戒毒所还在犹豫是不是收下他，因为担心刚收下就死在戒毒所，还是在各方面写下保证如果出事戒毒所没有任何责任后才收下他的，现在他已经比刚来的时候好多了。而更让我好奇的是，他竟是被民警用毛毯包裹着送进戒毒所的，当时他是在睡梦中被人用毯子一下子包住，直接拉到戒毒所的，当时，他身上只穿了一条内裤……

这又是怎样的一个人？他的身上究竟又发生过怎样的故事？

在我看来，活着就是一种幸福

我刚来时只想早点死，因为自己感到一只脚已经踏进了鬼门关，感到活着比死了更难受。

刚来时我只有 89 斤，整天不吃不喝，因为根本吃不下去，也没有一点胃口，每天只是抽一两根烟，连站都站不稳，坐也坐不得，坐凳子如同坐在又尖又硬的石头上，因为屁股上都没有肉。每天在戒毒所里，我一句话也不说，就是他们主动找我说话，我也不搭理他们。心想这样被你们弄进来，要打要骂随你们便，如果哪一天真的把我打死了，还省得受这份活罪。可是我想错了，这里不仅没有人打我，而且每天有人帮我洗衣服，帮我料理个人卫生。

说出来都不好意思，那段时间我的大小便都拉在身上。因为在外面时，每天我都靠“药”来维持生命，扎完针后精神就好点，有点像人临死之前的回光返照。自从被送进来后，一下子禁了“药”，刚开始虽说给我服了相应的治疗药物，但还是有戒断症状，人一点食欲都没有，可能还是因为体质实在是太差了。因为发烧，加之不停地拉肚子，人也根本动不了，就是连上厕所的力气都没有，我的吃喝拉撒都只能在床上，每天拉完后，都是管教民警安排的戒毒学员帮我擦洗，而每天不仅有戒毒所的大夫帮我看病，而且我所在大队的管教民警每天都会来到我的床前，仔细地询问我的病情，关心我、鼓舞我，并且要我一定调整好自己的心态，配合医生的治疗。

也许是我命大，命不该亡，我没有想到的是，在打了几天点滴后，身体开始慢慢恢复，现在在戒毒所里，我每顿要吃在外面一天甚至几天的饭，早晨吃 3 个馒头和一个鸡蛋，短短的一个月时间，体重已经恢复到 101 斤。在外面，我被一些人看成鬼，在这里，我被当人看。我现在每天最大的心愿是吃饱，把身体养好，在这里我越来越感到有一个好身体，活着本身就是一种幸福。

刚开始时，我的心结没有打开，我一点都不想活，觉得人活着没有意思，家里人整天巴不得我早点死，他们觉得我死后再也不会找他们要钱买“药”；村里人也巴不得我死在外面，再也不要回村，他们害怕我把艾滋病病毒传染到他们的孩子身上；村干部也不愿意我再回到村里，免得我再去找他们的麻烦，让他们帮我办低保，威胁他们，赖在他们家里不走……你说像我们这样的人，活在世上还有什么意思?

大孩子就出去嫖，我则跟着他们去“吃药”

过早地闯荡江湖，并没有为我的人生履历涂上一抹亮色。

我在 10 多岁时就到深圳混，因为家里实在让我呆不下去。我 3 岁时，亲妈死在了河南，至今我都没搞清楚母亲的死因，因为那时候我还小，根本不懂事，父亲不可能跟我讲，由于年龄太小，根本不可能理解最亲最亲的人的离世对于我意味着什么。后来我长大后，看到别的孩子有母亲爱，而我没有，我就不止一次问过父亲，但父亲也总是没有说清楚，只是含糊地说母亲出车祸死了，我也没法再问，只是心中有一个永远也解不开的谜团。

我听父亲说，因为母亲的死，当时河南方面为我们解决了700多元的生活费，这在30多年前是一笔不小的数目，父亲准备回家用这笔钱去做生意，结果在回老家的火车上被人调了包，换成了一叠废纸。我能够理解，刚刚经历丧妻之痛，随后又被骗，这给父亲的内心带来了何等的伤害，父亲一直说，那段经历是他心中永远的痛。

那些年，父亲承包了村里的砖厂，由于他善于经营，砖厂的生意还相当不错，也赚了一些钱，家里的经济状况得到了改观。有了钱后，父亲又一次结了婚，对方也是离过婚的。后妈过来的时候，还给我带过来一个妹妹，家里虽说热闹了，但我却越来越感到自己被边缘化了，每一次我和后妈带过来的妹妹打架或闹矛盾时，后妈都会过来吵我，我觉得无论是父亲还是后妈都偏心，不管是不是我的错，父亲和后妈总会指责我。

无论父亲如何对我，我都不会恨他，相反后妈哪怕有一点不正常的举动，我就会特别反感，总觉得她才是最应该离开这个家的，我也有点恨后妈带过来的妹妹，觉得她夺走了父亲对我的爱。

由于父亲整日忙于砖厂的生意，根本就照顾不了正在上小学的我，后妈也不怎么管我，可能是3岁生母就不在了的缘故，我自由顽皮惯了，后妈说我像个野孩子，每天我只能吃剩饭，所以我也就不想读书，当我把这个想法跟父亲说了后，父亲一再责骂我，说我年龄那么小，个子又那么矮，什么事都做不了，不读书做什么？等到我真的不再背着书包去学校时，父亲有些急了，就用自行车带着我到学校，到了学校父亲才知道，我其实已经半个多月都没有到校了，每天我只是背着书包出了门，假装去上学，但并没有到校，而是到外面找大一点的孩子去玩，并且我的学习成绩可以说是一落千丈，好多功课都落下了。老师又告诉父亲，如果我还想读也可以，但根本没办法再跟得上，最终也只能在学校混日子。

父亲在征求我的意见时，我使劲地摇头，没办法，父亲只好把我带回了家，我在学校的表现让父亲很生气，回到家后他就狠狠地打了我一顿。在我的印象中，那是父亲把我打得最厉害的一次，打得我好几天都起不了床，即使是我躺在床上不能动，每天后妈只是端过来一碗饭，丢在床边，不管我吃还是不吃，到了下一顿，再把碗收走。那时候我只有 11 岁的样子，我的心中充满着仇恨，恨父亲的残暴，恨后妈的冷漠无情。我当时心想，如果我也有父亲一样的力气，我真想拿刀把他捅了，因为他打我的时候，那个凶狠劲太可怕了，把家里的拖把棍都打断了。看着在我生病的时候后妈还那样对我，我好想自己的亲妈，心想如果她还活在人世，我会扑在她的怀里痛痛快快地哭一场……

躺在床上的时候我就强迫自己每天不停地吃饭，我只是想让自己尽快地好起来，因为只有身体好了，我才能尽早地离开这个没有温暖没有关爱的家。

在床上躺了差不多半个月后，我的身体竟然康复了，身体康复后，我就为逃离这个没有一点爱的家做准备，首先是必须准备足够的钱，其次是选好此行的目的地。我开始留心家里抽屉里的零花钱，今天 5 元，明天 8 元，一点点地偷，每次偷出来的钱，我都精心地藏起来，之所以每次偷钱不超过 10 元，就是不想让继母知道。另外，每次父亲回家后，我就总是在他们睡着了后悄悄地把他衣服里的钱包翻出来，一旦发现里面有数十张百元的人民币时，我就会抽出一两张来，假如都是 100 元以下的，我就会拿最小的零钞，当然只是不想让父亲知道。

不到一个月的时间，我身上竟然凑够了 1000 多元，我决定尽快确定到哪个城市。有了这个想法后，我就有意识地在与父亲和后妈相处时，问全国各地哪里最好玩，哪里最繁华，父亲就告诉我，深圳最繁华，经济也最活跃……

听到父亲这样说，我就决定直接去深圳，主意已定，我马上就想到了在周一的当天坐长途汽车到省城，然后坐火车到深圳，之所以想到周一，是因为父亲周末都会从砖厂回家与后妈相聚，而周一一早他就回到厂子里去。父亲走后，后妈一般不会问我到哪里去了，只是觉得我不在家，家里更清静，她还可以少做一个人的饭。

一切都很顺利，当天我就顺利地到达了省城，并在当天晚上坐上了去深圳的火车。因为我只是一个还在上小学四年级的孩子，当天我买的是半价儿童票。到了深圳后，大都市的繁华确实让人眼花缭乱，虽说到处贴满了招聘广告，但对于一个要技术没技术、要体力没体力的儿童来说，我根本没法生存。

眼看从家里带出来的钱越来越少，我开始连最便宜的旅馆都不敢住，只想把钱留作生活费。每天晚上，我都是露宿街头，为了防止在我睡着时身上的钱被人偷走，每天我都会把钱缝在内裤里。好在深圳的天气是一年四季温差都不大，尽管是露宿街头，每天夜里，我并不感到冷。

后来，我认识了一群年龄比我稍大一些的流浪的孩子，和他们一起混。随着深圳经济的高速发展，那些废弃的能够用作我们栖息之所的地方越来越少，为了让自己有一个固定的住所，我们就开始租房住。

我在与他们相处的过程中，学会了偷窃。

由于自己年龄小，加之力气也小，我只能与同龄的小混混们一起去“找钱”，最多时我们三四十人在一起，光租房子就租了七八间，当时深圳遍地是黄金，而到香港“找钱”更容易，那些年我光香港就去了30多次，我们“找钱”非常快，最多时一次可以偷上万元，那时候的一万元可以说相当于现在的10万元，钱来得快花得也快。自从我们到外面租房子后，我们三四十个人在一起从来都没有自己做过饭，都是到租住地附近去吃馆子，都不是现场结账，而是每月一结，因为手中有钱，老板也不怕我们结不起账。

那时候我的靠山“毛猴”已经不在了，他是在一次偷盗一辆汽车里的财物时被汽车撞死的。由于没有人知道“毛猴”具体是哪里人，年龄有多大，也没有家属帮他来处理后事，最终公安机关认定的事实是车主防卫过当致人伤亡。“毛猴”死的那一年才16岁，还是个孩子。我们派了个代表以他朋友的名义把“毛猴”的骨灰领了出来，把他的衣服和他生前用过的一些物品埋在了一起，我们20多个孩子亲手为“毛猴”挖了个坑，埋完“毛猴”的时候我们扑在小土堆上呼喊着“毛猴”的名字，哭成了泪人，几年里的相依为命，我们已经形同亲人，前几天还在一起活蹦乱跳的人，说没就没了……

“毛猴”死了后，我们又来了一个新的头叫“大熊”，“大熊”是一个长得壮壮实实的五大三粗的人，是他领着我们去偷盗和组织我们到香港，当然我们得手后都要拿出一部分钱来孝敬他。“大熊”奖励我们的手段很特别，如果哪一天有了数目很多的进账，他就会带着我们这里面大一点的孩子到夜总会，由他出钱给我们安排他看上的“小姐”，所以我们的第一次大多都给了这些“小姐”们，那些性经验也都是“小姐”教会我们的。对于我们这些年龄尚小，还当不了“炮手”的，他则买回一些“粉”，奖给我们那些业绩好的，并教我们如何吸。

我们就是从那时候学坏的：大一点的孩子都到外面去嫖娼，我则跟着他们学“吃药”，那一年是1991年。

那个时候平常身上最少也有上万元的票子，我也是在那个时候买了“大哥大”。当时在我们老家还没有这个东西，还入不了网，还得在深圳入，入时还必须用当地人的身份证，我在深圳找了个当地人的身份证，在交了5000元钱的入网费后，才入上网的。我带着手机回老家时，家里人都没见过这个东西，都很好奇，以为是一个玩具，而当接通，话筒里传出对方的声音时，反倒把那些好奇的乡邻吓了一跳。

科技就是这样神奇，它在不断地改变着人的思想、观念，也在改变着我们的生活品质。曾经腰间揣满钞票衣锦还乡的日子，让我的虚荣心得到了极大的满足。

吸毒完全损毁了我的身体

我已经看透了这个世道：有了钱，就有了一切。

我在深圳的一切遭遇，都印证了钱能通神的道理。

当时全国还没有取消收容遣送，由于没有暂住证，我经常被抓进收容站，包括我的那些伙伴们。但进去容易，出来也容易，只要交上几百元钱，自我担保就能出来。

我是1995年在深圳市公安局戒毒所被查出感染上了艾滋病病毒，当时我还不到20岁，年纪还小的我根本不知道艾滋病是个啥病，只感到自己能吃能喝身体还挺好，后来我才知道这个病是不治之症，我仔细回忆过，自己被感染上最大的可能是与他人共用针管。

对于吸毒人员来说，犯瘾时你根本什么也顾不上了，别人扎完针后我拿过来就扎，有时候地上泥坑里很脏的雨水抽起来兑上药就往身上扎，现在我家里备份的针管都有几十根。20 年的静脉注射，如今我的身上已经找不到一块完好的皮肤，毒品也完全损毁了我的身体。

我现在扎针只有扎大腿根部处，那里才能找到血管。别的地方都扎不进去，即使扎进去了，药水也推不进去，你看我的脚（说完他提起了他的裤腿），都是针扎的。

后来，我的身体越来越差，在深圳已经呆不下去了，每天我连起床的力气都没有了，更别说去“找钱”，最严重的时候活着只剩下那么一口气了，最终我回到了四川省营山县的老家。

其实，这些年来，家在我的脑海里只是一个符号，越来越模糊，然而当我越来越感到身体不行，已经不能再在外面混下去的时候，家还是很温暖，至少它是我落脚和休憩的地方。

我走后的这些年，家里面也找过我，但最终没有结果，后来还是我在两年后给家里去了封信，他们才知道我已经在深圳呆了两年了。这些年，家乡也发生了很大的变化，父亲早就没有经营砖厂的生意了，他们也老了，后妈带过来的妹妹也长成了一个大姑娘，已经出嫁了，家里就只有父亲和后妈，父亲经常做些小生意，能够勉强维持生计。父亲和后妈知道我身患这个病后，只要我在家里，他们就很少在家里呆着，经常到我妹妹家里去住。我知道他们心里还是很惧怕这个病的。

没有他们在家里，我也落得清闲自在。

由于在外面闯荡的这些年，我也知道国家的一些政策，像我得了这种病，国家是有一定的医疗补助的，还有什么“两免一关怀”，回家后我就到县民政局去报销医药费，以前每次从深圳回老家我都会去找他们，反正我也是一个活不了几年的人。

每次我一到县民政局，有钱的话他们会立马给我办，多多少少都会给我一些，不给我就在他们的办公室赖着不走，他们都很害怕，一见我那样都吓得跑得远远的。那天我在县民政局要了1000元钱，拿到这1000元钱后，我还在想，光这样不行，还得办低保，这样我的生活才有相应的保障，我从县民政局出来后，就找到村长家里，想从他那提前预支两个月的低保，村长一见我就很害怕，离我远远的，还跟我说不要坐他家里的椅子，到屋外去说，还说那样会传染的，后来村长给我支了两个月的钱共340元，村长还让我在他打的条上签了字，可能是怕我以后不认账。

就在到过村长家的第二天，一大早大概六点钟左右的样子，正在自己家里睡觉的我突然被一条浴巾包裹住，被人七手八脚地抬着扔到车上，被全副武装的警察押进了几百公里外的强制隔离戒毒所，直到4天后我从所里给家里打电话，家人才知道我被关进了艾滋病专管大队。

后来我才从县公安局那里知道，我刚从村长家出来，他就报了警，说我到他家以身患艾滋病相威胁，要钱、敲诈，等等。

结果我们县公安局就采取了行动，他们也怕被我抓伤，因此在抓我时，先用毯子把我包住，让我不能反抗。我现在最大的心愿是吃饱，把身体养好，在这里我越来越感到有一个好身体，活着本身就是一种幸福。

采访手记

当我在采访完其他戒毒学员时，管教民警刘海向我介绍，下一个采访对象叫李明东，由于经常到当地的民政部门去“要待遇”，到村干部家里去要补助，闹得当地的政府部门没法工作，最后是被当地公安机关用毯子包裹着送到戒毒所专管大队的，送来的当时已经奄奄一息，身体已经开始腐烂化脓……

当时我内心就充满着好奇，就在心里想，这又是一个怎样的人呢，以至于在当地闹得让市、县、乡、村四级相关部门把他“包进”戒毒所呢？我对此充满着好奇……

李明东的手在与我接触的一瞬间，我感到他的手很凉，且没有多少气力，而他说话时极力用尽全身的力气告诉我，他的身体已经相当虚弱。

李明东看起来比实际年龄要小很多，戒毒服穿在身上显得很宽大，在与我对视的一瞬间，他会马上把目光移开。当他卷起袖子和裤腿时我看到，他的两条腿犹如被炭化过，有着密密麻麻的疤痕，所有的疤痕都成了黑色，手臂上的血管已经萎缩，一切都已经显示，他在这个世界上的日子已经不多了。我唯一的希望就是他洁身自好，爱家人、爱他人、爱社会，走好人生最后的旅程。

结语　防控艾滋病应成为国家战略

通这几年来的采访我发现，对吸毒艾滋病的防控应上升为国家战略。

据了解，目前全世界艾滋病流行形势十分严峻，特别是在非洲和亚洲地区。中国自1985年首次报告艾滋病病例以来，艾滋病的流行呈快速上升趋势。近年来，中国艾滋病的感染与发病人数也呈较快增长态势。据联合国驻华机构公布的数据，目前中国艾滋病病毒感染者约84万人，加上已经染病死亡的24万人，总数应该在100万人左右。根据世界卫生组织统计，目前中国艾滋病病毒感染者占总人口的比例虽然很低，但感染人数在亚洲位居第2位，在全球居第14位。

卫生部相关统计资料显示，近年来中国艾滋病传播呈快速增长趋势，传播途径主要以经注射吸毒感染为主，占总数的68%，经采血、血浆途径感染人数占9.7%，经血液制品感染人数占1.5%，此外，经性接触感染人数占7.2%，母婴传播为0.2%，其余占13.4%的传播途径不详。个别调查显示，同性恋感染率高达1%～5%。

艾滋病病毒感染者是以吸毒人群为主体，而吸毒人群恰恰又是以青少年为主要对象。吸毒的青年男女均处于性萌动期与旺盛期，他们的性乱行为容易导致感染性病，性病的传播又作为吸毒与艾滋病的中介而存在。

这也是笔者对吸毒艾滋病病毒感染者进行调查的根本所在。几年的调查发现，多数吸毒者初检即被发现已经被感染了艾滋病病毒，而按照国际通行的算法，每名吸毒者背后有隐性吸毒者4～6名，那么在这些隐性吸毒者中，实际已经被感染者将更多，这还不包括那些经性传播的非吸毒者。在对一些专门收治艾滋病病毒感染者的戒毒所所长采访时，他们均从流行病学方面给了笔者肯定的回答。

早在2005年5月9日，新华社全文播发了国务院《关于切实加强艾滋病防治工作的通知》，通知要求各地、各部门要高度重视，切实做好艾滋病防治工作。从1985年我国报告第一例艾滋病，到现在，我们已经走过了29年的时间，29年来，我国的艾滋病疫情现状到底是怎样的？当前的严峻现实是，在全国31个省、自治区、直辖市均发现感染者，并且高危人群向普通人群大面积扩散，局部病区已经面临发病和死亡的高峰。

在2010年7月举行的国际艾滋病大会上，联合国艾滋病规划署执行主任米歇尔·西迪贝告诉记者："我对中国所取得的成绩感到骄傲。"10年前，中国对吸毒人员采取零容忍态度，但近些年中国实施了大规模的戒毒项目，这对有效抑制艾滋病病毒在吸毒人群中的传播非常重要。

世界卫生组织驻华代表蓝睿明则评价说，中国所取得的进步很大，包括采取措施降低吸毒人员的艾滋病感染率，进行美沙酮替代治疗法，开展清洁针具交换计划，等等，这些做法大大降低了高危人群的艾滋病感染率。

相对这些肯定与赞赏，中国疾病预防控制中心性病艾滋病预防控制中心主任吴尊友显得很冷静。他说："外界对中国防治艾滋病所取得的进展表示充分肯定，但也关注中国防治工作当中的薄弱环节，包括歧视现象、社会组织的参与不足等。"他认为，我们应更多地听取合理化建议，以便更好地开展艾滋病防治工作。

一、艾滋病危害触目惊心

从本书展示的多个案例中，吸毒艾滋病的危害必须引起各级党委、政府的重视。

吸毒诱发种种犯罪。吸毒和犯罪是一对孪生兄弟。吸毒必然引起犯罪的大幅度增加，这是毒品犯罪的必然结果。自20世纪80年代初期以来，随着吸毒、贩毒等丑恶现象在我国蔓延开来，在各类刑事案件中，因毒品引发或与毒品相关的犯罪已占相当大的比例，并呈现逐年递增的趋势，尤其是在云南和广东等毒品危害深重的省区，因毒品诱发的犯罪已占各类犯罪总数的40%以上。

根据各地政法机关有关毒品犯罪的材料反映，因毒品诱发的犯罪主要表现在以下几个方面：吸毒诱发盗窃、抢劫、诈骗、贪污等侵财性犯罪，这是由吸毒者在经济上日益拮据甚至破产造成的。吸食毒品耗费巨额钱财，在吸食初期，吸毒者可以用本人的收入和家庭的积蓄充作毒资；当家财耗费殆尽后，他们便四处借贷；当无法从家人和亲友处索取、借贷或骗取后，则不得不把手伸向社会，进行盗窃、抢劫、诈骗等勾当，这是许多吸毒者走过的不归之路。

吸毒还促使贩毒犯罪蔓延开来。近年来，在我国贩毒活动十分猖獗，有以下几种情况值得注意：大批吸毒者以贩养吸，加入到贩毒者的行列。在我国大部分地区，由于毒品价格昂贵，绝大多数吸食者即使倾家荡产，也不可能获得所需的毒品，于是他们中一部分人就靠贩毒来获取毒资。随着毒瘾的加深，为了满足自己更强烈的毒品需求，他们不得不进行更加频繁的贩毒活动。

零星贩毒者故意诱骗人们吸毒，进一步扩大毒品销售市场。他们为了打开毒品的销售渠道，往往采取初吸免费、赊欠毒资、劳动抵付、聚赌供毒等众多方式将更多的人，尤其是涉世未深的青少年拉下吸毒的深渊。

贩毒出现团伙化、武装化、国际化的倾向。毒贩为了不被公安机关抓获，往往采取武装押运的方式，随时准备与缉毒人员进行暴力对抗。据有关材料反映，境外毒枭还为贩毒“马仔”配备枪支，一般购买2000克海洛因可以配手枪一支或手榴弹一枚，由此形成“枪毒同源，枪毒同流”。

在贩毒活动中，许多重大案件都带有国际化色彩。所谓“国际化”是指由国际贩毒集团操纵或者由境内外毒贩勾结，精心策划，严密组织的大规模走私贩毒活动。吸毒往往引起杀人、伤害等恶性案件。毒品作为一种活性物质，被人体吸收后就会损害神经组织，破坏正常的神经活动。在这种状态下，吸食者往往有一种受迫害的妄想，极易产生暴力攻击的欲望。近年来，各地频发由于吸食冰毒导致出现幻觉从而引发的恶性案件或悲剧。

吸毒破坏社会风气，污染社会环境。我国的某些地区，特别是经济比较发达的地区和大城市，一旦出现吸毒现象便会在人群中迅速蔓延，传播到社会的不同阶层。据笔者对某戒毒所收戒的吸毒人员调查情况看，其中个体户及待业人员为主，占80.95%，干部、公司职员、企业经理、文艺工作者、司机、列车员占12%，学生、退伍军人、公安干警、教师、保育员占5.5%。在一些饭店、旅店、咖啡店、歌舞厅、游戏室等公共场所，吸毒人员甚至公开、半公开吸食享用毒品，这也是吸毒人员增加的一个重要因素。

本书展现的多个案例中，吸毒感染者均展示了其“病态人生”。

吸毒的泛滥、蔓延，严重地破坏了社会风气。主要原因有以下几点：第一，我国在实行对外开放政策的过程中，西方腐朽没落的生活方式及思想、文化价值观趁机传播进来；第二，追求高消费热的不断升级和对高消费的不客观宣传，一些无知的人们认为吸毒是享受人生，一些因贩毒暴富的人反而觉得自己高人一等，吸食毒品反而光彩阔气，另一些人又梦想以贩毒致富，在这种强烈的物质金钱欲和享受欲的刺激下，他们纷纷效仿，最终堕入罪恶的深渊；第三，许多人信仰失落、精神空虚，面对灯红酒绿的花花世界失去生活的方向，对于平凡的生活感到厌倦。在毒品的引诱下，认为飘飘然的感觉是一剂排解心中苦闷、孤独的良方，毒品仿佛有一种魔力，可以在一瞬间使人麻木。根据四川省公安机关统计，在四川省的女性吸毒者中，80%以上卖淫。根据成都市有关机关调查，在该市查获的卖淫妇女中，有80%是吸毒者。根据广东省广州市调查，该市的女性吸毒者中，90%有卖淫行为。

吸毒促使艾滋病等疾病大流行。毒品被称之为“现代瘟疫”，而艾滋病则被称之为“超级癌症”。这两种邪恶的事物结合在一起，必将给人类带来可怕的灾难。客观事实恰好反映了这种后果。随着毒品的泛滥，吸毒人数的扩大，引发艾滋病广为流传。

众所周知，艾滋病病毒感染主要是通过三种渠道：一是母婴传播；二是输用血液传播；三是性传播。而吸毒大多恰恰与后两种活动有关。过去人们吸毒是采用抽吸的方式，现在大多采用静脉注射。吸毒者在毒瘾发作时往往来不及也没有条件使用消过毒的注射器，一根针管在吸毒者之间传来递去，反复使用，在这种情形下滞留在针管上的病毒就与毒品一起，进入人体而将吸食者感染。

艾滋病会拖垮国民经济。据专家分析指出，中国艾滋病感染人群主要集中在 20 岁至 49 岁的年龄段，他们既是主要的家庭劳动力，又是主要的社会财富创造者。以云南省统计的艾滋病病人平均死亡年龄（28.4 岁）和中国人平均劳动年龄（59.7 岁）及每人每年创造的社会财富（1.5 万元人民币）计算，一个人因感染艾滋病病毒减少创造财富所造成的社会经济损失约 47 万元人民币。以此推算，目前全国艾滋病病毒感染人群达 100 万（保守数字），造成的直接经济损失将达数千亿元人民币。

清华大学公共管理学院社会政策研究所所长景军教授警告说，艾滋病病毒感染者至少有 80%生活在中国农村，如果不能加大防治力度，就会由于病情恶化很快变成艾滋病病人。而由于医药费负担沉重，一个病人会使一个家庭的两三名人口变成赤贫，由于艾滋病所造成的贫困人口的数字将异常惊人。

美国前总统克林顿曾在清华大学发表演讲指出，艾滋病的蔓延对中国经济发展将带来巨大的冲击，"中国现在有 20 万人已经脱贫，你们是世界上第四大贸易国，也是第四大外国直接投资的接受国。中国正朝一个好的方向发展，报章的标题都充满希望，未来是光明的。但是，如果有 1500 万到 3000 万人得了艾滋病的话，就将让你们的经济成就毁于一旦。如果前者预言不幸成真，中国的 GDP 未来 10 年累计减少 400 亿元收入；如果感染人数较少，后者的 GDP 总量比没有艾滋病流行 10 年累计减少 225 亿元。"

由于长期吸毒而使得吸毒者的劳动能力降低，或者导致完全丧失劳动能力，从而影响社会财富的创造，也间接给社会带来巨大的经济损失。

吸毒导致腐败。我国 1951 年曾发生了一件震惊全国的事件，即刘青山、张子善贪污巨款案，虽然最后刘、张二人被最高人民法院判处死刑，但究其原因我们不难看出，"烟毒"是刘青山腐化变质的关键之一。正是因为刘青山吸食毒品成瘾，使得一个共产党的高级干部，一个曾经受了多次生死考验、不屈服敌人酷刑的英雄好汉，最终因为毒品变成了人民的罪人。

另外，一些与旅游公司、边贸商行、酒楼宾馆及各类交通运输单位相关的人员见利忘义，为了钱财故意为贩毒分子提供方便开绿灯。

个别医药仓库管理人员、医院药房工作人员及药剂师、麻醉师、有麻醉药品处方权的医师等非法提供和贩卖毒品从中获利。如原本公费几角一支的

“杜冷丁”（哌替啶）现在已经涨到了每支数十元甚至上百元。

对生态环境的破坏。毒品与生态环境有着密切关系，就其对大自然的破坏主要有以下几点：第一，毒品种植多是在山林和低地丛林，树木的毁坏造成土壤流失引起山洪暴发、土质受损；第二，森林的乱砍滥伐使人类失去了宝贵的森林资源，还造成了不少稀有植物品种的消失；第三，热带雨林同时也是野生生物的栖息地，毁林的同时也使得动物种群的生存受到严重的影响，破坏了生态平衡；第四，砍树开荒采用火烧的野蛮方式，严重地污染了空气；第五，毒品种植过程中使用的化肥、杀虫剂及加工提炼毒品使用的汽油、乙醚、硫酸、氨、碳酸钠、碳酸钾、石灰等化学物质的倾倒或渗入河流的化学废料，造成河水污染，不仅对水中的生物有影响，而且危害着当地居民的身体健康。

此外，据权威部门推算，仅我国，一个艾滋病病人的直接和间接医疗费用高达 15 万元人民币。显然艾滋病疫情的大面积流行，对任何一个国家来说，经济负担都将是沉重、不堪重负的。

二、预防艾滋病迫在眉睫

中国政府禁毒防艾的脚步日趋加快。

中华预防医学会会长王陇德表示，中国政府高度重视艾滋病防治工作，取得了不少进展和成绩，但是防治任务还十分艰巨，需要团结和动员社会各个方面的力量，特别是非政府组织的力量，来共同预防和控制艾滋病的传播，关怀和关爱艾滋病病人，减少社会歧视，营造友好的社会氛围。

王陇德指出，当前我国艾滋病的上升趋势仍未得到有效的遏制，防控形势严峻，防治任务艰巨。自 1985 年我国首次报告艾滋病病例以来，中国艾滋病的流行仍然呈现快速上升趋势，2007 年中国艾滋病新发感染者约 5 万人，平均每天感染约 140 人。

艾滋病防治迫在眉睫。中国艾滋病流行的主要特点表现为：一是涉及范围广，全国 31 个省、自治区、直辖市均发现感染者；二是疫情从高危人群向一般人群传播，共用注射器吸毒是艾滋病病毒传播的主要渠道，经性接触、母婴传播的比例逐年增长；三是感染者以青壮年为主，大多分布在农村；四是局部地区面临发病、死亡高峰；五是艾滋病流行的危险因素广泛存在，主要表现为不安全性行为在男性同性恋人群、暗娼人群中具有较高的比例，共用注射器吸毒行为在吸毒人群中普遍存在。因此，艾滋病防治是关系中华民族素质和国家兴亡的大事。

有关专家指出，中国艾滋病疫情处于由高危人群向普通人群大面积扩散的临界点，防治工作处于关键时期。如果抓住这个关键时期，采取有效措施，切实加强防治工作，完全可以遏制艾滋病的传播和流行；如果防治不力或任其发展，失去这个稍纵即逝的时机，后果将十分严重。

艾滋病防治需要全社会的共同努力。中国政府高度重视艾滋病防治工作，出台了《艾滋病防治条例》“四免一关怀”等积极防治艾滋病的政策措施。同时，针对高危行为开展实施多种干预工作，减少危险行为，控制艾滋病经性接触和经吸毒途径传播。中国艾滋病的防控工作取得了很大的进展和成绩，但是防治任务还十分艰巨。据专家介绍，防控艾滋病单靠政府的力量是远远不够的，需要加强国际合作，将国际社会的成功经验和实践运用到中国的艾滋病防治工作中。

当前，包括中国在内的世界各国仍在积极探索有效的可持续性的艾滋病综合防治机制和模式。亚洲开发银行抗击艾滋病技术援助项目子项目 6 即中国地方艾滋病预防可持续网络建设分项目，项目周期为两年。旨在通过建立更为广泛的网络联系，加强非政府组织和公众社会的参与，发挥不同参与者的比较优势，积极探索在艾滋病高危地区开展艾滋病预防控制工作的可复制和推广的政府部门和非政府机构合作模式和机制。

艾滋病防治需要采取不同的手段和方式。亚行艾滋病分项目选择在两个地域和文化背景迥异的艾滋病高发地区实施项目。云南临沧项目主要是通过云南省和当地扶贫办组织协调，互满爱人与人国际组织具体实施；互满爱人与人国际组织在项目实施过程中引进了该组织在非洲开发完善的传染病完全控制理念和模式（Total Control of the Epidemic，TCE），通过经过培训的 60 名当地官员，对该地区所有人口进行面对面、门对门的艾滋病知识宣传、咨询、动员以及发放安全套等干预措施。

新疆阿克苏预防艾滋病综合防控试点项目是通过政策倡导、多部门动员(尤其是宗教部门)，开展能力建设、外展服务，扩大美沙酮药物维持治疗、针具交换覆盖率，扩大针对暗娼的干预，促进爱国宗教人士艾滋病知识宣传等手段，降低当地 HIV/AIDS 新增感染，遏制艾滋病疫情发展。

艾滋病防治关系民族未来。从间接经济损失来看，世界银行的研究报告说，艾滋病不仅影响当代经济，而且影响下一代甚至几代人的经济水准。调查发现，大多数艾滋病病毒感染者、病人和他们的家庭都遭受着失去工作、收入减少和无力负担巨额医药费用的影响。同时，由于家庭主要劳动力过早发病和死亡，孤儿面临失学、营养和医疗保健水平下降及老人无人赡养的情况增多。而且父母本身是向下一代言传身教的重要渠道，父母患艾滋病或死亡，将使大批孩子失去从父母那里汲取知识、经验和技能的机会，将导致下一代成为低素质低水平的劳动力。以中国为例，如不加以控制，每年将因父母自杀或患病死亡，产生数目不在少数的艾滋病孤儿，如此代代相传恶性循环，将会严重削弱一个国家长期的生产力。

艾滋病发病人数增多也将使卫生部门在医护人员培训、增加病床、经费投入等方面面临越来越大的压力。据测算，中国要开展全国范围的干预，需投资 7.2 亿元到 14.4 亿元，远远高于目前的投入。

联合国提供的报告认为，中国目前的艾滋病状况相当于 10 年前南非的情形。南非艾滋病经过 10 年的传播后，目前的病毒携带者已经达到总人口的 50%。专家认为，艾滋病感染人数的增加，至少直接影响到中国的投资环境。

“目前艾滋病对中国社会经济的影响已不再是假设和猜想，而是活生生出现和发生在现实生活中。我们应把艾滋病问题上升到国家安全的角度来认识。”有关专家在接受记者采访时不无忧虑地说。

三、艾滋病防治工作任重道远

事实告诉我们，目前对于控制艾滋病泛滥唯一有效的方法是预防。我国政府在防治艾滋病方面付出了极大的努力。在打击吸毒、贩毒、取缔卖淫嫖娼方面加大了力度，制定了一系列严格的法律。2008 年 6 月 1 日《中华人民共和国禁毒法》的正式出台以及出台的《戒毒条例》，以及越来越多的国家各部委成为国家禁毒委员会成员单位，共同参与禁毒、防艾工作，都表明中国政府禁毒的决心，但艾滋病的防治工作仍是长期和艰巨的。

中国的最高领导层按照以人为本、执政为民的思想，把公共卫生、防治艾滋病提到很高的位置，创造了非常好的政策环境、科学技术环境和社会环境。

中国以越来越务实、科学的态度应对艾滋病：中国 AIDS 工作的原则是政府主导、多部门合作、全社会参与，防治方针是预防为主、防治结合、综合治理。艾滋病不再只是卫生部门的事情。近几年来中央和地方在艾滋病防治方面投入了数十亿元的经费。政府对艾滋病病人出台了“四免一关怀”政策，即在全国范围内为自愿接受艾滋病咨询检测的人员免费提供咨询和初筛检测，为艾滋病病人免费提供抗病毒药物，免收艾滋病病人孤儿的上学费用，将生活困难的艾滋病病人纳入政府求助范围。

对艾滋病防治工作必须认识到位。中华预防医学会会长王陇德指出，当前艾滋病防治工作存在的困难和问题主要表现在：一是有些地区和部门领导对艾滋病防治工作不够重视，存在认识上的误区，防治责任心不强，职责不落实，组织领导不得力，严重制约和妨碍了疫情监测、宣传干预以及治疗关怀等措施的有效开展；二是引发艾滋病大规模流行的危险因素在较长的一段时间内难以根除。比如吸毒人群总数持续增加，经性接触感染艾滋病病毒的比例逐年增加，对国外证明行之有效的预防干预措施尚缺乏明确的政策支持；三是宣传教育缺乏力度和深度，宣传工作还没有做到经常化；四是疫情漏报瞒报情况严重。由于信息失真，给国家制订行为干预、患者医疗、经费投入、药物生产等相关政策造成很大困难；五是艾滋病对局部地区社会经济的严重影响已逐步显现，制约了当地的经济发展，引发了各种社会问题。

对艾滋病的防治必须多措并举。专家强调，全面做好艾滋病防治工作，一要加大健康教育力度，通过在公共场所发放宣传品等多种形式，普及艾滋病防治知识，使民众了解艾滋病传播途径，减少不必要的恐慌，努力消除对艾滋病病毒感染者和患者的歧视；二要加强采供血机构管理，依法严厉打击非法采供血行为和“血头”、“血霸”，依法推进无偿献血；三要进一步打击卖淫嫖娼、吸食注射毒品等违法犯罪行为，积极采取有效防范艾滋病传播的干预措施；四要扎实搞好艾滋病综合防治示范区建设，积极推行以治疗和关怀为主要内容的社区综合防治工作；五要进一步加大科研和国际交流与合作的力度，不断提高防治技术水平，争取国际社会的理解和支持；六要继续加大财政投入力度，利用国债资金加强中西部地区疾病控制能力建设，实行集中采购提供抗病毒药物和部分检测试剂，加强资金的管理和使用的监督检查，确保专款专用。

艾滋病防治必须大打人民战争。近年来，笔者在全国部分省市采访中发现，相对于众多亟待解决的民生问题，艾滋病这一相对隐蔽的疾病并没有纳入到地方政府的“议事日程”，地方政府将工作重心更多地放在发展经济、改善民生上。国家的政策能否很好地落实，各级党委、政府“一把手”的认知程度极为关键。虽然经过了这么多年的宣传教育工作，但是对于艾滋病，并不是所有人的认知都能达到中央政府的那种重视程度。他们一部分人口头上讲重视，实际上有这样一种心理：别老喊“狼来了”，艾滋病流行这么多年，我们不也没什么事儿吗？——领导的这种认识直接影响到该地区艾滋病防治政策的实施，而“预防为主”作为防控艾滋病的重要手段，并没有真正落到实处。殊不知，现在花很少的钱和精力就能起到很大的作用，而一旦真要等到流行爆发的那天，想控制可就真来不及了。

这绝非危言耸听！

附录　艾滋病与世界艾滋病日

【艾滋病】

艾滋病的医学全名为“获得性免疫缺陷综合征”（Acquired Immune Deficiency Syndrome——AIDS），由人类免疫缺陷病毒（HIV，又称艾滋病病毒）引起。通俗地讲，艾滋病就是人体的免疫系统被艾滋病病毒破坏，使人体对威胁生命的各种病原体丧失了抵抗能力，从而发生多种感染或肿瘤，最后导致死亡的一种严重传染病。这种病毒终生传染。当艾滋病病毒感染者的免疫功能受到病毒的严重破坏，以至于不能维持最低的抗病能力时，感染者便发展为艾滋病病人。随着人体免疫力的降低，人会越来越频繁地感染上各种致病微生物，而且感染的程度也会变得越来越严重，最终会因各种复合感染而导致死亡。艾滋病病毒的传播途径主要包括血液、不正当的性行为、吸毒和母婴遗传。艾滋病目前仍是不治之症。鸡尾酒疗法，即高效抗逆转录病毒治疗，是治疗艾滋病有效的方法之一。

【HIV 病毒的感染过程】

艾滋病病毒简称 HIV，是一种能攻击人体免疫系统的病毒。它把人体免疫系统中最重要的 T4 淋巴细胞作为攻击目标，大量吞噬、破坏 T4 淋巴细胞，从而破坏人的免疫系统，最终使免疫系统崩溃，使人体因丧失对各种疾病的抵抗能力而发病并死亡。科学家把这种病毒叫做“人类免疫缺陷病毒”。艾滋病病毒在人体内的潜伏期平均为 12 年至 13 年。在发展成艾滋病病人以前外表看上去正常，他们可以没有任何症状地生活和工作很多年，能够将病毒传染给其他人。

艾滋病临床上分为 3 期：1. 艾滋病病毒感染。病人感染艾滋病病毒后没有任何临床症状，仅血液中的艾滋病病毒抗体检测结果为阳性；2. 艾滋病相关综合征。病人出现腹股沟淋巴结以外的两处以上原因不明的淋巴结肿大并持续3个月以上，同时出现全身症状，如发热、疲劳、食欲不振、消瘦和腹泻等；3. 艾滋病阶段。病人突出的表现是致病性感染、恶性肿瘤的发生以及找不到原因的细胞免疫缺陷。

艾滋病病毒对外界环境的抵抗力较弱，离开人体后，常温下只可生存数小时至数天。高温、干燥以及常用消毒剂都可以杀灭这种病毒。虽然目前还没有能够有效预防艾滋病的疫苗，但已经有用于临床治疗的多种抗病毒药物能有效地抑制人体内HIV病毒的复制，在很大程度上缓解艾滋病病人的症状和延长患者的生命。

自1981年美国研究人员发现世界首例艾滋病病例后，艾滋病在全球范围内迅速蔓延，逐渐成为全球关注的重要公共卫生事件和社会热点问题。2001年6月，联合国大会艾滋病问题特别会议通过了《关于艾滋病问题的承诺宣言》，为国际社会防治艾滋病行动制订了统一目标和行动规划，以达到在2015年年底以前遏制并开始扭转艾滋病蔓延趋势的总体目标。

多年来，国际社会为防治艾滋病作出了不懈努力，并取得积极进展。

【全球艾滋病状况】

据联合国艾滋病规划署统计，目前全世界有3340万名艾滋病病毒感染者，其中2240万生活在撒哈拉以南非洲地区；亚洲约470万；北美及中西欧约230万；拉美约200万；东欧约150万。全球每年新增艾滋病病毒感染者270万，其中近200万在撒哈拉以南非洲地区。全球每年200万人因艾滋病死亡，其中170万在撒哈拉以南非洲地区。

据统计，2001年至2007年，欧盟及其周边国家的艾滋病患者人数从150万人增至220万人，其中欧盟成员国有73万人。2009年10月26日，欧盟委员会通过了2009年至2013年防治艾滋病新战略，旨在减少欧盟和周边国家艾滋病患者的数量，改善艾滋病的预防、治疗以及护理等工作，提高艾滋病患者及其家人的生活质量。

截至2010年7月，美国有大约110万人感染艾滋病病毒，每年新增感染人数约为5.6万。2010年7月，美国公布预防艾滋病新战略，目标是在未来

5 年内将新增的艾滋病病毒感染人数降低 25%。

毒品消费助长了艾滋病的蔓延，目前全世界的注射吸毒者约有 300 万人，在一些国家，40%的注射吸毒者携带艾滋病病毒。

现在全世界每年防治艾滋病所需的资金总额已经超过 160 亿美元，全球正在接受治疗的艾滋病患者有 470 万人，这一数字虽然已经是 5 年前的 10 倍，但仍有约 1100 万名艾滋病病毒感染者没有得到应有的治疗。

世界卫生组织强调，成功防治艾滋病需要 3 个关键因素，即资金、药品和训练有素的医护人员。目前很多艾滋病防治项目因缺少资金而无法开展，在一些艾滋病高发地区，缺少专业医护人员的问题尤其突出。此外，在与艾滋病的斗争中，人们逐渐认识到“领导”的重要性，因为领导者的行动、创新能力和远见以及面对障碍和挑战时坚持不懈的精神，往往有着不可替代的作用。

【研究】

自 1983 年人类发现艾滋病病毒以来的近 30 年间，各国科研人员在开发艾滋病疫苗方面可谓“屡战屡败”，有科学家甚至一度认为，人类可能永远无法找到有效的艾滋病疫苗。

1997 年，美国时任总统比尔·克林顿提出，要在 8 年至 10 年内研制出有效的艾滋病疫苗。之后，美国曾掀起艾滋病疫苗研制热潮，一度曾有几十种疫苗进行临床试验，但效果均不理想。

2003 年 10 月，美国和泰国研究人员开始进行“联合疫苗”试验。

2009 年 9 月 24 日，美国和泰国研究人员共同宣布，双方合作开发试验的一种“联合疫苗”可以将人体感染艾滋病病毒的风险降低 31.2%。这是人类首次获得具有免疫效果的艾滋病疫苗。

“2.0 治疗方案”是联合国艾滋病规划署根据最新的研究成果，提出的治疗并预防艾滋病的综合方法。该计划核心内容是降低费用、简化治疗过程、减轻卫生部门的负担，并改善艾滋病病毒感染者的生活质量。联合国艾滋病规划署发表报告称，“2.0 治疗方案”可保证艾滋病病毒感染者获得大为简化的治疗方案，2025 年内可避免 1000 万人死于艾滋病，同时每年防止 100 万人感染艾滋病病毒。

【世界艾滋病日】

1981年美国研究人员发现世界首例艾滋病病例后，艾滋病在全球范围内迅速蔓延，逐渐成为全球关注的重要公共卫生和社会热点问题。为提高人们对艾滋病的认识，世界卫生组织于1988年1月在英国伦敦召开有100多个国家卫生部长参加的高级会议，会议确定每年12月1日为世界艾滋病日（WORID AIDS DAY），号召世界各国在这一天举办各种活动，宣传和普及预防艾滋病的知识。1988年12月1日是第一个世界艾滋病日，主题为“全球共讨，征服有期”。

联合国艾滋病规划署（UNAIDS）起初负责世界艾滋病日的宣传工作，包括确定每年的宣传主题。2005年，联合国艾滋病规划署将这一工作交由一个名为“世界艾滋病运动”的独立机构负责。“世界艾滋病运动”结合自身工作情况，将2005年至2010年世界艾滋病日的宣传口号都确定为“遏制艾滋、履行承诺”，并每年选定一个主题。

2009年11月24日，中国卫生部部长陈竺在当日举行的联合国艾滋病规划署《2009年全球艾滋病流行报告》暨《2010年艾滋病防治前景展望》新闻发布会上透露，性传播成为中国艾滋病主要传播途径，同性间的传播已经达到了32%。

2007年11月29日公布的《中国艾滋病防治联合评估报告（2007）》指出，截至2007年10月底，全国已累计报告22.35万余例艾滋病病毒感染者和艾滋病病人，其中病人数为62838例，死亡报告2万余例。截至2007年年底，我国现存艾滋病病毒感染者和病人约70万人，其中艾滋病病人8.5万人。与《2005年中国艾滋病疫情与防治工作进展》中公布的数字相比，这两个数字各分别增加5万人。评估报告还显示，估计我国现存的70万例艾滋病病毒感染者和病人中，超过半数是经性传播感染的。

中国于1985年发现首例艾滋病感染病例。截至2008年9月30日，中国累计报告艾滋病病例26万例，其中艾滋病病人7.7万例，报告死亡3万余例。

——摘编自世界卫生组织网站

后记一　尊重的力量

我能够理解他们为什么把自己包裹得如此严密，因为从他们走上吸毒之路的第一天起，他们所面对的多是敌意的冷漠、呵斥、责难和打骂；我能够理解他们的目光为什么如此迷离，心灵为何如此冷漠，因为毒品已经让他们心如死灰，艾滋病病毒则对他们作了更为彻底的死亡宣判；我能够理解他们为什么在吸毒、戒毒的泥沼里不停地反复，因为他们缺少温暖的怀抱、充满肯定和赞许的目光……

而这一切都是我在走进他们后最真实的感受。

这一步，我竟迈了 5 年。

最早接触艾滋病病毒感染者是在湖南，在长沙的一个基层社区里。在得知对方是艾滋病病毒感染者后，在面对采访对象时，人固有的防范心理让我本能地把椅子往后挪了挪，社区工作人员倒给我的那杯水我竟一口没敢喝，我害怕对方与我交谈时有唾沫会飞溅进去，喝后会被感染……

可悲来自于对艾滋病病毒知识无知所带来的恐惧。

也许我的这一切反应早就被异常敏感的采访对象所察觉，采访始终无法深入，对方都是在外围与我谈一些无关痛痒的不着边际的话，无论我怎么启发，对方始终提不起兴趣，一种不信任感充斥着整个采访，最终我不得不提前终止采访。

我没能获得原本觉得非常有价值的东西。

随后在新疆，我又接触到吸毒艾滋病病毒感染者，他们心灵上的冷漠足以拒人于千里之外，在采访他们的过程中，我做过各种努力，试图敲开他们的心门，但却再一次失败。那时我一度认为，被感染是上帝对他们的惩罚。

直到2009年初，我在西南某大型收戒吸毒艾滋病病毒感染者的强制隔离戒毒所里采访时，一条挂在戒毒学员集中生活区的横幅吸引了我的注意，横幅上的内容很简单：让艾滋病感染到我为止。

在这个戒毒所里，上千名感染者在这里集中学习、疗伤，在人数众多的感染者中，除了部分发病者肌肉已经开始腐烂外，不在少数的感染者有着一张青春的充满活力的脸。在强制隔离戒毒两年后（一些表现较好的还有可能提前出所），这些年轻的脸就会走上社会，也会像众多正常人一样去恋爱，甚至结婚生子。这时我想起了我在学员生活区看到的那条横幅：让艾滋病感染到我为止。拆除他们心中筑就的对社会的仇视与敌意的樊篱，该是何等重要，因为他们一旦报复社会，又该有多少无辜的人遭受到不该有的伤害，这其中，有可能是我们的兄弟姐妹、朋友同事。

友善地微笑、真诚地注视、热情地拥抱，我明白了作为一名采访者在面对这样一个特殊群体时，平等、尊重的重要；明白了倾听他们心底里迸发出的呐喊。记录他们留在这个世界最后的生存足迹，让我有了一种别样的神圣感。

正是带着这份尊重，近年来我先后赴全国二十多个省（自治区、直辖市）对吸毒艾滋病病毒感染者进行采访，与他们交朋友，耐心地倾听，一个个受访者打开了心扉，向我坦露不堪回首的过去，讲述发生在他们身上不为人知的故事。

那时我明白了尊重的力量。

那份尊重，消融了心中的坚冰；那份尊重，洞穿了尘封已久的心门；那份尊重，让我直抵他们的灵魂深处。

我记得若干年前曾读到过一名美国医生特鲁多的墓志铭，他的这句话一直被中外医生们奉为至理名言：有时是治愈；常常是帮助；总是去安慰。

其实我发现，对于这样一个身患疾病的特殊群体，仁爱的力量无处不在。

帮助他们就是帮助我们自己。

后记二　唯有感谢

“如实反映艾滋病病毒感染者和艾滋病病人的生存状态，推动公众消除恐慌和歧视，是抗击艾滋病这一‘世纪顽魔’的首要前提”，卫生部前部长王陇德的话犹在耳边回响。

当我完成这部报告文学时，没有一丝的轻松，心中更多的是忐忑不安。不安的是，唯恐我稚嫩的文字无法帮助公众消除恐慌和歧视；不安的是，文中的主人公在接受您的“检阅”时，不能带给您一些思索抑或感动；不安的是，这些不成熟的文字有负于我的采访对象，有负于我的亲人和朋友。

从事禁毒、防艾宣传工作以来，其中的甘苦我一直在默默地品味和承受。5年多来，在市场经济竞争的压力下，我所供职的一家全国性禁毒专业报纸一直处于动荡乃至生死存亡阶段，为了道义、良心和责任，我和我的同道们一直在坚守，一路走来，风雨兼程。报纸也终于在两年前迎来了新的发展机遇，走上了良性循环的发展轨道，我亦在纵深推进禁毒人民战争5周年之际，为广大读者奉上了这本“献礼”书籍。所有的这一切，我要真诚地道一声：感谢生活！

感谢我所在媒体的领导，他们悉心的关怀与关爱，让我所供职的媒体渐渐步入正轨，让我们这些新闻从业人员衣食无忧，能够全力投入到新闻采编工作中；感谢司法部戒毒局，所有的采访对象都是收戒在全国各地司法系统强制隔离戒毒所里的感染者；还要感谢我的领导孙轩，他给了我很好的发展平台和空间，工作中为我提供了诸多便利；感谢5年多来为了禁毒宣传事业一直并肩战斗的同事们，这些年我们一直相互鼓励、相互支持，咬牙坚守，终于迎来了报纸新的发展机遇期。

感谢宁夏回族自治区党委常委、政法委书记、公安厅厅长苏德良、四川省公安厅常务副厅长吴健、河北省公安厅常务副厅长曹爱平、四川省司法厅副厅长扎柯、四川省劳教局局长林蒙昌、新疆维吾尔自治区司法厅副厅长、劳教局局长谢晖等领导，在采访他们的过程中，他们的诸多禁毒理念，对我搞好禁毒宣传工作起到了至关重要的作用。

凉山州人民政府副州长罗凉清、广安市政法委书记余仪、广元市副市长、公安局局长余建、无锡市旅游局局长王建军、长沙市天心区区委书记夏建平、西昌市政法委书记余明良等因为采访建立的友谊让我们成为知心朋友。

我要感谢我原在中纪委杂志社的领导、也是我兄长的现中纪委方正出版社副社长曹轩宁，是他在我人生最低谷时给了我直面困难的勇气和信心，即使在我离开中纪委杂志社5年之后，曹社长依然惦念着我的工作、生活情况。

感谢中国社会出版社的副总编吴贵民，还是在我当战士时他选调我到报社实习，对我关爱有加，让我系统学习编采新闻业务。孙峻亭、毛建生主任给了我很多鼓励和关心。

感谢四川省公安厅禁毒总队总队长赵建川、副总队长王林、杨晓阳、杨志刚，河北省公安厅禁毒总队总队长李志峰、政委刘树波、副总队长韩金友、宁夏公安厅禁毒总队总队长朱文国、副总队长钱玲、副调研员张丽、支队长蒋富春、陕西省公安厅禁毒总队总队长尚修业、禁毒办副主任曹金发、山东省公安厅禁毒总队总队长刘长杰、政委邵浩浩、烟台市公安局禁毒处处长王建涛、山西省公安厅禁毒总队总队长李殷、副调研员王海英、新疆公安厅禁毒总队总队长靳鹏、副总队长杨苏群、广东禁毒办主任陈瑞光、江苏省公安厅禁毒总队总队长巫仁和、副调研员周延春、广西公安厅禁毒总队总队长银延辉、副总队长徐志高等禁毒战线的大哥大姐们，在我采访过程中给予的大力支持。

特别是四川省公安厅禁毒总队副总队长王林，共同的人生追求，共同的对禁毒工作的热爱让我们成为无话不谈的挚友。近年来，在四川采访时，我每到一地，他都将我的采访行程和接待方案告知21个市州，让我能够从容顺利地完成采访任务，也让我在采访过程中与21个市州禁毒支队队长、政委建立了深厚的情谊，在此向21个市州的支队长、政委致敬：谢谢你们。

感谢上海政法委处长郑雨清、浙江省公安厅禁毒总队副总队长林宝富、内蒙古公安厅禁毒总队副总队长娜琳、副调研员王芸、福建省公安厅禁毒总队副总队长张聪胜、支队长薛建和等人。

我要感谢武警黑龙江总队政委唐本高少将，是他在时任我的师政治部主任时把我送到《人民日报》国内政治部实习，让我系统地学习到新闻采编业务，并最终走上了今天的新闻写作之路。武警北京总队参谋长王炳琛少将、武警河北总队政委宋兵役少将，这些我当初的领导的言传身教使我终生受益。武警北京总队十九支队原政委侯明永，还是在他任我的师政治部主任时，在工作中侯主任是我的领导，而在文学创作中，他是我的师长、兄长和同道，他在我转业前的几年里，为我学习采访提供了许多便利。武警北京总队军乐团原政委冯俊平，无论他任宣传科科长、政治部副主任，还是军乐团政委时，他始终鼓励我扎实地打好新闻写作的基本功，并当作将来求职就业的一门技能。

感谢海南省琼海市监察局局长蔡小平、湖北省大悟县委副书记、纪委书记方明才、监察局副局长李方来、监察局委员郭俊玲等人多年来对我的关心帮助。

四川省岳池县政法委干部梁玉、简阳市公安局禁毒大队大队长刘翠云虽是两位普通的基层干部，但她们的工作能力和工作水平，令人尊重，她们视我为兄弟，给了我极大的帮助。

感谢战友雍有广、徐能文、金宗池、杨波、李建华、周继红、杨宝经、明加智、徐辉、陈景霄、江致礼、于建华、李新刚、刘福能、罗义、刘琦、刘华章、罗毅、袁之根、戴秦光等等，他们给予了我很多帮助。

我要感谢上海阳光戒毒防复吸医疗指导中心的主任秦鸿明，我与他的相识缘于一次偶然，他的执著和对戒毒事业的忠贞让人敬佩。我永远也忘不了我和同事2006年第一次赴上海采访时，秦主任接站拎着我行李，带我们坐地铁、穿街过巷奔波，以及第二天早晨7点就赶到我们住处带我们吃早点时的情形。说实在的，从事记者工作10多年里，接站时什么高档的车我也曾坐过，但那一次别样接站的余温和感动一直延续至今，那一刻，我认定这是一个可以托付一生的朋友……事后我知道，秦鸿明为了防复吸工作，9年来带着他的团队一直在困难的条件下坚守。感谢好老弟庞鹏辉、深圳骏达工艺制品厂总经理陈林、陈飞。

我要感谢湖南长沙天剑社区居委会主任张国庆，在她那由于整日忙于社区工作而疏于整理有些凌乱的家采访时，记者被她的事迹感动得几欲落泪。为了社区禁毒事业，张国庆整日奔波在外，原本幸福的家解体了，丈夫离她而去，然而，她却痴心不改。她说，我虽说失去了一个亲人，却赢得了社区里千千万万个亲人……

走上写作的道路，我要感谢我的中学语文老师同时也是我的姑父杨建民，在中学时他不仅时常把我写得好的作文在课堂上当范文讲解，而且不断鼓励我用心写作，把写作的道路坚持走下去。感谢我的老师高剑。

还要感谢我的父母，父亲是一个严厉的仅读过几年书的农民，他一直希望在他眼里有些叛逆的我有出息，能光宗耀祖。是父亲教会了我怎样做人和自尊自强，奋发有为。母亲是一个典型的农家妇女，一生勤劳，她不仅把我们兄妹5个都养大成人，健康成才，而且还远赴北京、广东照看我和弟弟的孩子，她的善良和勤劳给了我执著要强的性格。要感谢我的姐姐郭家华，她一直是我们郭家的骄傲，当年我们兄妹5人都在上学，可家里实在负担不起，是她主动提出辍学，勇挑家庭重担，同时也是她开启了我们郭家经商之门。姐姐对我的文学新闻之路影响深远，那还是在我十几岁时，远在广东打工的她知道我爱好新闻写作时，几乎倾其一个月的工资为我买了一架“傻瓜”相机，她希望用那架相机拍摄社会新闻，圆我的农村“土记者梦”，正是在姐姐的鼓励下，1989年我发表了我的第一篇新闻作品《一封情书误前程》，从此也走上了新闻写作之路。

感谢我的哥哥、弟弟和妹妹，无论是我在部队十多年的军旅生涯，还是转业回到地方，他们不仅对我的工作给予了很多的鼓励与支持，而且是他们将双亲照顾得相当周到，免去了我的诸多后顾之忧。弟弟郭乐小小年纪自己在广州创业，创下了奇嘉汽车防撞倒车雷达品牌，目前行销国内外，每当在我家里遇到困难时，他都会全力相助，手足情谊弥足珍贵。

我要感谢我的夫人，她曾在自己的博客里写下这样一句话：儿子，你在你爸爸不在家的日子里慢慢长大……这句话一直让对家庭少有顾及的我心酸和内疚。妻子是一个善良、贤惠的女人，无论是在部队10多年里我们过着聚少离多的日子，她始终追随着我不弃不离，还是后来我们在北京安顿下来并有了我们的儿子，她一边工作一边照看儿子，现在又担负起辅导儿子小学功课的重任，她始终毫无怨言，儿子的健康成长以及她为我所营造的安全稳定的大后方，让我安心出差在外采访，安心工作。更难能可贵的是，文学素养极高的妻子始终是我新闻作品的第一个读者，她总是及时指出我作品中的瑕疵，始终鼓励我多出精品，因此我要真诚地说一声："老婆，谢谢你，你辛苦了！"

几年来，我觉得最对不起的是儿子，儿子聪明可爱，最爱读书，但遗传基因里有我不甘人后、自尊心强的成分。由于工作繁忙，我很少对他的学习进行辅导，但他的学习依然是我们全家的骄傲，并且他有一副天然的好嗓音，对音乐有着独特的喜好。每次出差的头一天晚上，每当我默默收拾行李时，敏感的他总是问我："爸爸，你出差几天回来呀？"然后就要跟我拉钩，怕我变卦，他计算着我回来的头一天晚上，都会兴奋得睡不着觉，反复地问他妈妈我什么时候回来。每次我在电脑前写作时，懂事的他都在一边默默地看书，很少打搅我。上幼儿园时，老师问儿子："你爸爸是做什么工作的？"因我整日在电脑前忙于写作打字，尚不知记者为何职业的儿子回答："打稿子的。"老师故在我的职业栏里填上"打字复印"。回家儿子跟我们一说，我和妻子都乐不可支。

说实在的，这部报告文学从构思到写作经历了两年多时间，在完成报社规定的采访任务的同时，为了获得第一手材料，我都非常珍惜每一次出差采访的机会，尽可能多地跑一些戒毒所、劳教所，尽可能多地接触一些我拟定的采访对象。有时我还要在周五晚上坐火车到外地采访，周日晚上坐车赶回北京，以期赶上周一的班，这些辛苦我从不愿与别人道来。本来我是想通篇一气呵成写下来的，但最多时一个月中有20多天在外地采访，最长时我有半年多没有动笔，思路也因此时常中断，为了保证读者阅读的完整性，我亦采取了一个人物一个故事为一独立章节的方式。

特别感谢中国管理科学研究院秘书长兼区域发展研究所所长、研究员张乃剑，为我写来热情洋溢的序言。感谢知名策划人江帆、汪艳，她们为本书的出版提供了诸多帮助。

其实，30多年的人生道路一路走来，我要感谢的人还有很多，这样的一篇小文远远无法记录下成千上万的在我艰难跋涉时帮助过我的人，是你们一句鼓励的话语、一个友善的微笑、一句亲切的问候让我的步履更稳健。我始终觉得，只有你的文字带给读者感动，读者才会回报感动；只有你的文字带给读者阳光，你才会收获温暖；只有你的文字带给读者愉悦，你才会收获快乐。作为一名从大山走进军营，又从军营走出来的普通新闻记者，我唯有勤奋工作，为人民鼓与呼，为正义鼓与呼，忠实地记录下这个时代每时每刻所发生的伟大变革，才能不负这个时代，不负我的亲人和朋友。

郭毅

2011年9月1日

图书在版编目（CIP）数据

毒殇：生命不可承受之痛 / 郭毅著. —北京：中国国际广播出版社，2014.6（2015.9重印）

ISBN 978-7-5078-3720-9

Ⅰ. ①毒…　Ⅱ. ①郭…　Ⅲ. ①报告文学－中国－当代　Ⅳ. ①I25

中国版本图书馆CIP数据核字（2014）第083817号

毒殇——生命不可承受之痛

著　　者	郭　毅
责任编辑	张淑卫　杜春梅
版式设计	国广设计室
责任校对	徐秀英
出版发行	中国国际广播出版社（83139469　83139489[传真]）
社　　址	北京复兴门外大街2号（国家广电总局内） 邮编：100866
网　　址	www.chirp.com.cn
经　　销	新华书店
印　　刷	北京艺堂印刷有限公司
开　　本	710×1000　1/16
字　　数	200千字
印　　张	17
版　　次	2014年6月 北京第一版
印　　次	2015年9月 第二次印刷
书　　号	ISBN 978-7-5078-3720-9 / I・492
定　　价	35.00元

CRI 中国国际广播出版社　欢迎关注本社新浪官方微博　官方网站 www.chirp.cn